美国20世纪小说与电影中性别主体的身份建构

芈岚　著

世界知识出版社

图书在版编目（CIP）数据

美国20世纪小说与电影中性别主体的身份建构/芈岚著. —北京：世界知识出版社，2018. 7
ISBN 978-7-5012-5802-4

Ⅰ. ①美… Ⅱ. ①芈… Ⅲ. ①小说研究—美国—20世纪②电影评论—美国—20世纪 Ⅳ. ①I712. 074 ②J905. 712

中国版本图书馆CIP数据核字(2018)第177347号

责任编辑　刘豫徽
责任出版　王勇刚
责任校对　陈可望

书　　名　美国20世纪小说与电影中性别主体的身份建构
Meiguo 20 Shiji Xiaoshuo yu Dianyingzhong Xingbiezhuti de Shenfenjiangou

作　　者　芈　岚

出版发行　世界知识出版社
地址邮编　北京市东城区干面胡同51号（100010）
经　　销　新华书店
网　　址　www. ishizhi. cn
投稿信箱　lyhbbi@ 163. com
电　　话　010-65265923（发行）
　　　　　010-85119023（邮购）
印　　刷　北京虎彩文化传播有限公司
开本印张　850毫米×1168毫米　1/32　9¾印张
字　　数　156千字
版次印次　2018年8月第一版　2018年8月第一次印刷
标准书号　ISBN 978-7-5012-5802-4
定　　价　36. 00元

目　录

第一部分　文学作品中的性别主体身份建构

第二部分　影视作品中的性别主体身份建构

第一部分

文学作品中的性别主体身份建构

第一章

同性社会化群体

——男性主体身份的再构与重构

弗雷德里克·波尔（Frederik Pohl）是美国著名的科幻小说作家，早期以创作讽刺性的短篇小说见长，长篇小说的写作大都是与同时代的其他科幻小说大家合作的结果，比如西里尔·科恩布鲁斯（Cyril Kornbluth），两人与1953年合作的科幻小说《宇宙商人》获得了巨大的成功，不仅仅奠定了两位作家在科幻界的地位，也铸就了波尔科幻小说的总体基调，用科幻去剖析社会问题。其后，两人于1955年合作的另一部作品《法律角斗士》，虽不像《宇宙商人》那样获得广泛的关注，但其在人们认知形态中男性化身份危机愈演愈烈的情形之下，提出的男性化身份建构范式以及对男性间同性社会化关系模式的表呈和探索，不单是对当时受社会环境影响而冲撞消弭的男性化主体身份的重构意义深远，在某种程度上来说，也可以被视作其后美国文学作品及文化认知中探讨男性化身份演变的奠基之作。

一

书中描画了在不久的未来一个去理想化的企业经济社会，其中备受压迫剥削的下层阶级被富有的资本主义精英们所控制，最终不堪忍受的下层阶级奋起反抗，导致整个体系的崩溃。在这本书中，波尔和科恩布鲁斯沿用了英国著名小说家乔治·奥威尔（George Orwell）经典的社会层级三分法："工业大佬"阶层；依托联合企业实体以及被"GML 家园"① 所控制的附属商业实体而生存的、充斥着官僚作风的中间阶层；居住在名为"腹栏"（Belly Rave）的拥挤贫民区里的下层工人阶级和普通百姓。可以说，《法律角斗士》就是描写了一群去理想化的、来自社会特

① 书中的"G. M. L 家园"是一个控制着中间阶层所居住的酒厂直营酒店（tied house）的大型财团。

定阶层的不满者是如何抗争、削弱并最终推倒对他们施加管压及迫害的经济体制的。小说的叙事架构有两条平行的线索，一条是在社会权力层级架构中地位低下的律师查尔斯·蒙迪（Charles Mundin）如何帮助被一位已故的“大佬阶层”富豪剥夺了财产继承权的后裔唐和诺尔玛·拉维（Don and Norma Lavin）兄妹从中间阶层的官吏手里夺回了本应属于两人的遗产；另一条主线就是原本属于中间阶层的一位经营角斗士表演的经理诺尔维尔·布林（Norvell Bligh）是如何因受到同阶层贪官污吏的算计而破败潦倒、被迫沦为下层居民，其后又是如何重振雄威并恩怨相报的故事。

尽管在这部小说中，波尔和科恩布鲁斯对于美国当时的经济和政治体制都做出了相当繁密的批判，但是不能不承认的是其去理想化的社会模式架构依旧是以传统的性及性别范式为基础。去理想化的作品基本上都有一位虚构的男性主体，其身份和个人主义理念驱使他走上与服从社会规制及现状相背离的道路，从其同意欲掌控一切、压迫民众的权力和管制体系的抗争角度而言，此类个体化的男性主体在20世纪50年代美国的文学作品中可以被视为一种必要的身份建构。其时的多重社会性因素影响着这个男性化主体的身份建构。

二战结束后，大批身体和精神都饱受战争创伤的士兵返回家园，他们中绝大多数都要经历成功或不成功的自我身份再定位，要“努力整合彼此抵斥（抵对排斥）、相互矛盾的男性化身份及性别连同欲望的不同定位，尽量维持男性化身份的统一性”①。导致这些男性化身份出现分裂的一个最为主要的原因，就是其深藏的同时也是被努力压制的他们在战争时期因特殊环境而形成的男性间亲密关系。在很长一段时间里，对男性愉悦的研究基本上都是从精神分析的角度入手，而且这种愉悦的来源无外乎就是将女性躯体对象化而产生的欲望，对于源自男性间行为和男性间情谊的愉悦的研究凤毛麟角。然而，许多战后的文学作品或影视作品都是在探寻在性别及酷儿理论研究方面颇有建树的美国学者伊芙·科索夫斯基·塞奇维克（Eve Kosofsky Sedgwick）所谓的男性与男性间的同性社会化关系。美国著名的电影研究学者斯蒂文·科汉（Steven Cohan）就认为20世纪四五十年代在美国颇为流行的黑色电影就是“详细描画了退伍兵是如何由已熟悉的男性间关系向有些陌生的

① F. Krutnick. In a Lonely Street: Film Noir, Genre, Masculinity [M]. London and New York: Routledge, 1991: 113.

异性间情感转变的"①。虽然这种男性与男性之间的"他者关系模式"② 与同性间恋情没有必然联系，但因其有别于符合传统范式的异性间恋情，依旧无法被当时主流社会秩序所接纳。

小说出版之时美国民众所经历的理念信仰危机也是男性化主体身份建构过程中的重要影响因素。在 20 世纪四五十年代，美国的政治经历了从左翼的共产主义向中间派的"自由"联合的转变。美国学者克里斯托弗·布鲁克曼（Christopher Brokeman）指出"对共产主义不再抱有幻想以及明显的理想主义倾向已成为 20 世纪四五十年代美国民众意识形态的标识"③。在这一时期异常活跃又臭名昭著的麦卡锡主义的权力机构"非美委员会"的重压之下，以及虽处于发展初期阶段但紧张形势日趋明晰的冷战和国家安全状态的大环境之中，社会主义本身就被视为斯大林极权主义的代名词。许多青年人失去了往日追求的崇高信仰，生

---

① S. Cohan. Masked Men：Masculinity and Movies in the Fifties ［M］. Bloomington and Indianapolis：Indiana University Press，1997：88.

② C. Deleyto. Between Friends：Love and Friendship in Contemporary Hollywood Romantic Comedies ［J］. Screen，2003（44.2）：167-182.

③ C. Brokeman. American Culture and Society since the 1930s ［M］. London and Basingstoke：Macmillan，1984：2.

活没有了目标，用自我麻醉的方式勉强度日。“如何在相互冲撞、彼此矛盾的世界历史大潮之中维系自己的意识形态本位及对这种意识形态的忠诚这个问题促使许多美国作家和学者都在找寻美国历史学家小阿瑟·施莱辛格（Arthur Schlesinger，Jr.）① 所谓的‘至关重要的中心’，其核心就是能够获得共识与认可的基本的民主价值理念。这一理念能够成为批判质询的对象，而不会因历史、革命和意识形态的断裂导致的突变而土崩瓦解。”②

受此影响，许多20世纪50年代去理想主义作家都在其作品中描画了一个颇为压抑的组织生活状态，而其中的去理想化的主人公通过找寻他心目中的乌托邦来反抗这种令人窒息的状态，可以说这些作家们就是通过这种写作方式来探寻他们认为的“至关重要的中心”。对个体抗争的钟情，或许能反映出当时的人们对于所有有组织性政治运动或意识形态归位做法的怀疑。从某种意义上来说，他们就

① 小阿瑟·施莱辛格（Arthur Schlesinger，Jr.，1917-2007）：美国著名历史学家和政治评论家。曾任美国总统肯尼迪的白宫特别助理，被称为“最了解罗斯福和肯尼迪时代的人”，以《杰克逊时代》和《肯尼迪在白宫的一千天》两次获得普利策奖。他还提出了美国政坛30年左右就会来一次民主党和共和党的轮流坐庄理论。1965年曾被评为时代周刊封面人物。

② C. Brokeman. American Culture and Society since the 1930s［M］. London and Basingstoke：Macmillan，1984：3.

是寄希望于能够发掘出一个自治的自我，和能将在 20 世纪 50 年代官僚化极为严重的美国要求一切归于统一和控制的重压之下人们的共有欲望、经历以及信条得以表达的方式。

与同时期大部分文学作品将对男性化身份建构的焦虑用特意凸显，并强化异性恋和家庭关系模式这种传统意识共识加以表现不同的是，《法律角斗士》采用了建构男女间异性情感和男性同性社会化群体的双轨叙事架构，通过极富辨识性的身份及话语标识来定位男性主体化身份，从而实现更为自由化的男性化身份的再构甚至重构。

朱迪斯·巴特勒（Judith Butler）① 提出的“男性化是性别的一种表演形式”这一观点是分析性别身份建构的一个有力工具。她的“性别表演理论”认为，男性化不再是源于男性生理的一种稳固的、自然的身份，而是一种建构体，是诸如服饰、获得性行为等一系列外在标识的复杂集合体。由此，男性的生理躯体不再是男性化的根源所在，而是男性化性别特征表现的载体。主体所处的最为切近的文化及社会环境决定了特定的男性化表演形式和内涵。表

① 朱迪斯·巴特勒（Judith Butler，1956-），美国学者，当代最著名的后现代主义思想家之一，在女性主义批评、性别研究、当代政治哲学和伦理学等学术领域成就卓著。其所提出的关于性别的“角色扮演”概念是酷儿理论中十分重要的观点，她也因此被视为酷儿运动的理论先驱。

演性别这一理念从根本上挑战了传统的男性化身份建构模式。

在此基础之上，美国学者法林（P. Filene）指出，男性的职业和所处位置对于界定他们的身份至关重要。他认为，对于男性而言，没有什么职业能比战士、没有什么场所能比军队和战场能更好地界定男性的身份，因为“为了成为一名战士而需要在军队接受的相关训练有着双重功效：首先，能造就男性的强壮体魄并让男性掌握许多作战时需要的技能；其次，也是同样重要的是，可以赋予男性战士顽强的斗志和忠诚合作的价值观。因此，战士所表现出来的男性化可以被视作一种具有高度自我意识的性别表演”①。美国学者沃尔勒（W. Waller）认为性别身份是一种社会化产物：“社会不但是人类作为一个物种所生活的场所，还是人类身份的铸造者。社会环境一旦改变，人类也将随之改变。”② 他认为从平民向战士的转变，如果这不是一个单向转变的话，也绝对要比从战士到平民的反向转变

① P. Filene. Him/Her/Self: Gender Identities in Modern America [C]. Baltimore and London: Johns Hopkins University Press, 1998: 165.

② M. Chopra-Gant. Hollywood Genres and Postwar America: Masculinity, Family and Nation in Popular Movies and Film Noir [M]. London and New York: I. B. Tauris Publishers, 2006: 99.

容易得多。美国经济学家、社会评论家切尼（Leo M. Cherne）也提出平民化身份就是本质上残忍的男性化身份之上的一层伪装，一旦具有战场特质的环境出现，这种极富暴力倾向的男性化战士身份就会显露无遗。

在《法律角斗士》这部小说中，男性主人公们被塑造成为一个脆弱和焦虑的集合体，他们摆脱自己身份危机、重塑男性化身份的过程恰恰就是男性在战时“斗士”身份复位的过程，“用颇具攻击性和战斗性的标识性语词的重组来重构男性化身份”①，这些标识性词语最为直接的例证当推书名中的“角斗士”一词，其贯穿在整部小说对男性化身份的刻画之中。也就是说，小说用传统的男性英雄主义行为模式和通过战争得以彰显的极富男性化特征的战士身份的一种回归，来应对当时普遍存在的男性身份焦虑和被指责的男性社会性无能的担忧。

小说在开始的时候建构了一系列男性主人公之间非正常的或是彼此出卖以及男女主人公之间“倒置的”或是“有误的”关系模式。颇具攻击性的男性主人公本身既界定了同时也被定义化为一个自己所恐惧的“他者”，一个性的

① B. Baker. Masculinity in Fiction and Film: Presenting Men in Popular Genres 1945-2000 [M]. London and New York: Continuum, 2006: 12.

竞争对手或对象；要征服这个“他者”的意愿常常伴随着惧怕“自我”实际上就是这个“他者”的忧虑。书中的男性化群体中间充斥着这种只能通过掌控“他者”的方式来传递自己否则根本无法表达的愿望的焦虑男的芸芸众生相。同性社会化关系就是男性得以重塑战士自我身份的域界：书名中的角斗士既指代那些对抗不公经济体制的个体，也是作者认为男性如要摆脱身份危机则必须具有的核心身份。书中男性主观性的含义就是好斗、攻击。这类男性化身份最典型的代表就是蒙迪在“GML 家园”董事会里见到的那些“工业大佬”们，在这些男人身上，没有团结协作、没有兄弟情谊、没有忠诚奉献，他们就是社会大潮中的一个组成部分，将他们联系在一起的就是权力和利益，而且这种利益锁链并不稳固，权利的协同连横机制会因一个人或几个人的得势或失势而随时改变。

二

虽然波尔和科恩布鲁斯在小说中对男性的主体性身份建构进行了全新的探索，但是依旧未能摆脱其惯有的科幻小说传统规范以及当时的主流文化观念。波尔的大部分去理想化作品的叙事结构都是围绕着一对原先已然彼此疏离的男女主人公的最终和解而展开的，比如《太空商人》里面的凯西（Kathy）和米切尔·库尔特尼（Mitchell Courtenay），《搜索天空》里面的海伦娜（Helena）和罗斯（Ross），被认为是《太空商人》迟到的“续集”的《商人之战》中的米茨·库（Mitzi Ku）和坦尼森·塔尔布（Tennison Tarb）。在上述这些作品中，叙事架构都是以两位主人公的重修旧好，也就是符合传统规范的异性恋情的重塑及巩固而告终。在《法律角斗士》中，波尔也在试图用稳固女性传统的、居于男性次要胁从地位的角色位置来凸显男性主体的主导地位。正如美国影视评论家弗兰克·克鲁特尼克（Frank Krutnik）所说：“尽管女性看上去象征着男性主角在获得主控地位和能量过程中的干扰因素，或是导致了线性展开的叙事过程中的停滞，然而要明确的是，这些干扰和停滞的根本原因是男性自身的‘天性’。男性化的身份及性别建构从来不是稳固和统一的，而是互相冲撞的不同欲望层级之间的流动体；男性化是支配性的，不是均匀分布的。”①

---

① F. Krutnik. In a Lonely Street：Film Noir，Genre，Masculinity［M］. London and New York：Routledge，1991：113.

小说其中一条叙事线索的主人公诺尔维尔·布林从一个惧怕妻子的中层官僚，到贫民区靠自己本事吃饭的下层居民的转变是很典型和富有象征意义的。在小说的一开始，布林就受到其同阶层男性同僚的利用和出卖，最终导致其失业；他的老板坎德勒对他的态度随着布林在权力架构中位置的不断变化也经历了从最初的居高临下到巴结奉承再到唯恐避之不及的转变过程。布林同虚伪无情的阿尔尼·德沃尔卡斯（Arnie Dworcas）之间的“友谊”也颇具讽刺意味：这位被布林认为是“最好的朋友”的人暗地里利用、贬低布林，最终在布林走投无路向其寻求帮助的时候却将其拒之门外。布林对自己能力不足和对老婆的双重惧怕，都是源于布林担心自己不是一名战士因而被动、弱小、无力掌控局面。布林这条叙事线索最终以其“斗士般”男性主体性的恢复、“战士”自我的重置与归位、重拾对他者的权力掌控而结束。

自我与他者的两分定位以及男/女的二元性别结构，既是小说中“角斗士”男性化身份的建构要素，同时也是“确保”异性间婚姻关系模式得以维系的框架性社会元素。美国人类学家盖尔·卢宾（Gayle Rubin）指出：“个体被性别化，从而婚姻模式得到保证。”① 在这种性别化范式之中的主体性本身被建构的目的，就是要用婚姻将两性之间的不对等确立下来。布林的家庭构成就是多重权力关系的聚合体。布林的妻子弗吉尼亚（Virginia）跟他结婚之前是个寡妇，有一个处于青春期的女儿，可以说她是带着能够辨识并评判布林男性性别能力大小的丰富的两性间关系经验来到这个家庭里的，与布林的婚姻赋予其在这个家庭之中的主导地位。小说的前半部分中，弗吉尼亚在与布林的关系里明显处于发号施令的主控位置；她的女儿也一直是两人唯一的孩子，暗示这个强势的妻子导致布林生理上的无能。《法律角斗士》的精妙之处就在于，它传递给读者这样一种信息：弗吉尼亚之所以如此泼蛮就是因为布林不是一个“真正的男人”，不是一个符合男性化身份要素的人，是无法融入男性的协同群体而不具有男性气概的人。

如果说书中男性“斗士”身份的复位是男性化主体得以重构的标识，那么书中那些原本颇具“母权主义”（momism）并在男女二元性别关系架构中“错位”的女性，

① G. Rubin. The Traffic in Women：Notes on the “Political Economy” of Sex [A]. P. R. Reiter, ed. Toward an Anthropology of Women [C]. New York and London：Monthly Review Press，1975：180.

其受到当时人们认知体系接受的、服从于男性主导的胁从位置的恢复无疑也是男性化身份建构成功的有力佐证。科汉和另一位美国学者费舍尔（L. Fischer）都在各自的作品中用充满母权主义的女性形象来分析战后的男性化身份危机，并以此来解读战后文学及影视作品中对性别和家庭的呈现。从二战结束之后到20世纪70年代期间，涌现出大量描写母权主义的作品。虽然学术界对于母权主义究竟是否在二战之前给美国社会带来种种困惑意见不一，但是有一点是无可辩驳的，那就是在二战结束之后对于母权主义的存在忧虑倍增。

美国学者爱德华·斯特莱科尔（E. A. Strecker）曾用强势的母权主义母亲与儿子的关系来比照军队与士兵的关系："按照其组织构成，军队就是一个母权主义母亲的翻版。组织严密、纪律严明的编队在军队里是必不可少的，战士们必须被告知要去做什么，不要做什么，而且没有时间也没有必要向他们解释为什么要这么做。在一支优秀的队伍里，士兵和军官之间有着十分亲密的相互依赖关系。优秀的军官会认为他对自己的士兵负有责任，在某种程度上也会把战士们看作他自己的孩子，于是就会产生'孩子士兵'和'妈妈军官'，这很容易造成作为士兵的那些男性的去成熟化。"[1] 于是，在战后的很长一段时间，人们对于男性的成熟与否都感到忧虑重重，这无疑是母权主义母亲和军队对之双重作用的结果。另一位美国学者葛瑞尔（G. Gorer）提出，一个"事事过问、纠缠不休的妈妈"和对这种"吸血鬼般贴附掌控的惧怕"是战后美国男性对于女性强烈矛盾心理的重要组成部分[2]。这种矛盾心理也是20世纪40年代末到50年代美国许多文学作品中成熟的、母权主义女性形象构建的关键因素，比如《法律角斗士》中一开始塑造的弗吉尼亚以及诺尔玛·拉维（Norma Lavin）。

虽说波尔的初衷是想通过倒置的手法来讽刺父权体制，比如其在《搜索天空》中的做法，但其对女性形象的表呈却陷入了一个怪圈之中，那就是其笔下的女性只有在对男性行为做出拙劣的模仿时其身份才能被辨识，尽管此时的女性处于实际的叙事掌控地位。也就是说这部作品在意图讽刺传统的两分性别模式的同时却在不住地重复、强化这

① E. A. Strecker. Their Mother's Sons: The Psychiatrist Examines an American Problem [M]. Philadelphia and New York: J. B. Lippincott Co., 1946: 117-118.

② G. Gorer. The Americans: A Study in National Character [M]. London: The Cresset Press, 1948: 46.

种模式的行为准则。美国女权主义者芭芭拉·埃伦赖希①（Barbara Ehrenreich）认为，二战后初期文学作品中对女性的压制是当时恪守传统的社会文化大环境以及资本主义企业中浓重的官僚气的直接表现②。美国学者汤姆·莫兰（Tom Moylan）在分析《法律角斗士》的时候也表达了相似的看法："书中女性角色的作用……更是令人费解。身为女权主义者的诺尔玛（Norma）和刁蛮泼妇弗吉尼亚，都在各自男性伴侣的引导下沿着传统的性别角色轨迹而转变；从这个层面来说，这本小说实际上是捍卫了它所力图打破的战后美国社会的性别角色理念。"③

《法律角斗士》的叙事架构将极具反抗性的女性重置在对于英气十足的男性主体性而言被动顺服的他者位置之上。故事一开始，布林之所以对弗吉尼亚俯首帖耳，是由于他害怕会因为失去工作而被强势的妻子嘲笑，而工作上的种种紧张对抗关系又不时地影响布林的家庭生活。其实弗吉

---

① 芭芭拉·埃伦赖希（Barbara Ehrenreich，1941-），美国女权主义者，民主社会主义者和政治活动家，是一个广泛阅读和屡获殊荣的专栏作家和小品文作家，著有21本书。

② B. Ehrenreic. The Hearts of Men：American Dreams and the Flight from Commitment［M］. London：Pluto Press，1983：36.

③ T. Moylan. Gladiator-at-Law［A］. F. N. Magill，ed. Survey of Science Fiction Literature［C］. Vol. 2. Englewood Cliffs：Salem Press，1979：897.

尼亚的种种强势行为也是源于她内心的恐惧：她向布林隐瞒了自己来自贫民区的背景，而且她害怕再次回到那片脏乱不堪的地方。然而最终当布林因失业被迫沦为贫民区居民的时候，他却在这块弗吉尼亚惧怕的“战场”中重新获得了力量，并且通过暴力和男性能力彰显的方式将此前与弗吉尼亚之间倒置的权力关系成功复位。促使布林发生转变的催化剂是一个爱耍小聪明名叫谢普（Shep）的人，虽未明说，但是书中暗示他与弗吉尼亚有着男女私情。当一顶绿帽子被当作礼物送给布林的时候，怒不可遏的布林威胁弗吉尼亚：“要是我发现你还跟那个禽兽不如的谢普纠缠不清的话，后果不堪设想。我先警告你！”① 当然，要成为“自己家里的主人”，不单要有口头的威胁，还要有肢体的暴力来付诸实施：谢普“被人用铅管狠狠教训了一顿”②。随着布林对其妻子管控的开始，他也走上男性化主体身份复位的道路。

布林男性身份和地位的重置还与其对蒙迪（Mundin）和拉维（Lavin）家族的帮助密切联系在一起。在这条叙事线

---

① F. Pohl. and C. Kronbluth. Gladiator-at-Law (1955) [M]. London: Gollancz, 1973: 99-100.

② F. Pohl. and C. Kronbluth. Gladiator-at-Law (1955) [M]. London: Gollancz, 1973: 133.

索之中，通过投靠拉维家族并获得他们所掌管的财团的帮助，布林报复了害他失业的昔日老板坎德勒（Candella）和他过去所谓朋友的阿尔尼·德沃尔卡斯（Arnie Dworcas）。在对付德沃尔卡斯的时候，布林教训这个无情小人的暴力举动是他男性化身份重生或者男性化主导地位得以重置的标识。后来，布林有了自己的孩子，蒙迪得知此事后怀疑孩子是不是布林的，布林以一种炫耀男性化力量的方式打消了蒙迪以及读者的疑问："这是件好事。这孩子是我的。不然的话，我会打折她的腰！"①

诺尔玛·拉维起先也被刻画成一个"男人味"十足的角色：不抹口红，乱糟糟的头发，穿着绿色宽松肥大的裤子和松垮的格子花呢上衣②。她还不让人称呼她为"小姐"，只许别人喊她的姓"拉维"，这在当时是一个非常"男性化"的称谓方式。而蒙迪在对付这个企图跨越传统性别范式的人时，则摆出了一副无所谓的态度："好吧，拉维，斯派克，布奇（女同性恋的称谓），你想让我喊你什么我就喊你什么。"③ 蒙迪就是用这种颇具攻击性和敌意的口吻来讽刺诺尔玛是个女同性恋。在诺尔玛想要自我定位和

① F. Pohl. and C. Kronbluth. Gladiator-at-Law (1955) [M]. London: Gollancz, 1973: 138.

② F. Pohl. and C. Kronbluth. Gladiator-at-Law (1955) [M]. London: Gollancz, 1973: 20.

③ F. Pohl. and C. Kronbluth. Gladiator-at-Law (1955) [M]. London: Gollancz, 1973: 21.

让蒙迪按照她的意愿称呼她这件事上，蒙迪略显神经质的回应恰是一个内心脆弱的男性主体在面对一个不愿意按照正确的、也就是被动顺服的女性性别范式行事的他者时恐慌不已的反应。对于这种越界行为，蒙迪只能选择通过另一种形式的越界行为加以回应。

后来，当蒙迪成功将被掌管 GML 家园的财阀大佬们绑架的诺尔玛解救出来之后，他无疑成了诺尔玛和所有人眼中符合传统性别范式中具有男性化特质的英勇斗士。在被蒙迪解救之后，诺尔玛说话的口气“不那么男性化了”，“伏在他的肩膀上，哽咽抽泣着”①。先前咄咄逼人、说一不二的女汉子成了一个需要人解救帮助的弱者，其身份定位也从以前同她哥哥平起平坐甚至事事为先的居高临下变成了处在附属于蒙迪的位置。她甚至还将自己置于传统的男性性欲望对象的位置，自化为劳拉·穆尔维②（Laura Mulvey）所谓的“凝视对象”：抱怨一个总想占她便宜的名叫哈伯（Hubble）的人“那双臭手总是不老实”③，并责备

① F. Pohl. and C. Kronbluth. Gladiator-at-Law（1955）[M]. London：Gollancz，1973：109-110.

② 劳拉·穆尔维（Laura Mulvey，1941-），英国著名女性主义电影理论家、导演、制片人、影评人。

③ F. Pohl. and C. Kronbluth. Gladiator-at-Law（1955）[M]. London：Gollancz，1973：150.

"蒙迪对待我的那种让人大为火光的方式根本就是不拿我当女人"①。此时的诺尔玛已然意识到，只有将自己按照传统的性别范式重置、变成一个顺服于居于主导地位的男性的被动"他者"，其在社会架构中被人认可的"自我"身份才能得以实现，其社会地位才能有所保障。于是这个此前甚至拒绝"小姐"称谓的反抗性女性开始用他人对她的要求和定位进行自我的身份重构。"被解放的"诺尔玛只是在其男性伴侣缺失的情况下才寻求独立和获得权利，传统的异性恋情是摈弃女权主义和女性权利的。

三

美国评论家莱斯利·费德勒（Leslie Fiedler）对美国文学作品中的性别建构，特别是男性化身份建构很有研究，是20世纪五六十年代美国文学评论和文化争论领域的一位关键人物。费德勒指出，美国文学作品中典型的男性主人公是一个总在奔跑的男性形象，奔向森林或潜入深海，跋山涉水或奔赴战场——任何一个能挣脱"文明"束缚的地

① F. Pohl. and C. Kronbluth. Gladiator-at-Law (1955) [M]. London: Gollancz, 1973: 154.

方他都愿意去，男女两性之间以性、婚姻和责任为最终形式的交往对立就是这个他企图要摆脱的“文明”。在费德勒看来，作为美国文学作品中经典原型的向往荒野、神秘探险和其他男性陪伴的男性人物形象是美国男性规避社会性成熟的表现。“显然，最让当时美国作家笔下的男性主人公感到恐惧的就是社会化成熟，而婚姻就是这种社会化成熟的标志。因为婚姻不仅仅是同分裂化的自我和解、平衡理智与情感争斗的方式，还是男性向传统社会范式的屈服妥协，是对责任、艰辛而又乏味的普通生活的无奈接受”①。

昔日驰骋在战场上的战士在向和平社会经济秩序转变的过程中，他此前所熟悉的绝对男性化环境无疑是一个巨大的障碍。因为军队这个过度男性化的群体（over-masculinized）会让长期置身于其中的男性很难在适应和平时期基于异性社会关系的组织架构。战后，在男性中间还有相当程度的对绝对男性化群体的留恋和向往，许多曾经参加过战争的男性更希望有同性而非异性的陪伴，其目的就是想找回战时在军队里感受到的同伴情谊，这在很多人

① L. Fiedler. Love and Death in the American Novel [M]. London: Jonathan Cape, 1967: 338.

看来都是他们生命中“制高点”。美国学者库珀（Kupper）指出，绝对男性化群体中女性影响因子的缺失会导致让一些群体中的男性产生性焦虑感，他们开始惧怕女性，惧怕承担任何作为一个男性伴侣在两性关系中应该扮演的角色①。

不愿意同女性有感情纠葛，而与此同时又不敢接受同性之情，二战之后回复到和平时代正常社会范式和平常生活模式的男性在情感取向上受到双重规限。《金赛报告》的问世更是加深了当时人们对于男性同性间情感的抵制。库伯指出：“金赛在其报告中提出大部分美国人的性别身份都流动的、不稳固的，这更加深了人们对于同性恋者可能已经潜入美国政治生活中枢机构并企图从内部瓦解美国社会的担忧。在人们的潜意识中，共产主义和同性恋是两大‘内敌’。”② 国家安全状态的设定是规范性别行为的一个重要举措，要求美国人都认真审视自己有没有任何会被怀疑为对国家不忠的性和政治上的不当行为。

他们对于其他男性的情感依附感和需求感就是塞奇维

---

① H. I. Kupper. Back to Life：The Emotional Adjustment of Our Veterans［M］. New York：L. B. Fischer，1945：95.

② H. I. Kupper. Back to Life：The Emotional Adjustment of Our Veterans［M］. New York：L. B. Fischer，1945：67-68.

克所谓的“同性社会性”情感，与同性恋决然不同。同性社会化情感关系模式中的男性对于彼此更多的是源自心理上的认同感，能让正经历着从战场到家庭的位置重置、从已然十分熟悉的男性群体到要在面对已不符合传统性别范式的女性的两性间关系中身份重定的男性身上获得同类感（sameness）和归属感。在20世纪50年代的美国，这种同性社会化情感还被赋予了强烈的时代化特征，那就是对民主自由社会的理想破灭，自我身份的困惑让男性更愿意依附于同性间情感，更向往战时有组织男性群体。在同性社会化群体中的男性，其男子气概或男性化特征都十分突出，并且十分看重英雄式的、颇具神秘感的个体化行为理念、性格特点和生理能力。其外在表现形式就是通过彰显暴力来征服女性“他者”从而建构男性化“自我”的人物呈现范式。这也正是波尔和科恩布鲁斯在构建《法律角斗士》中男性人物形象时所选用的范式。美国学者厄尔里奇（Erlich）认为在《法律角斗士》这本书中，“蒙迪和诺尔维尔·布林是两人都力求扮演的英勇斗士这个男性主体的两个关系密切的分体”①。小说中蒙迪和布林被分别置于平

① R. D. Erlich. A Womb with a View: Domesticating the Fantastic in Pohl and Kornbluth's Gladiator-at-Law [J]. Foundation, October 23, 1981: 31-39.

行的叙事线索之中，两人既是各自线索的主导性个体，又共同成为串联整体叙事架构的结合体。两人“战友”般的同性间情感不仅仅是两人男性主体化身份得以成功建构、主导性社会地位得以重置的重要辅助，更是两人在上述过程中赋予彼此巨大支撑力的情感依附。在当时草木皆社会环境之中，波尔和科恩布鲁斯在《法律角斗士》中对男性同性社会化情感和关系模式的探讨无疑是十分难得之举，其潜在的文学价值更是不言而喻。

在《法律角斗士》这本小说中，波尔和科恩布鲁斯表达了与当时许多作家共同的愿望，希望通过建构一个真正的“斗士”主体性自我来抗争社会的不公、用自我本位意识的实现来彰显民主自由理念，其中男性主体的身份建构是在作者合乎传统性别规范的大框架中对同性社会化关系在男性化身份复位过程中重要作用的探索。波尔认为要重塑男性化，凸显男性化特质的身份建构对于当时经历身份危机的男性至关重要，“战士化”也能让失去信仰的人重新获得信仰，依靠个人力量与组织经济相抗衡也是波尔所持的民主自由理念的体现。

第二章

“顺应型”男性主体的身份建构

受经济的发展和政治管控的共同影响，20 世纪 50 年代美国社会出现了大批顺从社会主流意识形态来进行自我身份建构的“顺应型”男性主体，当时的文学作品对此进行了深刻的描画。本章选取其中具有代表性的几部作品，运用路易·阿尔都塞①（Louis Althusser）的意识形态分析方法，从身体的文化消解、主体的归化与异化等几个方面，阐释作品中这一时期“顺应型”男性主体的身份建构及表征特质。

20 世纪 50 年代，因二战导致的美国社会政治、经济状况的改变给这一时期男性主体身份建构的变革产生了很大

① 路易·皮埃尔·阿尔都塞（Louis Pierre Althusser，1918–1990），出生于阿尔及利亚的法国著名哲学家、结构主义马克思主义奠基人，代表作《读〈资本论〉》《保卫马克思》。

影响。一方面，战争使得美国社会的经济情况发生了剧变，经济实力大幅增长，物质资源极大丰富并足可以用来进行有效的资本积累。按照著名美国社会学家里斯曼（Riesman）对人口曲线及所对应的社会类型的划分，20 世纪 50 年代的美国进入了初期人口降低阶段的“他人引导型社会”①，“他人”而不是物质环境或文化传统成了人们价值观以及性格特征形成的决定性因素；另一方面，麦卡锡主义右翼保守势力向 30 年代的激进主义传统进攻，高压政治管控之下，受到人们推崇的价值观念从 30 年代的反叛转为“与社会无争”②，以个体的不反抗和对时代的“顺应”来争取主要是以社会经济地位和人际关系衡量的成功。在当时的美国社会，“他人引导是一种占统治的顺从方

---

① 美国社会学家大卫·里斯曼在其著作《孤独的人群——美国人性格变动之研究》一书中，依据诺斯坦人口统计学提出可以用人口增长 S 形曲线将西方社会以及受西方社会所影响的地区的社会类型划分为 S 曲线下端水平线代表的“人口高度增长潜力阶段”的“传统引导型社会”，S 曲线的垂直线代表的“人口增长过度阶段”的“内部引导型社会”，S 曲线上端水平线代表的“初期人口下降阶段”的“他人引导型”社会。按照里斯曼的解释，尚未工业化或处于工业化初期阶段的国家和地区属于第一类，处于工业化进程中的国家和地区属于第二种类型，而像美国这样在二战后进入经济快速发展的后工业化国家属于第三类。

② William Whyte Jr. The Organization Man [M]. New York: Simon and Schuster, 1956: 67.

式”①。受此影响，当时美国主流文化中男性被认为应该效仿的社会性别角色也相应地在诸多方面发生了巨大的改变，该时期的许多文学作品用对这种“顺应型”男性主体的身份建构来展现男性普遍遭遇的身份危机。

一

阿尔都塞在其著名的论文《意识形态与意识形态国家机器》中，强调了意识形态国家机器在生产关系再生产中的重要作用，并重新阐释了“意识形态”的含义，确立了个体被意识形态询唤②为主体的镜像机制。阿尔都塞分析了“总体意识形态”与“具体的主体”的关系，认为两者之间有着双重构造的交互作用，即“只有在总体意识形态具有将具体的个体作为主体‘构成’的（界定它的）功能的情况下，主体的范畴才是总体意识形态

---

① ［美］里斯曼，格拉泽，戴尼．孤独的人群——美国人性格变动之研究［M］．刘翔平，译．沈阳：辽宁人民出版社，1988：18.

② 询唤（Interpellate、Interpellation），拉康与齐泽克精神分析理论中的一个概念。不同的询唤（Interpellation），询唤（Interpellate）出不同的“主体”。其实并非如很多人所说，拉康消弭了主体，这只是一种误读。以“镜像理论”和“主体间性”理论为背景，“询唤”才是理解拉康“主体性”的关键。

的构成要素"①，而它们之间的关系，则是"总体意识形态将具体的个体当作属民招呼或询唤"②，即总体意识形态将具体的、现实的和经验的个体变成服从一个具体表述性机构的主体的个人，或者说，"询唤"是社会机器为具体个人提供一个位置的过程。"意识形态'表演'或'起作用'的方式是从个体中'征召'主体，或者通过'询唤'的准确操作将个体'转换'成主体"③。总的意识形态集中于一点，询唤他们周围无穷大的个体。阿尔都塞认为："个体作为一个（自由的）主体被询唤，以便它能够自由地服从于主体的训诫，也就是，以便它能够（自由地）接受他的屈从地位，也就是说，以便他将会'完全自主地'做出他顺从的姿态和行动。"④

在20世纪50年代的美国，男性主体就被作为"总体意识形态"的一种特定的经济市场模式询唤，进而顺应其

---

① ［法］路易·阿尔都塞．哲学与政治——阿尔都塞读本［M］．陈越，译．长春：吉林人民出版社，2003：55.

② ［法］路易·阿尔都塞．哲学与政治——阿尔都塞读本［M］．陈越，译．长春：吉林人民出版社，2003：35.

③ ［法］路易·阿尔都塞．哲学与政治——阿尔都塞读本［M］．陈越，译．长春：吉林人民出版社，2003：357.

④ ［法］路易·阿尔都塞．哲学与政治——阿尔都塞读本［M］．陈越，译．长春：吉林人民出版社，2003：359.

要求来重新构造身份的呈现方式①，认定因良好的个人形象和人际关系可获得的体面工作以及由之而来的高收入就是标定主流男性主体身份的决定因素。科伯（Corber）指出，人们传统认知形态中用外形的健壮粗犷来表征男性气质的时代已然过去，现在的男性要像女性那样关注自己的外表，力求精致：这些被“女性化”的男性“将自己的身体掩藏在消费主义至上的经济动态架构之中”。这种女性化气质十足的男性主体身份呈现的规制模式的建立表明了当时大多数男性认同并接受了办公室白领是他们的最佳表征形象体。此前男性竭力追求的彰显男性性别特质的强壮身躯成了处于社会底层劳动者的身份标识，拥有健硕身体的男性被认为是只能依靠一身蛮力来完成繁重体力劳动的粗俗之人，是“身着笨拙蓝色工装衣裤的类人猿和猪猡”②。由此，健壮的体格就意味着经济状况上的借据，成为“顺应型”男性主体竭力避免的物质化呈现方式。

---

① Mercè Cuenca. Invisibilizing the Male Body: Exploring the Incorporeality of Masculinity in 1950s American Culture [A]. Josep M. Armengol, ed. Embodying Masculinities: Towards a History of the Male Body in U. S. Culture and Literature [C]. New York: Peter Lang, 2013: 49.

② [美] 田纳西·威廉斯. 欲望号街车 [M]. 冯涛，译. 上海：上海译文出版社，2010：166，185.

在美国传统的文化语境中，男性的健壮身躯一直都被认为是构成其物质化存在的根本内涵，尤其是美国历史上的边疆开发、战争以及经济萧条时期，象征着保护自己及家人的力量和征服自然的能力的硬汉男性更是备受推崇。故而，在传统的认知结构中，男性的身体在构建男性主体身份过程中具有不可替代的重要性。对男性健壮躯体的认同就好比人类的性别身份被普遍认为要按照传统的男/女二元性别对立进行严格划分一样根深蒂固。然而，虽说男/女二元对立以及男性气质/女性气质的传统两分法在社会认知架构中的牢固地位不可撼动，但是在特定的历史时期和文化语境中，上述两分架构内涵界定的改变导致男性主体的物质化存在方式被镌刻上了深深的时代烙印。美国西班牙裔女学者昆卡（Mercè Cuenca）认为，在20世纪50年代美国的主流文化中，男性气质同肌肉发达的、“硬汉”般的强壮男性身躯之间的传统对等关系受到挑战①。在这一时期，男性的性别主体身份以及物质化的存在方式被一种有别于传统文化认知的、带有浓烈时代政治特色的方式予以重构，

① Mercè Cuenca. Invisibilizing the Male Body: Exploring the Incorporeality of Masculinity in 1950s American Culture [A]. Josep M. Armengol, ed. Embodying Masculinities: Towards a History of the Male Body in U.S. Culture and Literature [C]. New York: Peter Lang, 2013: 49.

男性极具性别特征的身体的文化性“消解”成为 20 世纪 50 年代美国文化中性别身份建构的一个重要标识。

法国哲学家福柯[1]（Michel Foucault）指出，身体经济的政治维度在很大程度上是由生产决定的，即身体与劳动市场之间的关系[2]。这一观点可以用来解释以往受到认知肯定的男性躯体被文化消解的原因。二战爆发之前，美国也遭遇了遍及西方世界的经济大萧条。其时，主流文化认知体系中的标准男性气质在很大程度上就是由“自给自足的男性”形象标定的，也就是那些体格健壮、强悍有力的男性，敢于面对并解决生活中的种种困难。经济大萧条时期，美国社会失业率颇高，许多男性面临着无力承载家庭经济重担的窘境，他们会向往以强壮的身体为本质表征的男性主体身份，因为这种单纯以生理特征为标识的身份建构能给当时普遍面临身份危机的男性带来极大的安慰。其后不久，二战的爆发又再次将强壮的躯体置于男性性别身

---

① 米歇尔·福柯（Michel Foucault，1926-1984），法国哲学家、社会思想家，被誉为“思想系统的历史学家”。他对文学评论及其理论、哲学（尤其在法语国家中）、批评理论、历史学、科学史（尤其医学史）、批评教育学和知识社会学有很大的影响。代表作：《疯癫与文明》《性史》《规训与惩罚》《临床医学的诞生》《知识考古学》《词与物》。

② Michel Foucault. The Body of the Condemned. The Foucault Reader［M］. New York：Vintage Books，2010：173.

份架构体系凸出重要的位置。二战之后，美国的经济实力骤然增长，在资本主义世界经济中占有全面的优势。在完成了由战时经济向和平时期的转变之后，美国经济从20世纪50年代起在上述优势地位的基础上进一步持续增长。经济状况的极大改善所催生的身体经济不再看重男性肌肉叠加的物质化存在形式。

为了适应当时因资本的迅速积累而改变的美国社会的经济架构，社会体系中的身份层级以及作为当时社会活动主要参与者的男性的性别身份也迫切需要重构和重置。“霸权性男性气质”是科汉用来标定20世纪50年代男性气质所特有的表呈范式。科汉认为，“霸权性男性气质”是界定社会性别常态的一套规范性话语，用性别常态模式来架构社会关系中的各种权力层级①。霸权性男性气质中还囊括了其他几种形式的男性气质，比如“幼稚型”“柔弱型”和“同性恋型”，然而这些男性气质都是被划归在以“霸权男性气质”为主导的男性性别呈现方式的层级架构之中②。在20世纪50年代的美国，能被认为是具有“霸权

① S. Cohan. Masked Men：Masculinity and Movies in the Fifties [M]. Bloomington and Indianapolis：Indiana University Press，1997：24，35.

② S. Cohan. Masked Men：Masculinity and Movies in the Fifties [M]. Bloomington and Indianapolis：Indiana University Press，1997：35-38.

性男性气质”就是“身穿灰色法兰绒西装”、有着稳定收入和一定社会定位的中产阶级白人男性汤姆·拉斯（Tom Rath）①，其主体身份的霸权性所依，从意识形态上讲是同一种职业被界定为社会精英阶层的主流意识形态密切关联的，从文化上来解读，则是深深根植于经济行为以及责任重要性的文化理念再生产。男性气质就是“规范的强制性虚构”②，不再是一个生理或自然理念上的角色，完全是一个社会文化的建构体。男性气质不再是一个意识理念上稳固建构的身份，而是一中不断变换的“性别操演”，而正是这种操演的特性导致了当时男性气质的“脆弱性”以及男性化主体的非稳固性。

可以说在20世纪50年代的美国文学作品中，被界定为具有规范的“霸权性男性气质”的男性主体就是顺应社会总体意识形态“询唤”的职业白领。不断繁荣的经济需要广阔的消费群体，故而男性主体也应该被划入消费者的范畴之中，而且男性消费主体与女性消费主体之间原本清晰的界限也日渐消弭，男性主体在不同程度上被女性化，

---

① ［美］斯隆·威尔逊．穿灰色法兰绒西装的男人［M］．吴杨，译．上海：上海译文出版社，2014.

② ［美］斯隆·威尔逊．穿灰色法兰绒西装的男人［M］．吴杨，译．上海：上海译文出版社，2014：24.

以适应消费资本主义经济结构的需要。美国学者约翰·贝农（John Beynon）认为男性气质的危机就是“男性外表的商业化以及对于越来越多掺融了女性气质的男性主体身份的普遍接受和认可”①。

二

由于社会总体意识形态的转变，男性个体出于各种考虑而朝着“顺应型”询唤主体进行或成功或失败的“主动”归化的过程，是当时男性主体所遭遇的普遍身份建构危机的直接体现。《推销员之死》对于当时因“霸权男性气质”标准范式的剧变而引发的男性主体身份危机做了详尽的描述，用最能彰显受“总体意识形态”询唤而出的主体之特性的“推销员”这个职业身份代码来剖析男性主体的身份建构焦虑。总是身着笔挺“法兰绒西装”的推销员被认为是“白手起家的成功者”的典范，“是一个人所能要求的最了不起的前途”②。推销员的职业身份要求他是一

---

① John Beynon. Masculinities and Culture [M]. Buckingham: Open University Press, 2002: 77.

② [美] 阿瑟·米勒. 推销员之死 [M]. 英若诚，等译. 上海：上海译文出版社，2008：26.

个被人喜欢的人。对于一个推销员而言，所有的人都是他潜在的客户，因此推销员自己的外在形象就变得尤为重要，直接决定他能否成为一个被人喜欢的人。令老推销员威利·洛曼（Willy Loman）烦忧的一个重要因素就是他日渐苍老的容颜和身躯，他认为自己的衰老是他不能像以前那样推销产品的罪魁祸首。威利还很看重自己的着装，总想着如果自己的着装得体，至少是打扮得精明一点，比如像一个成功的白领，他就会更加成功："我太胖，相貌太蠢，人家笑话我是大狗熊……也许是衣服不合适。"① 书中有很多对于威利家中老旧家具设备的描述，坏了皮带的电冰箱、爱出问题的汽车和总是漏雨的屋顶，这些东西是威利穷其一生的努力工作都没能彻底偿还的债务，更是其衰老颓败的镜像反映。威利的死亡含义深远：在清楚认识到自己已无力从经济上保障家人的体面生活之后，老威利决定结束自己的生命，好让他的妻子和两个也没有什么作为的儿子比夫（Biff）和哈皮（Happy）拿到能够帮助实现俩人"出人头地"梦想的保险金。

威利对自己能否拥有成功白领那样的身份呈现的担忧

① ［美］阿瑟·米勒．推销员之死［M］．英若诚，等译．上海：上海译文出版社，2008：26.

恰恰是他努力顺应全新市场经济意识形态却最终无果的体现，他的外在形象同那种将男性身躯隐蔽起来并凸显一种恰当归化后的男性气质格格不入。美国学者科伯指出，受20世纪50年代对男性主体身份建构的主流意识的影响，不同的男性的个体朝向被询唤的标准主体范式过度的过程充满着艰辛，这恰是威利遭受命运悲剧的源泉："他无法承受顺应被主流意识归化的男性标准气质范式时自身所承载的巨大压力，他不想在这个官僚化的、毫无人情味可言的组织经济社会里当一个默默无闻的小角色，幻想着能够表现出其所认为的真正企业家本该具有的果敢与创新的精神。"① 对威利所处身份困境的描述反映出威利对顺应型身份建构范式要求的矛盾心理：虽然他外在的种种行为都是力争成为一个"主动的"顺应型主体，接受身份被归化的命运，成为整个社会生产经济中的一个隐形螺母，但是其内心却是十分地不情愿，顺应只是无奈之举。

里斯曼指出，他人引导的社会有一个共同的特性，把由同龄人组成的同侪团体当作个人引导的来源，"他人引导

① Robert J. Corber. Homosexuality in Cold War America: Resistance and the Crisis of Masculinity [M]. Durham and London: Duke University Press, 1997: 38-39.

的人所追求的目标随着这种引导的不同而改变，然而，追求过程本身和密切关注他人的过程在一生中保持不变”①。当时的男性主体非常在意自己能否得到同龄人的接受与认可，对人际关系十分看重。在很多人看来，重要的并不是勤劳和优异的成绩，而是顺从社会、顺应集体、与他人合作。“在现实世界中，男性在与他人的关系架构中居于一种传统意义上女性所处的位置”②。纵览战后那些教人如何获得成功的书籍作品，都在要求男性去培养一种能够吸引、取悦并打动他们在现实生活层级中居于他们位置之上的人以及他们周围同侪团体成员的特点和能力。而且，这些作品都力荐男性要密切关注自己的着装打扮，这可能是他们被女性化最为凸出的标志。社会经济架构的重组迫使男性要以自己的外表和对社会及他人的顺从度来充当攀爬社会层级的利器，因为他们的外在形象和良好的顺应性能够增加他们的交换价值。

《推销员之死》一书中有过多次对同侪团体认可重要性的描述。老推销员威利的大儿子比夫在中学时曾是红极一

---

① ［美］里斯曼，格拉泽，戴尼．孤独的人群——美国人性格变动之研究［M］．刘翔平，译．沈阳：辽宁人民出版社，1988：20.

② Robert J. Corber. Homosexuality in Cold War America: Resistance and the Crisis of Masculinity［M］. Durham and London: Duke University Press, 1997: 35.

时的校棒球队队长，“一到下课的时候就有一大群女生跟着她”，他们家的地下室里常常聚满了等候比夫发号施令的“不知道该干点什么的男孩子们”；威利也常常跟孩子们吹嘘“等你们长大，走到哪儿都得受欢迎，因为他们都认得我，我有朋友”①，“感谢上帝，你们俩长得都跟美男子似的，因为要说做生意，就得那种仪表堂堂、叫人一看就喜欢的人才能出人头地。只要大家喜欢你，你就不会倒霉”②，“要紧的不是你干什么，是你认识谁，是你脸上的笑容，要紧的是关系”③。在威利心目中，邻居查利（Charley）的儿子“没什么人缘”的少年伯纳德（Bernard）“招人讨厌、没出息”④，只能忠心耿耿地跟在比夫后面帮忙、在考试时给比夫传答案，而自己的儿子比夫在打完冠军赛后就能名扬天下，“三所大学抢着求他去，

---

① ［美］阿瑟·米勒．推销员之死［M］．英若诚，等译．上海：上海译文出版社，2008：22.

② ［美］阿瑟·米勒．推销员之死［M］．英若诚，等译．上海：上海译文出版社，2008：24.

③ ［美］阿瑟·米勒．推销员之死［M］．英若诚，等译．上海：上海译文出版社，2008：67.

④ ［美］阿瑟·米勒．推销员之死［M］．英若诚，等译．上海：上海译文出版社，2008：23.

他前途无量，什么也挡不住他了”①。

贯穿全书的威利和比夫之间的冲突则进一步放大了在当时许多男性朝向“顺行型”主体身份转变过程中的满目疮痍。比夫是一个典型的“身形健壮”的体力劳动者，是在20世纪50年代的美国已然不被社会主流性别身份意识所推崇的、能够凭借自身力气与恶劣自然环境相抗争的魁梧壮汉。虽说比夫年少的时候是一个优秀的运动员，但除了一身力气之外别无其他长处的他，长大之后一直碌碌无为。也就是说，他在体力劳动方面的天赋对他在新型的组织经济社会架构之中的谋生一无益处，“冠军赛以后，他这一辈子就完了。从十七岁以后，他就没碰上过一件好事”②。为了取悦他的父亲，比夫回到老家，想找一份白领的工作，他跟他的弟弟哈皮的对话透露出了他内心的痛苦与挣扎：“我从战前离开家已经干了二三十种不同的职业了，结果总是一样……一个礼拜挣二十八块钱！我已经三十四岁了，应该成家立业，于是我往家跑，可回到家，却

---

① ［美］阿瑟·米勒. 推销员之死［M］. 英若诚，等译. 上海：上海译文出版社，2008：66.

② ［美］阿瑟·米勒. 推销员之死［M］. 英若诚，等译. 上海：上海译文出版社，2008：71.

不知道我自己该干什么”；在比夫看来，身穿“法兰绒西装”的白领生活“可怜得很，一年受五十个礼拜的罪，就为了那两个礼拜的假期，还老得拼命想赛过身边的同事”，比夫清楚虽然“只有这样干才有前途”，“可心里一直真正希望的是到露天去干活，脱开了膀子干”①。

在等级森严的商业界、政界和专业技术领域，各个谋职的竞争者也需要把自己的人格特点炫耀出来。里斯曼将这种人格差异成为“边界差异”。里斯曼指出，这中边界差异虽有时也有自傲的性质，但更多的是焦虑，是隐藏着的巨大竞争的表现②。比夫所感受到的来自现实生活的种种压抑都源自其无力攀爬社会层级阶梯的挫败感，是主体被动归化并导致失败的结果。最根本的问题在于，他所擅长的工作是被社会主流意识认定为低层级的工作，而这种意识认定又将比夫的主体身份反界定为只能依靠壮实身体混口饭吃的野蛮之人，他极富男性特征的物质化存在形式恰是他低社会层级身份的标识。

由于自己无法达到新型性别主体身份的要求，主动归

---

① ［美］阿瑟·米勒．推销员之死［M］．英若诚，等译．上海：上海译文出版社，2008：14.

② ［美］里斯曼、格拉泽、戴尼．孤独的人群——美国人性格变动之研究［M］．刘翔平，译．沈阳：辽宁人民出版社，1988：45.

化的愿望被自己的“衰老和没用”阻隔之后，威利把希望寄托在了比夫身上，想看到他有所作为。这就是为何当比夫准备去见他之前的雇主、成功商人奥利弗（Oliver）并请求他的资金援助之时，威利会给出那样的建议：“去见奥利弗的时候不要穿运动夹克和休闲裤，一定要穿西装去。”科伯指出，“任何试图抵拒男性气质归化之势的努力，后果都是肯定的社会层级的下滑”①，威利对此十分清楚，可是他的儿子比夫那肌肉发达、无拘无束的身体，正是对被归化的主流男性气质最明显无疑的挑衅。

当依靠良好的外表及人际关系来挣钱养家、过上体面人生活的社会化能力取代凭力气征服环境的男性生理特质成为衡量男性主体价值的标尺之时，“霸权性男性气质”的建构过程便由过去以男性躯体的强大健壮作为主导因素让位给了身着西装领带的白领一族这个主流男性形象的剪裁，男性程式化的衣着也逐渐成为辨别主体身份的标识。讨人喜欢的漂亮男性、异性恋的丈夫、父亲兼挣钱养家之人等构成当时男性主体主控身份的标志成了绝大多数男性主体身份的归化要素，他们的身体也被办公室白领典型的着装

① Robert J. Corber. Homosexuality in Cold War America: Resistance and the Crisis of Masculinity [M]. Durham and London: Duke University Press, 1997: 37.

"灰色法兰绒西装"所遮蔽。当时理想化男性形象的种种标识都表明了"男人不是衣着造就的"这一说法的谬误之处，如果一个男性主体意欲通过着装来彰显其办公室白领的身份地位，他就是在证明其男性化气质及主体身份。

三

20 世纪 50 年代美国社会总体意识形态的转变对个体的规约是不容置疑和挑战的。"顺应型"男性主体占据主流地位的同时，其他的男性身份建构及呈现方式则被边缘化甚至妖魔化，不愿顺应的个体自然无法逃脱被异化的命运。许多文学作品将异化的根源认定为男性主体无法控制其性别特质所赋予的"野性"而引发的祸端，"与其说是战后主流社会意识形态的种种规制造成男性主体的分裂，倒不如说是欲望是引起男性主体分裂的原因所在"①。

美国小说家赫尔曼·沃克（Herman Wouk）荣获 1951 年普利策文学奖的小说《凯恩舰哗变》之所以能够高居《纽约时报》畅销书榜首长达 32 周，原因就在于其就转变

① Robert J. Corber. Homosexuality in Cold War America: Resistance and the Crisis of Masculinity [M]. Durham and London: Duke University Press, 1997: 39.

的社会价值观对个体的规限做了深刻的剖析。大副马里克（Marick）在舰船遭遇台风的关键时刻带头以健康原因罢免了要求调转航向、背离台风的舰长奎格（Quig），事后因“对正确的命令和规定怀有偏见”而不是“反叛罪”① 被送上军事法庭。在辩护律师一番接连追问下，舰长奎格情绪失控，被认定精神有问题，马里克无罪释放。在事后马里克和其支持者的聚会上，法庭上竭力为马里克辩护的律师却告诉他，不正常的人不是奎格而是马里克和其怂恿者通讯员基佛（Kiefer），奎格舰长是一名遵从体制规定的优秀军官，正是有着奎格舰长这样严格按规制办事的人的存在，现行的体制才能保证美国这艘大船不断前行。马里克看似正确无误的决定是建立在对以奎格为代表的体制和强调顺应的总体意识形态的反叛之上的，无论形式上的结果如何，最终都难逃被体制和自我异化的命运——他离开了凯恩舰，而且始终未能如愿加入其向往已久的海军。

在凸显男性气质被归化、强调服从权威、顺应时代要求及承担对家庭所负责任的同时，他人引导的社会还强调同侪团体的认可和对处于自身社会层级地位之上的人的取

① ［美］赫尔曼·沃克．凯恩舰哗变［M］．英若诚，译．北京：解放军文艺出版社，1985.

悦，“个人在团体中的安全性不仅在于掌握奇难的交往技巧，而且要掌握消费爱好的趋向及其表现方式”①。里斯曼认为，若想恰当地表达个人的这些消费爱好，就必须感受到他人的偏好，然后便可以进行好恶的交流，这是促进团体间成员密切交往的最佳方式。在当时的社会，一个成功的职业白领“必须能觉察标志个人风格和社会地位的细微差异”，必须要区分上层阶级人的随意打扮和下层阶级的郑重打扮。职业白领阶层这种全新的行为伦理加重了这一阶层对于自我身份呈现的忧虑。科汉指出，20 世纪 50 年代那些“穿灰色法兰绒西装的男性”都被赋予要将职业白领阶层构建为居于男性社会身份层级架构主导范式的责任②。

当时奔波于社会之上、身负养家糊口之责的男性中有不少是经历过残酷战争的返乡士兵。《穿灰色法兰绒西装的男人》中的汤姆·拉斯在二战时做过伞兵，《欲望号街车》中的斯坦利（Stanley）和米奇（Mitch）是二四一部队的战友，这些曾经驰骋战场的退伍兵都“正当壮年，正处在体

① ［美］里斯曼，格拉泽，戴尼．孤独的人群——美国人性格变动之研究［M］．刘翔平，译．沈阳：辽宁人民出版社，1988：73.

② S. Cohan. Masked Men: Masculinity and Movies in the Fifties［M］. Bloomington and Indianapolis: Indiana University Press, 1997: 46.

能巅峰时期，粗犷、直截而又强壮有力”①。虽然拉斯鄙视身边穿灰色法兰绒西装的人，惧怕消费主义社会无休止的物质欲求和乏味单调的工作，但有三个孩子要抚养的他不敢冒险去走一条反常、嬉戏和混乱的道路，只得有意识地把自己隐藏在灰色法兰绒西装之下，“我自己怎么都行，我可以奉献到底”②。他想在联合广播公司争取到一份更挣钱的公关工作，以负担“更大的房子和更好的杜松子酒”③。当了解到公司董事长霍普金斯（Hopkins）先生要成立一个关注心理健康的全国委员会，拉斯随即表示“我毕生的兴趣就是为心理健康工作”④；虽然内心不喜欢霍普金，为了这份收入和社会地位都更高的工作，却标榜“我喜欢他，我爱慕他，我的心都是他的”⑤。顺应潮流是汤姆给自己的心理健康问题开的一服药，法兰绒西装之下却是分裂的人

---

① ［美］田纳西·威廉斯．欲望号街车［M］．冯涛，译．上海：上海译文出版社，2010：55.

② ［美］斯隆·威尔逊．穿灰色法兰绒西装的男人．吴杨，译．上海：上海译文出版社，2014：81.

③ ［美］斯隆·威尔逊：穿灰色法兰绒西装的男人．吴杨，译．上海：上海译文出版社，2014：73.

④ ［美］斯隆·威尔逊：穿灰色法兰绒西装的男人．吴杨，译．上海：上海译文出版社，2014：61.

⑤ ［美］斯隆·威尔逊：穿灰色法兰绒西装的男人．吴杨，译．上海：上海译文出版社，2014：76.

格和灵魂，妻子贝奇（Betsy）的指责入木三分地刻画出了汤姆顺从举动背后的无谓状态："自从你回来后，你真是无欲无求。你工作努力，但是你内心从没有真正尽力过。"①

汤姆被询唤为"顺应型"主体的过程是以泯灭个体的自我意识以及主体身份的社会化置换为代价的，最终拉斯一家"很开心地变成了有钱人"，这种不自在的顺应、对冲突的逃避和政治上的清心寡欲换来了对社会所推崇的核心家庭观及尊奉阶级特权理念的维系和巩固。汤姆·拉斯这个被询唤的主体在其身份建构的过程中充满了异化，而这种异化更多的是一种不为外人所视的内在异化，而那些无法顺应时代的主体的异化则是完全的、彻底的。美国女学者苏珊·波尔多（Susan Bordo）指出，在20世纪50年代的美国，健壮发达、男性特征十足的男性身体是受社会主流意识形态所排斥的原因是其被认为是与性行为有着必然联系："在20世纪50年代的大部分时间里，性（单纯的两性间行为，不以结婚和生育为目的）都被描画成低俗、肮脏、邪恶的行为。"② 在当时的文学作品以及影视作品中，

---

① ［美］斯隆·威尔逊．穿灰色法兰绒西装的男人［M］．吴杨，译．上海：上海译文出版社，2014：92.

② Susan Bordo. The Male Body: A New Look at Men in Public and Private［M］. New York: Farrar Straus and Giroux, 1999: 126.

拥有健壮诱人身躯的都是那些被用种族或阶层等标识"他者化"的男性主体，此类主体会被过度性别化。《欲望号街车》中斯坦利的人物形象就是一个异化主体的典型："身材强壮，生命中那种动物的快乐在他所有的动作和态度中都表现出来……从刚一成年开始，他生命的中心就是跟女人的乐趣。"① 和妻子住在新奥尔良的贫民窟，斯坦利不是能够凭借自身能力过上体面生活的成功男性，依靠其收入微薄的体力工作提升生活水平的可能性也是微乎其微。他在军队服役时期的辉煌并没有助其成功地转型为战后和平时期的办公室白领，而婚姻却成了他释放过剩体力的渠道——他强奸了自己妻子的姐姐布兰奇（Blanche），这一行为被认为是他男性特质过多而导致体力过剩并最终引发性伤害的最佳例证。斯坦利极具男性特征、健壮有力的身躯是其邪恶"他者"男性气质的标志性指征，他看似完美的身材恰恰表明了他"不是个好人"。

对于这些被完全异化的主体而言，他们极富男性化特征的男性气质没有被"法兰绒"遮蔽的关键就是他们"自战争时期形成的"暴力本性的存续，一方面他们要通过这

① ［美］田纳西·威廉斯．欲望号街车［M］．冯涛，译．上海：上海译文出版社，2010：29-30.

些暴力的展现来抵制将男性带入平淡家庭生活的社会趋势，另一方面这种暴力也是其无力改变大势所趋又不愿顺应归化的极端反应。里斯曼提出他人引导的人常常患有“缺乏冲动症”。不单单是斯坦利这样靠出卖劳动力勉强度日的社会底层男性，许多法兰绒西装加身、主动顺应归化却依旧被排斥在主流之外的男性主体都会通过某种方式来寻求对现实的短暂逃避。工作对于他们而言没有什么吸引力，工作中监督的加强及工序的复杂化甚至使生产过程更单调、更枯燥，而性就成了其抵御社会冷漠情绪威胁的有效防御，意欲从性中重新确认自己的生命和活力。真正让比夫从 17 岁后就一蹶不振的是老威利“出于寂寞而没有感情”的婚外性行为，而这段经历也成为威利年老后人格分裂的重要原因；威利的二儿子哈皮无法过上体面生活的原因就是沉湎于女色；斯坦利只要一打眼就能看出眼前的女性属于哪种性爱类型，是玩弄女性的老手，这些都是注定要被主流意识形态所拒斥的异化男性主体。此外，演变成暴力的男性主体行为也揭示出对异化男性主体的社会忧虑，他们受到规限的暴力本质在强调顺应的社会找不到释放的域场，就通过惩罚性的性行为体现出来，这足以引发整个社会的反思。

在因社会经济架构的转变而导致的社会总体意识形态询唤“顺应型”主体的20世纪50年代的美国，男性主体要在室内而不是室外来“证明”他们的男性气质。他们不再需要从物质化存在的方式上来表明其优于其他男性的特质，而是要彰显他们能在战后快速融入社会、成为被内涵及外在均被实现预设好的“成功男性”的一员。通过对上述文学作品中“顺应型”男性主体身份建构的分析不难发现，无论是以哪种形式进行的、结果是否成功的身份归化，还是在所难免的因不愿顺应而必将招致的身份异化，决定男性主体身份建构的都是社会的主控意识，性别主体所获得的则是一种顺应总体意识形态标定的操演性性别身份。这种社会化的操演性成为影响自20世纪50年代一直延续到世纪末的男性身份危机的重要因素。

第三章

公民士兵

——冷战时期男性主体身份建构的模板范式

美国著名科幻小说作家罗伯特·海因莱因（Robert Heinlein）1959年发表的科幻小说《星舰战将》用浓重的军事化色彩对当时正遭遇危机的男性身份和气质进行了主体性重构，认为关联公民与最能体现男性特质的战士身份的“公民士兵”是应对冷战的男性的最佳主体身份呈现。按照朱迪斯·巴特勒（Judith Butler）（前文脚注已经有了详细的介绍）的“性别表演”理论，性别是一种极具时代文化特征的意识形态建构。海因莱因对男性主体身份的军事化定位以及关联性别科技的身份建构正是当时美国社会经历的变动及外部环境共同作用的结果，而这种建构的实现对于文化的发展也有着反向的强化作用。

对性别化主体，尤其是男性化主体身份的社会建构一直以来都是美国科幻小说作家罗伯特·海因莱因在其作品中极为关注的一个问题。海因莱因创作于20世纪50年代末的小说《星舰战将》曾一度因被指带有浓厚的军国主义色彩而遭到出版社的拒绝。在小说虚构的未来社会中，海因莱因颇为形象地塑造了连同主人公胡安（Juan）在内的一批极具男性气质、彰显并沿承美国军人传统优秀特质的战士形象。对于当时因社会主体架构的改变甚至是断裂而正遭遇主体性身份危机的美国男性来说，这些极具辨识度的男性主体被赋予了较高的仿效价值。

朱迪斯·巴特勒的“性别表演”理论认为，应该将社会化主体的性别理解成一种表演性行为，而不是同主体的自然性别属性直接关联的固有生理特征。在巴特勒看来，性别文本“呈现、制造并保持性别的非连贯性以及对立性”①，继而融入公众意识之中成为文化或惩罚性言语。正因为如此，舞台上的性别塑造同性别的操演性得以彼此区分：前者的性别身份可以轻而易举的取得或丢弃，而后者

① Judith Butler. Gender Trouble：Feminism and the Subversion of Identity［M］. New York：Routledge，1990：173.

则是依托文化并由文化使之得以延续的“对性别身份准则的一种强制性的反复”①。也就是说社会化的性别主体是一种意识形态的建构，这种建构源自公共和社会话语并不断被后者强化以界定特定时期被认为是标准的男性气质或女性气质。巴特勒有关文化及社会话语对性别主体身份意义建构的决定性反向作用以及性别的表演性本质的理论框架为我们辨析海因莱因于1959年发表的作品《星舰战将》中男性主体的表演性建构及其成因提供了坚实的基础。

一

英国哲学家J. L. 奥斯汀②（Austin）曾将表演性界定为“表述性言论”，在此基础之上，巴特勒指出性别是一种有意识的“通过身体的标记和其他的话语方式产生并维系的……身体风格”③。在巴特勒看来，既然性别是操演性质

① Judith Butler. Gender Trouble：Feminism and the Subversion of Identity [M]. New York：Routledge，1990：175.

② J. L. 奥斯汀（Austin，1911-1960），英国哲学家、日常语言哲学牛津学派的主要代表。奥斯汀的法学思想主要由三个相互联系的问题组成：法学研究的范围、法和道德的关系以及法的概念。

③ Judith Butler. Gender Trouble：Feminism and the Subversion of Identity [M]. New York：Routledge，1990：176.

的，也就是说是经由重复一系列具有连贯性的行为和仪式而组成的，那么不但是性别的本质应该受到质疑，就连是否在根本上存在所谓“真实的”性别也要重新加以审视：“由于既不存在性别要去表现或者外化的‘本质’，也没有其要去追寻的客观目标，再加上性别不是一个事实，因此是性别自身操演的种种行为构建了性别这一理念，没有性别操演的行为，就没有性别。故而，性别就是一个不断将其本质起源隐藏起来的意义建构。”① 人类的身体成为“归化理念”的理想化载体，其被赋予的规则和标准被用来归化并最终抵拒自身的存在。

巴特勒认为社会性别的内在是一种虚构，真实的社会性别是在身体的表面上建制、铭刻的一种“幻想”的说法同美国学者塔尼亚·莫德尔斯基（Tania Modleski）认为规制男性气质的文化虚构总是处于变动之中，故而男性气质也总是处于一种危机状态的观点不谋而合，规限男性特质的边界也因此一再受到挑战。巴特勒将社会性别的建构和维系视为一种策略或“惩罚性虚构”（regulatory fiction），认为性别的表演性遮蔽甚或是否认了社会性别的真实存在，

① Judith Butler. Gender Trouble：Feminism and the Subversion of Identity [M]. New York：Routledge，1990：178.

社会性别表演的最终目的就是要不断强化“男性主体的统治地位以及强制性的异性恋体系”①。男性气质的操演是与危机不断产生又得以解决的循环体系相吻合的，其最终的目的还是要重置男性以及男性气质在社会层级架构中的主控地位，强化父权体系。

《星舰战将》发表之时，正值美国的文化及社会大背景在内外因素的共同作用下经历剧变、男性化主体身份遭遇危机之时。男性气质的重构以及男性主导性身份的恢复成为当时牵涉身份建构的文学及影视作品的主流意识观念。以消费主义、合作经济实体以及“常态”化统治为特点的艾森豪威尔（Eisenhower）总统任期的后半部分，影响男性主体性身份建构的主要社会因素由原先的引发男性化主体身份危机的，尤其是让相当一部分退伍士兵感到无法适应的由残酷战争过渡到和平时期相对安逸的生活转变成美国南部民权运动的日益高涨以及国际社会愈演愈烈的冷战。受上述两个因素的共同影响，美国社会生活的主体架构之中形成了多处断裂点，到了20世纪50年代末60年代初的时候，这种断裂态势愈加明显。科汉就曾经指出，20世纪

① Judith Butler. Bodies that Matter: On the Discursive Limits of “Sex” [M]. New York: Routledge, 1993: 94.

50 年代美国文学作品中所塑造的标准化男性气质就是为了“掩盖”那个时期“将美国社会四分五裂的种种差异”[①]。男性主体身份的不稳定性不是被巧妙地隐藏在不同的身份面具之后，而是以一种明显的、具象化的、有自我辨识意识的方式呈现在公众面前。

1959 年的时候，民主与共和两党都在为次年的总统大选积极做准备。为了抑制民众的民主意识并为冷战做好意识形态上的动员，在其酝酿已久的、针对当时掌管美国政府的共和党的大选活动中，时任美国参议院议员的约翰·肯尼迪（John Kennedy）抛出了著名的冷战论，并做了大量有关美、苏核武器装备之间所谓的“导弹代沟”（missile gap）的演讲，指出这会让美国根本无力应对敌人先发制人的打击。在当时的这种政治大背景之下，从政治语汇和外来干涉的角度来说，20 世纪 50 年代末到 60 年代初的这段时间正是尚武精神在美国日益兴盛的时期。

美国学者米尔斯（Mills）认为，在 20 世纪 50 年代的美国，一种“大众型社会”（mass society）被刻意建立起来以逃避民主监督并尽可能延长由军队、强大的经济合作

① S. Cohan. Masked Men: Masculinity and Movies in the Fifties [M]. Bloomington and Indianapolis: Indiana University Press, 1997: 36.

体以及“政治决策”组成的权力控制体系。他认为自二战以来“国际现实格局的军事化界定”使得战后美国的经济和政治生活都被军事化了：“美国的精英阶层完全是用军事化的语词来定义国际现状。其结果就是，在美国的决策层中，外交事务被对战争可能性的估量以及对战争威胁造成严重后果的推算所取代”，“战争，或者是高度战备的状态成了美国的一种社会常态，而且这种态势看上去会持续很长时间”①。美国战后的经济繁荣与军费开支的不断扩大有着千丝万缕的联系。而冷战的全面爆发也成了不断扩充的军费开支、不断增强的军事实力的最好口实，军事需求和计划定制了美国社会的经济、政治和文化话语。

美军在朝鲜战争中的惨败以及由此导致的社会性忧虑也是尚武主义愈演愈烈的又一个重要因素。美国性别问题研究专家尤金·金凯德（Eugene Kinkead）认为，“一种‘新式的软弱’在战后影响着美国的男性化气质，使得美国士兵在朝鲜战场上的表现不够光彩”②，另一位美国学者卡尔斯坦（Karsten）也指出，“朝鲜战场上的美国大兵全然

---

① C. W. Mills. The Power Elite [M]. Oxford and New York: Oxford University Press, 1956: 184.

② E. Kinkead. In Every War But One [M]. New York: Norton, 1959: 112.

没有表现出荣誉、个性、忠诚、勇气以及正直等美国军人传统的优秀品质"①。为了适应整个的军事化大环境，同时也是为了应对因男性气质的断裂状态而导致的男性主体性的身份危机，需要“从生理角度对男性化做出颇具威胁性的解读以帮助男性在遭受朝鲜战争惨败的美国社会重塑其掌控地位"②。卡尔斯坦将军队服役和公民身份以及民主选举三者关联起来，认为军队服役与其说是公民对国家应尽的义务，倒不如说是建构理想化公民这一意识形态举措的重要组成部分。在构建美国民众与民族国家之间纽带的过程中，公民士兵（citizen-soldier）发挥着至关重要的作用，这是因为普通美国男性的主体性建构同其对国家的义务以及源自国家赋予的权利是密切相关的。寇恩认为，“由公民士兵组建的真正的部队足可以代表国家"③，也可以把由公民组建的军队看作行使国家权力的一种有效机制：这个军队不是以国家之名在行事，而是以组成部队的民众之名在行事，“军役可以被视作一个巨大的平衡器的观点使之在

① P. Karsten. The American Democratic Citizen Soldier: Triumph or Disaster? [J]. Military Affairs, 1966 (30): 29-38, 35.

② P. Karsten. The American Democratic Citizen Soldier: Triumph or Disaster? [J]. Military Affairs, 1966 (30): 36.

③ E. A. Cohen. Twilight of the Citizen Soldier [J]. Parameters, 2001 (Summer): 2-14, 4.

民主政治时代颇具吸引力”①。

海因莱因的这部小说正反映出了当时关于公民身份和战士身份之间关联的争辩，而且随着冷战格局的日益明晰，这一争辩的重要性也愈加凸显。美国学者斯帕尔克（Spark）在谈论《星舰战将》同公民士兵之间的比对关系时指出，“公民的军事化身份定位以及合理的秩序可以说是海因莱因所有作品的标识，他的观点也体现出他认为本应如此并引以为豪”②。这部小说的主人公是名叫胡安的一个富家子弟，不顾家人的阻挠决定参军并成为地球联邦机动步兵团的一名士兵。小说的大部分内容都是围绕胡安所接受的严格训练以及随后作为一名机动步兵同“瘦人”和“虫族”这两个外星族群斗争而展开。

斯帕尔克指出，书中“机动步兵团里的士兵就是严格意义上的公民士兵”③，而且，作为《星舰战将》中一名合格的战士，其男性化的主体身份还需要被放置在一个合理

① E. A. Cohen. Twilight of the Citizen Soldier [J]. Parameters, 2001 (Summer): 4.

② B. Baker. Masculinity in Fiction and Film: Representing Men in Popular Genres 1945-2000 [M]. London and New York: Continuum, 2006: 21.

③ B. Baker. Masculinity in Fiction and Film: Representing Men in Popular Genres 1945-2000 [M]. London and New York: Continuum, 2006: 22.

的社会关系架构之中。与同时期大部分文学作品用异性间情感关系建构社会关系框架不同，小说中的性别关系是围绕同性的父子间关系展开的。这种关系构建方式，既彰显出海因莱因的男性本位主义思想，又强化了父权体系在男性主体身份重构过程中的重要作用及其在社会框架中的主导性地位。书中，当胡安提出要加入联邦军队时，他的父亲问道："儿子，你疯了吗?"① 随即，他的父亲讲述了其心目中儿子的未来，也就是成为一名典型的"组织经济男"："你中学毕业以后，要去哈佛学经济，这你是知道的。接着你要去巴黎大学，其间你要到各处去转转，见见我们在各地的经销商，学学在那些地方改怎么做生意。然后你就要回来开始工作了……你会很快就当上老板的，快得你可能都接受不了，我年纪越来越大了，你越早接手生意就越好。"② 虽说他的父亲表面上对他想参军的意愿表示认可，可事实上还是想方设法让他接手家族生意，比如以让他去水星旅游作为放弃参军的交换条件。当胡安参军之后，

① Robert A. Heinlein. Starship Troopers (1959) [M]. London: New English Library, 1970: 25.

② Robert A. Heinlein. Starship Troopers (1959) [M]. London: New English Library, 1970: 25.

"父亲冲我咆哮并不再跟我讲话。母亲也回到她自己的房间"①。胡安参军之举无法被家人接受，不是因为他做了一个错误的决定，而是他的父亲不能理解或无法认同胡安所作所为的"正确性"所在。后来，当虫族摧毁了布宜诺斯艾利斯，当时恰巧也在那里的胡安的妈妈也惨遭不测之后，胡安有了继续让他一度感到困难无比的艰苦训练的动力，原先的一些困惑和疑虑也一扫而光。

整本书中，胡安一直在通过将不同的人作为父亲角色替代的方式来让自己时刻感受到一种权威性，并借此赋予自己一种社会本位性主体身份，这对于一个标准的公民士兵而言是必需的。换言之，胡安就是在用这种权威替代的方式来自我定位并维系他心目中认为稳固不可撼动的、应占据社会身份及关系架构主控性地位的父权体系。第一个父亲的替代角色就是他中学"历史与道德哲学"课的老师杜布瓦中校（Dubois），他教给了胡安有关暴力、权威和公民身份的一些关键问题；另一个替代角色是胡安在新兵连时的训练官兹姆（Zim）中士，经过他的严格训练，胡

① Robert A. Heinlein. Starship Troopers (1959) [M]. London: New English Library, 1970: 34.

安拥有了一名合格的战士所应该具备的“过硬”心理素质和健壮强大的男性化特质。意义更为深远的是，在小说的结尾部分，自己已是一名中士的胡安成了一位职业军官，而他的父亲此时选择加入机动步兵连并成了胡安手下的一名中士。书中有一幕情节是胡安的父亲在去执行第一次任务的路上与胡安偶遇，此时两人的关系发生了彻底的转变，从胡安的主观性角度来看，相对于他父亲当时的身份地位，他这个儿子已然扮演上了父亲的角色。“他最好留在里克流氓团，这比别处都好。我所有的战友和部下……都会照顾他，能让他活着”①。而对于胡安的父亲而言，参军成为一名士兵是对其此前“不负责任”行为的一种开诚布公。他承认：“我对你的怒气和不满，至少有一半是纯粹的愤恨……因为你做了在我内心深处我认为自己该做而没做的事情。”②

---

① Robert A. Heinlein. Starship Troopers (1959) [M]. London: New English Library, 1970: 145.

② Robert A. Heinlein. Starship Troopers (1959) [M]. London: New English Library, 1970: 145.

二

在对男性性别表演的意识形态能量进行研究的基础之上，美国学者大卫·布赫宾德（David Buchbinder）表示赞同巴特勒关于“男性主体的表呈范式不但一再复制男性特质主控位置的理念观点，而且还让这些观念得以不断强化，鼓励男性去‘辨别’自身以及别的男性是否符合这种主体表呈范式”①。通过这种方式，“主导性男性气质”（dominant masculinity）的理念被作为“一种特定社会现实的反映以及一种处于此种文化中的男性都要竞相仿效的模板”② 而得以不断复制。《星舰战将》一书中胡安这个人物角色，他意欲服务国家的坚定意愿、他的身份、他在军队里接受的严酷训练和他穿戴的动力服，都是一个公民士兵的理想化标准范式。这个角色被赋予了绝对意义上的主导性男性气质，是一个经受过重重困难考验、极具忠诚奉献精神的优秀战士。在布赫宾德看来，男性的性别操演与社会文化变迁有

① D. Buchbinder. Performance Anxieties: Re-Producing Masculinity [M]. St. Leonards, NSW: Allen and Unwin, 1998: 29.

② D. Buchbinder. Performance Anxieties: Re-Producing Masculinity [M]. St. Leonards, NSW: Allen and Unwin, 1998: 29.

着固有的内在联系，前者先是从后者的话语中借鉴，继而是返还。复制的过程也是在隐蔽最先的产生机制的状态下实现的。由此，男性气质是通过一个由文化信条和行为组成的体系而建构的，而这个体系的作用恰恰是遮蔽其建构的过程："在一种文化中，男性和男性气质的呈现绝不是偶然的……这种呈现要足以让男性主体在与自身相关的文化环境和社会阶层中辨识自我和他人，并据此用意识形态的判断标准来评定男性主体的行为。内含在这种表呈范式之中的就是一个规定（prescription）与限定（proscription）的体系。"①

《星舰战将》中基本上都是男性成员的机动步兵连以及星船舰队就是一个彰显男性化规定与限定的环境标定：身为一个男人就应该穿上军装接受训练并与敌人作战，这也正是胡安的父亲后来坦诚他对儿子愤懑不满的原因所在：胡安做了他该做却没做的事情。布赫宾德认为，男性承受着巨大的压力，因为他们"尽一切可能完美地展现自我的男性气质，否则的话，他就只能将自身所享的权力拱手相送给同一文化环境中的其他男性，还要承受那些男性对自

① D. Buchbinder. Performance Anxieties: Re-Producing Masculinity [M]. St. Leonards, NSW: Allen and Unwin, 1998: 122.

己的嘲讽甚至厌恶"①。布赫宾德所谓的这些规定与限定也是操演性的，因为其表现形式也是源于受文化规制的性别准则和社会期待。这些规定与限定将男性气质建构成一种根据约定俗成的社会准则而产生和呈现的"锋面"（front），任何与这种锋面不符的行为都是与传统的男性主体化身份理念所不相容的。小说结尾部分父子的这次偶遇则体现出海因莱因所认为的男性身份的标准就是成为一名忠诚的军人，这既是男性气质的标识，也是公民士兵身份的核心所依。在父子俩分别前，胡安的父亲说："我必须要参军，因为我必须要证明我是个男人，不是一个只知道算计生产和消费的动物……是个男人。"② 显然，此处的男性主体化身份与男性的生理构成毫无关系，而完全是性别建构意义上的身份呈现。

男性的职业和所处位置对于界定他们的身份至关重要，而军人这种职业身份一直以来都被认为是标定男性气质和男性主体性的最佳参照因素。美国学者法林就曾指出，对

---

① D. Buchbinder. Performance Anxieties: Re-Producing Masculinity [M]. St. Leonards, NSW: Allen and Unwin, 1998: 122..

② Robert A. Heinlein. Starship Troopers (1959) [M]. London: New English Library, 1970: 146.

于男性而言，“没有什么职业能比战士、没有什么场所能比军队和战场能更好地界定男性的身份”①。身为军人或士兵的经历对于男性主体自我身份意识形成的反响作用力不可估量。在美国学者沃尔勒（Waller）看来，从公民向士兵转变的过程，如果不是一种单向程式，也远比反向的过程要容易许多：“军队有自己的文化，一旦士兵沉浸其中，这种文化就成了士兵生命的一个部分，由此士兵也就摆脱了原先的公民身份……逆转这个过程的难度可想而知，我们只知道如何把一个公民训练成战士，历史上有无数我们可以仿效的成功先例，文化传统给我们提供了太多可以借鉴的技巧。但是，如何将一名战士再变成普通公民，对此我们却一无所知。”② 士兵这种男性主体性身份的表呈方式完全可以被认作是一种高度操演性的男性气质，这种气质一旦获得，就很难再改变，即便是想恢复成为士兵之前的男性气质也是基本不可能的事情。这种情况的成因主要是军队生活能“揭露甚至彻底撕毁有些士兵的文明伪

① P. Filene. Him/Her/Self: Gender Identities in Modern America [C]. Baltimore and London: Johns Hopkins University Press, 1998: 165.

② W. Waller. The Veteran Comes Back [M]. New York: The Dryden Press, 1944: 15, 28.

装”①。男性气质的本体就是好斗残忍、颇具攻击性，公民身份本身只是男性这些本真气质的操演性伪装，一旦身份主体被暴露在军队以及战争的环境之中，其本真气质就会显露无遗。故而，公民的男性气质和士兵的男性气质是叠加在公民化男性气质这个核心身份之上的两分主体表呈方式，男性的主体身份是一系列延续性的操演形成的、受主体所在的切近环境影响的某种共时性的男性气质的表演性呈现，此种身份呈现既保留先前主体性身份操演的痕迹，又会给其后的性别操演施加影响。

在20世纪50年代的美国，对于相当数量的二战退伍士兵而言，其男性化主体身份的建构主要受两大因素的影响：战时士兵向战后公民社会的再归化，以及能使男性融入家庭生活的斯蒂文·科汉所谓的“家庭迷思”（domestic mystique）的解构。美国学者林恩·西格尔（Lynn Segal）认为，正是这种对男性主体化身份的双重被动接受型重构导致了20世纪50年代“男性主体化身份相互排斥的对立面”②

① W. Waller. The Veteran Comes Back [M]. New York: The Dryden Press, 1944: 28.

② L. Segal. Slow Motion: Changing Masculinities, Changing Men [M]. London: Virago, 1997: 20.

的产生："一面是一个围着灶台和花园转的居家男性，另一面是认为可以为'自由'而放弃家庭和爱人的英雄老兵"①，男性主体化身份这两个互相抵斥的对立面构成了20世纪50年代男性主体化身份建构的核心。

另一位美国学者理查德·霍加特（Richard Hoggart）也在其对当时主要是来自劳工阶层的等待重归化的战时老兵的描画中将此种双重身份表呈出来。在这些老兵们十几岁的孩子们看来，虽然战争的结束让他们先前相隔千里保家卫国的父亲重新回到他们身边，过上了居家的日子，并成日埋头于工作之中，但是他们父亲的种种作为还是让他们认为身为男人是不一样的。而战后女性对于从战场回到家里的丈夫的期待和评价更是简单直接——"他待我还不错"。寥寥数字，既表明丈夫日常的工作让家里的经济情况得到了改善，也暗示出曾经在战场上奋勇作战的丈夫在家里并没有什么粗暴的举动。霍加特指出，这种状态下的男性主体化身份包含着固有的内在冲突。一个成功的男性工人，在经济上是个"保护者"，能维系并保证家庭生计的强壮硬汉，与此同时，对于他的妻儿来说，他还有着无法抹

① L. Segal. Slow Motion：Changing Masculinities，Changing Men［M］. London：Virago，1997：21.

杀的潜在暴力倾向，暴徒与保护者的身份并存，“一个敢咆哮的男人才能充当保护者，他必须具有勇敢好斗的天性，否则就意味着力量的缺失”①。

力量的缺失是一种被动状态的标识，缺失的是一种男性气概，是一种战士应有的勇猛特性。这是因为战士主体性凸显无遗的个体化意识同和平时期社会稳定的需求之间以及国家性组织机构（尤其是部队）对于个体主体的服从性之间存有不可调和的矛盾，故而有必要赋予男性能够将其本质特性表呈出来的身份。正如霍加特对劳工阶层男性主体性的刻画所表现出来的那样，男性主体化身份中的“保护者”因素与“好斗暴力”因素并存，并且从本质而言，“暴力好斗”的身份是“保护者”身份得以存在的前提和保证。可以说20世纪50年代美国社会性别的整体框架中，“战士主体性”是处于绝对支配地位的身份表征。

受当时美国社会及外部大环境的影响，士兵理所当然地再次成了为了保卫国家、积极应对冷战而亟须建构的勇猛善战的男性化主体身份的具象化表征。然而，此时士兵身份的性别操演和男性化气质的内涵已然发生了改变。这

---

① B. Baker. Masculinity in Fiction and Film: Representing Men in Popular Genres 1945-2000 [M]. London and New York: Continuum, 2006: 30.

些为冷战而重新披上战衣的士兵在成功实现主体性复位、身份危机因再归化而得以解决的同时，又面临另一个问题，那就是由于战场这个理想化操演场所的缺失，他们根本无法实现他们心目中彰显男性气概的、驰骋沙场的光荣梦想。对于这些冷战时期的战士而言，其男性化主体身份的建构要通过他种途径来得以实现，贬低、拒斥所有“女性化特质”便是其中之一。

设定社会性别准则的意识诉求就是要维系将男性特质区别于女性特质的所有身体上以及情感上的二元对立。基于上述的这些性别二元对立，巴特勒的“性别表演”理论认为社会性别是流动的，总是处于变化之中。每当人们认为理所当然的作为一种或他种性别标识的准则失去了稳固的效用、变得疑惑不定时，“性别的现实”就陷入了“身份危机”之中。二元性别对立架构中真实的以及虚幻的边界变得模糊不清，构成性别二元性的特质要素也不再清晰可辨。如果“危机”的产生恰与男性特质和女性特质的社会性别两分架构的边界瓦解之时，那么女性特质有可能会带给男性特质的任何威胁都要被压制，两分性别架构也必须重建以重置男性的主导地位。

《星舰战将》一书中，女性主体的存在意义是为了辅助男性气质的重构，衬托男性主体的主控性。胡安就是一个毫无两性性别意识的主体，他将女性视作去战斗的理由和原因：战斗的目的就是为了保护女性。在机动步兵连父子偶遇之后，胡安又碰到了他高中时的女同学卡门·伊班尼兹（Carmen Ibanez），当时卡门已经成了一名飞行员。看见卡门身上穿的动力服，胡安暗自思忖："这身动力服让卡门看上去如此与众不同，让她变得高贵端庄，这让我头一次意识到她现在是一位名副其实的军官和战士了——也是一位漂亮的姑娘。"① 这段文字描写在美国学者多尔曼（Everett Carl Dolman）看来，无不表现出"海因莱因是一位粗心大意的性别歧视者，他和大多数的大男子主义者不同的是，他对自己贬损女性的行为毫无感知，他认为那是在夸赞女性，而不是侮辱女性"②。胡安根本不认为卡门的自然性别身份同其作为一名公民士兵的主体性之间有任何的冲突或矛盾。书中的这段文字也明确无误地表现出海因莱因对男性主体性文化建构的观点：你不必非得是个男性才能做个真正的"男人"，其主体性身份就是一种意识形态

① Robert A. Heinlein. Starship Troopers (1959) [M]. London: New English Library, 1970: 149.

② B. Baker. Masculinity in Fiction and Film: Representing Men in Popular Genres 1945-2000 [M]. London and New York: Continuum, 2006: 27.

的建构。与此同时，多尔曼还颇具讽刺意味地指出，海因莱因“对女性的特殊才能无比钦佩，并笃信女性应该以平等的身份完全融入社会”①。小说中，机动步兵连里没有女性士兵；因为与男性相比，无论是在体力上还是在智力上，“女性都更适合担任飞行员的角色”②。由此可见，海因莱因所谓的平等是受生理特性因素限制的：一个女“战士”的职责是不同于她的男性战友的。

三

由于能够凸显男性气概从而在完整意义上重构男性战士性主体身份的战场的缺失，海因莱因还选择了另外一种带有明显性别色彩的方式来实现男性主体的建构——强化男性与科技之间的密切关联，重提性别科技。书中机动步兵们身穿的动力服就是这种性别科技的最直接体现，机动步兵连的战士也因为这套表征力量和权威的动力服而有别于其他战士。这套动力服是将太空服和武器装备融合在一

---

① B. Baker. Masculinity in Fiction and Film: Representing Men in Popular Genres 1945-2000 [M]. London and New York: Continuum, 2006: 28.

② Robert A. Heinlein. Starship Troopers (1959) [M]. London: New English Library, 1970: 112.

起的一套盔甲，能够将穿戴者完全包裹在其中，并给予穿戴者无穷的力量。“我们的动力服能给我们更敏锐的眼睛，更机警的耳朵，更强壮的后背，更快的腿脚，更强大的活力，更持久的耐力，更不容易受伤”① ……“穿上它，你看上去就像是个巨大的钢铁猩猩，配备了猩猩般的巨型武器……它所有的装备加起来大约有两千磅——虽然如此，哪怕你是第一次穿，你也能随意自如地走路、奔跑、跳跃、卧倒，轻松完好地把鸡蛋捡起来……还能轻松一跃翻过屋顶，再悄无声息地降落。动力服的秘密就在于逆向力反馈和力放大”②。

动力服的“肌肉”就是人造的肌肉组织，这套衣服的真正价值在于对这些力量的控制：动力服是不需要控制的，只要穿上它，它就直接从穿戴者的肌肉组织获得指令并做出穿戴者希望自己的肌肉做出的相同动作。动力服不单单是肢体的延伸，更是人类意志的延伸。动力服不但能在与“瘦人”和“虫族”的战争中保护穿戴它的士兵，它更是一种令人望而生畏的规则的表征，那就是明确两性之间的差异并杜绝任何两性之间的交往行为。运输舰“罗杰·杨”

---

① Robert A. Heinlein. Starship Troopers (1959) [M]. London: New English Library, 1970: 86.

② Robert A. Heinlein. Starship Troopers (1959) [M]. London: New English Library, 1970: 88.

号的空间布局就体现出严格的两性区分：舰船上分隔男女船员的30号隔板日夜有哨兵把守。作为标准的公民士兵，机动步兵们主动压抑自己的欲望，甚至做到无欲无求。德国历史学家特韦雷特（Klaus Theweleit）将之比作“国家社会主义的男性教条”，其中心原则就是保持严格的自我界限以保证男性的集体主义方针。他在研究中提出这种意识形态模式将男性身体比作一种被武装的存在体，以保护男性免受性欲、女性和其他意识形态的攻击。男性的身体常被视作战争机器，只有当“整部机器及其零部件在战场上爆炸”① 才能带给男性他们特有的愉悦感。这个被武装的躯体要竭尽所能来“寻找，继而围堵，再而抑止任何有可能将其变回由血肉、毛发、皮肤、骨骼、内脏以及情感混杂而成的、被称为人类的可怕存在体的力量，人类已然是过时的存在形式了”②。

研究科幻小说和科幻电影两方面的专家和学者们都专门提到男性气质与科技之间的联系所在。梅尔泽在《外星建筑》中写道“强壮有力、肌肉发达、全副武装的男性身

① B. Baker. Masculinity in Fiction and Film：Representing Men in Popular Genres 1945-2000 [M]. London and New York：Continuum，2006：25.

② B. Baker. Masculinity in Fiction and Film：Representing Men in Popular Genres 1945-2000 [M]. London and New York：Continuum，2006：25.

躯”使得“科技成了性别的隐喻词”，这要比“已然成为过去时的工业时代用外表看上去力量超强的、充满阳刚之气的机械来暗指性别有过之而无不及，足可谓将后者发扬光大”①。最先使用“科技”一词的是20世纪20年代时的工程师们，但是直到二战之后这个词语才得到广泛的认可和接受，而且，近代以来，女性、劳工阶层的男性以及非裔美国人都是被完全排斥在工程机械这个行业之外的。那些恢宏壮观的机器在空间、社会以及话语言论等各个层面都被用来比称白人和男性，这些机器所暗含、折射出来的权力关系恰是支撑了男性占据绝对主控地位的社会构建。白种、异性恋的男性不断地被标定为与科技相关的首要身份特征，这种用科技关联男性身份界定的做法可以说在科技这词一出现以前就存在了。

科技可被视为一个无与伦比的均衡器，它自身根本没有任何固有的性别化特质。然而必须指出的是，人们长久以来对之形成的偏见让科技的男性化特征不断得以彰显。男人被赋予拼抢领地的天职，在他们的领地中，“科技成为操控他人的手段，因为对科技的了解和技能的掌握同社会

① P. Melzer. Alien Construction: Science Fiction and Feminist Thought [M]. Austin: University of Texas Press, 2006: 129-130.

权力密切相关”①。用男性与机器之间自古以来就有的联系来展现这种权力就成了科幻文本的核心要义所在。在评价那些用科技武装全身的男女角色形象时，美国人类学家巴尔萨摩（Anne Balsamo）指出，“传统的文化观念认为男性与科技搭配的要比女性更为密合”②，大量科幻题材文学作品中的女机械人和机器人都被塑造成颇具威胁性的，尤其是擅长施展美人计来伤害别人的角色形象就印证了巴尔赛摩的观点。

在“机器与男性主体性”一文中，美国学者梅尔斯特洛姆（U. Mellstrom）提道，“令人感到惊奇的是，纵观西方社会的工业化及现代化进程，男性一直是核心科技的掌控者，在世界的其他地域，情况也是如此……科技与权力的男性化由此被紧密地联系在一起”③。科技是很多男性成长过程中的基本组成部分，而且在很大程度上还是界定男

---

① P. Melzer. Alien Construction: Science Fiction and Feminist Thought [M]. Austin: University of Texas Press, 2006: 141.

② A. Balsamo. Reading Cyborgs Writing Feminism [A]. Gill Kirkup, Linda Janes & Kathryn Woodward, eds. The Gendered Cyborg: A Reader [C]. New York: Routledge, 2000: 151.

③ U. Mellstrom. Machines and Masculine Subjectivity: Technology as an Integral Part of Men's Life Experiences [J]. Men and Masculinities, 2004 (6): 361-283, 370.

性的决定因素。“从与机器的共生互动中得到的感官愉悦连并由此产生的炽烈情绪”对于他所调查研究的男性群体的“自尊和快乐”至关重要，这种“愉悦和情绪被赋予了浓厚的男性化的文化指向”①。超速度的不停移动以及人与机器间的紧密关联所引发的快感是自由无限、完美无瑕的男性气质的呈现。更为重要的是，“与各种型号、样式的机器互动关联还是不同时代的男性之间以及同时代的男性彼此之间构筑联系的一种方式”②，科技界定了男性的个体及群体化存在状态。

男性的“强硬躯体”，或者是被武装的躯体，事实上却是忧虑丛生的存在体，其男性化特征的彰显在掩盖其脆弱性的同时，也使之显露无遗。特韦雷特认为，“男性害怕进入与女性纠缠的状态——在这种状态下，男性自身的力量将会遭到削弱”③，武装的配备也无法减少男性的这种恐惧。因此，必须要不断强化男性与女性之间的分割界限。

---

① U. Mellstrom. Machines and Masculine Subjectivity: Technology as an Integral Part of Men's Life Experiences [J]. Men and Masculinities, 2004 (6): 370.

② U. Mellstrom. Machines and Masculine Subjectivity: Technology as an Integral Part of Men's Life Experiences [J]. Men and Masculinities, 2004 (6): 370.

③ B. Baker. Masculinity in Fiction and Film: Representing Men in Popular Genres 1945-2000 [M]. London and New York: Continuum, 2006: 25.

美国学者斯哥特·布卡特曼（Scott Bukatman）在对被武装的人类身体和赛博格（人与机器的混合体）之间的关系进行研究后，提出“人机混合体之中被武装的人类躯体是刀枪不入、无坚不摧的理想化男性主体性身份的一种存在状态，其中包含明显的对女性的厌恶”①。

《星舰战将》一书中的动力服就是在用男性躯体关联科技的方式来塑造强大的男性化气质，与此同时，动力服还是用来实现隔绝女性以保证男性主体身份强大状态的工具。违反此种男性主体建构模式的任何行为都会使其主体身份受到损毁，让男性失去自身继而在社会中的力量与权威。在一次训练中“作弊”后，胡安发现动力服在他跳起到一半的时候突然失去了力量支撑：“我落在原地，被困在那里无法动弹，我感觉失去了重心，陀螺仪支撑着我，但我却动弹不得。当你被数吨重的、毫无动力的铁片包裹着的时候，你连‘动不了’几个字都说不出来。”② 胡安因为没有遵守士兵的规则而受到惩罚，这是一种“行政处罚”，其实

---

① S. Bukatman. The Artificial Infinite: On Special Effects and the Sublime [A]. C. Springer, ed. Aline Zone Ⅱ: The Spaces of Science-Fiction Cinema [C]. London: Verso, 1999: 315.

② Robert A. Heinlein. Starship Troopers (1959) [M]. London: New English Library, 1970: 92.

就是鞭笞。胡安刚入伍的时候，和其他新兵一道被要求去观看触犯军规的人是如何遭受惩罚的。当胡安看到人被鞭子抽打时几乎晕厥。这次轮到他自己接受惩罚的时候，他却说道："真是令人感到费解，被鞭子抽打的感觉远没有看上去那么痛苦。"① 这句话直指这种惩罚所具有的公众效应：相比于被鞭笞（违反标准男性主体建构模式）的人而言，这种惩罚对于围观的人（同一文化环境中具有"辨别"身份能力的男性主体）而言更具效力。

海因莱因的这部小说可以被看成是其后不久肯尼迪总统抛出的"新境界"（new frontier）言论的前序，并为"水星计划"的实施做了坚实有效的意识形态铺垫，揭示出将成为人类"先驱"的男性化主体（公民士兵）在遭遇身份危机困境时应如何应对的若干方案。美国学者黛布拉·贝尼塔·肖（D. B. Shaw）就提出："执行'水星计划'的那些宇航员可以被视作用与《星舰战将》里机动步兵穿戴动力服一般无二的方式穿戴着自己的太空服。"② 和书中的机动步兵一样，执行"水星计划"的宇航员不仅仅是国家

① Robert A. Heinlein. Starship Troopers (1959) [M]. London: New English Library, 1970: 93.

② B. Baker. Masculinity in Fiction and Film: Representing Men in Popular Genres 1945-2000 [M]. London and New York: Continuum, 2006: 27.

及其相关法令的功能化延伸，他们还具有这个国家公民的标准道德行为规范，更是值得所有男性仿效的理想主体建构范式。

在男性群体普遍遭遇本位主体身份和意识形态建构模式危机之时，海因莱因在《星舰战将》一书中用最能体现男性气质，同时也是他认为最能有效应对美国当时内外环境所需的“公民战士”的身份标定对男性主体进行了身份重构，不但完成了身份危机产生并解决的又一次循环，还维系并强化了传统二元性别对立框架中男性以及父权体系的主导地位，性别科技的延伸还成为当时右翼政治力量全面启动冷战科技对抗的有力佐证。海因莱因在书中推崇的、通过军事化实现的完全男性化以及对女性和共产主义的对抗性观点必须批判地予以看待。

第四章

规范与霸权

——被异质化的男性主体的身份建构

小说《蓝衣魔鬼》是美国著名黑人小说家沃尔特·莫斯里（Walter Mosley）在其写作生涯中创作的第一部犯罪小说，小说的主人公是二战退伍士兵、黑人伊斯·罗林斯（Easy Rawlins）。战后回到洛杉矶工作的伊斯因其雇主的种族歧视行为而失去工作，为了偿还房贷，伊斯受雇于神秘男子迪维（DeWitt），成了一名私家侦探，寻找一个爱穿着蓝色衣裙、名叫戴芬（Daphne）的白人女士。战后美国依旧甚为严重的种族隔离与歧视，官员的贪腐堕落，处于社会底层的劳工阶层以及黑人生活的穷困潦倒和丛生的暴力犯罪等社会问题在伊斯的探案过程中都得到了生动、全面的刻画。其后，莫斯里又陆续创作了七本以伊斯为主人公的犯罪小说，这一犯罪小说系列成了莫斯里家喻户晓的代表作。《蓝衣魔鬼》因其对后殖民主义时期种族隔离和歧视的深刻体现而最为享负盛名，曾先后被译成 21 种文字。

小说的背景是 1948 年的洛杉矶，其时距离美国废除奴隶制已然过去了将近一百年，然而种族主义和种族歧视却仍是一个社会顽疾。莫斯里这部小说并非是要通过对伊斯的人物塑造来单纯反映洛杉矶黑人社区里人们的生活状态，而是力图展现后殖民主义时期一个被异质化的黑人男性主体如何构筑自己“符合规范、合乎要求的男性气质及主体身份”①，来映射困扰黑人男性，尤其是二战退伍兵的黑人男性在战后遭遇的重重身份建构危机。在这一点上，这部小说同那些“意在凸显白人男性放之四海而皆准的男性霸权形象的小说一般无异”②。

---

① J. Murphet. Literature and Race in Los Angeles [M]. Cambridge: Cambridge University Press, 2001: 59.

② J. Murphet. Literature and Race in Los Angeles [M]. Cambridge: Cambridge University Press, 2001: 59.

一

20世纪40年代曾经担任过纽约市长的贵族政治家托马斯·杜威（Thomas Dewey）不认同将纽约定义为“熔炉”的传统说法，在他的眼中，纽约是个“大煮锅”（boiling pot）。参照杜威的界定，在20世纪颇为风靡的建筑学流派“洛杉矶学派”的领导者查尔斯·詹克斯（Charles Jencks）将洛杉矶比作一个正在被烘焙的、体积不断变大、各样作料配菜和装饰都齐全的比萨。纽约在视觉上是立体的，而洛杉矶则是不断延展的一个平面：“洛杉矶这座城市就是我所谓的异质化大都市。单凭这一点，就使其即便不是独一无二，也必是与众不同。洛杉矶是在其内含的种种差异的碰撞下不断发展壮大的一个新形式的城市模块……在这里，不单是城市文化，就连一草一木都展现着自己的不同之处。”① 在詹克斯看来，洛杉矶就是一个理想之地，它无与伦比的地方就是在这里所有的异质化都能得到“完

① C. Jenks. Hetero-Architecture and the L. A. School [A]. A. J. Scott & E. Soja, eds. The City: Los Angeles and Urban Theory at the End of the Twentieth Century [C]. Berkeley: University of California Press, 1996: 47-75, 47.

全释放”。

然而，在洛杉矶并不算久远的城市历史中，曾多次出现针对异质化族群的事件。比如，在1871年发生的那起骇人听闻的骚乱中，17名华人被一名白人歹徒处死，其中还包括一名儿童。美国学者索杰（E. Soja）和斯科特（A. C. Scott）认为，这场骚乱成了后来“对‘问题’族群进行社会管制的‘模板’”①。詹克斯所指的洛杉矶的蓬勃发展，其实是建立在房地产投机、将城市周边地区纳入超级城市的扩延范围之内、官僚腐败以及有着久远历史的种族歧视和剥削之上的。索杰和斯科特指出，“1970年时，洛杉矶已然成了能跟芝加哥齐名的、全美所有城市中种族歧视和隔离现象最为突出和严重的城市”②，带有种族歧视性的雇佣政策、居住地区水平的失衡以及遍布在洛杉矶市郊的“白人大迁移”社区等都是此种情形的印证。他们认为从

① E. Soja. and A. C. Scott. Introduction to Los Angeles：City and Region [A]. A. J. Scott & E. Soja, eds. The City：Los Angeles and Urban Theory at the End of the Twentieth Century [C]. Berkeley：University of California Press, 1996：1-21, 4.

② E. Soja. and A. C. Scott. Introduction to Los Angeles：City and Region [A]. A. J. Scott & E. Soja, eds. The City：Los Angeles and Urban Theory at the End of the Twentieth Century [C]. Berkeley：University of California Press, 1996：10.

1870 年到 1990 年这 120 年间，洛杉矶共经历过五次发展“高潮”期：第一个阶段是在 1871 年的骚乱之后，主要是吸引美国中部小城镇的盎格鲁—撒克逊白人新教徒来洛杉矶，他们进行的土地投机生意一度带动了当地经济的发展；第二个阶段是从 1900 年到 1920 年，其间最为重要的事件就是工业革命的开展，来自中南欧、日本和墨西哥的移民为当地的工业革命提供了充足的劳动力；第三个阶段从 1920 年到 1940 年，好莱坞的兴盛、飞机制造业的发展以及来自美国常被风沙侵蚀地区的移民，极大地扩充了洛杉矶的幅员；第四个阶段是 1940 年到 1970 年，该阶段是洛杉矶历史上城郊地区扩延速度最快、范围最广的时间段，国防及其相关工业在此期间也发展迅猛，有大量来自美国南部的非裔美国人移民到加州；第五个阶段从 1970 年到 1990 年，这一阶段的特点是大范围的区域城市化，高科技和普通工业得到了迅速发展，有大量来自环太平洋和中南美洲国家的移民涌入。

在洛杉矶经历的上述五个城市经济发展的高潮期，至少有四个是通过对大量涌入的外来移民转化的充足劳动力进行种种盘剥才得以实现的。因此，索杰和斯科特提出能够界定洛杉矶城市特质的不是詹克斯所谓的“异质性”

(heterogeneity)，而是“多样性（multiplicity）和种族性（racism）”，因为这个城市的历史发展轨迹中有太多的种族冲突和暴力事件，从1871年的骚乱到1943年的“阻特装暴动”，到1965年的华特暴动，再到1992年罗德尼·金（Rodney King）事件后的暴动。詹克斯所谓的可以得到充分发展的异质化，在洛杉矶的城市架构中就是种族歧视与隔离的代名词。

小说《蓝衣魔鬼》以1948年正处于经济大发展时期的洛杉矶为背景，而伊斯·罗林就是索杰和斯科特提到的，在20世纪40年代移民到加州、为洛杉矶第四次经济高速发展期提供充足劳动力的非裔美国人中的一员。身为二战时期盟军作战英雄的伊斯·罗林退伍后到洛杉矶寻找工作，满怀信心的他，以为像他这样出色的黑人在洛杉矶不难找到合适的位置，怎料好不容易才在一家飞机修理厂找到一份技工的工作。工作不久，伊斯就被他的意大利裔白人老板班尼·贾科莫（Benny Giacomo）解雇，原因就是伊斯拒绝加班。其实，被要求加班时，伊斯已经工作了很长时间，疲惫不堪，他知道如果加班他一定会出错，那样结果会更糟糕。书中伊斯对班尼模样的形容满是当时充斥于洛杉矶大街小巷之中的黑人与白人间相互敌对甚至是仇视的味道：

“他胡椒盐色的头发曾经是黑漆漆地一团扣在脑袋上，他皮肤的颜色是我见过的所有黑白混血儿里最重的。但说一千道一万，班尼算个白人，而我是个不折不扣的黑人。他不但要求我给他卖命，还觉得我应该因为他雇用我而对他感恩戴德。”① 在伊斯看来，他与班尼之间雇主和雇工的关系因两人的肤色而具有更深层次的含义。由于班尼自己的肤色较深，因而极有可能他本人也是种族歧视的受害者，而这也许就是缘何班尼会对比他肤色更深的黑人变本加厉、百般刁难的原因所在。小说中伊斯的一段话清楚地表明了当时黑人劳工阶层的身份地位：“现在在工厂里干活的黑人打工仔跟以前在南方种植园里受人奴役的奴隶没什么区别。工厂的老板把所有的雇工都当孩子看，谁都知道孩子有多么爱偷懒……班尼才不关心我说什么。他就是需要他所有的孩子都乖乖地听他摆布，让他过足老板瘾。他根本不是个生意人，他就是个农场主，是个奴隶主。”②

在后殖民主义时期的洛杉矶，种族歧视及剥削和以前一样盛行，丝毫没有减弱的征兆。许多白人还是秉持黑人

---

① W. Mosley. The Walter Mosley Omnibus: Devil in a Blue Dress, a Red Death, White Butterfly [M]. London: Picador, 1996: 58.

② W. Mosley. The Walter Mosley Omnibus: Devil in a Blue Dress, a Red Death, White Butterfly [M]. London: Picador, 1996: 101.

都是些智力低下、像孩童一般毫无责任感的下等人的种族主义观点。正是由于伊斯太过了解白人与黑人之间的种种不平等，故而对自己的肤色十分在意和敏感，其对班尼外形的叙述就是伊斯内心矛盾和斗争的充分体现：一方面对白人凌驾于黑人之上的种族分化和歧视表示不满；另一方面在心里对白人的身份地位要优于黑人的现实有某种程度的习惯性接受，甚至是默许。伊斯所感知到的这种种族差异和歧视实际上是一种对权力对比的认知，是对自己身为无权力可享的黑人以及对方作为掌控权力的白人的残酷现实的认识。伊斯拒绝为加班的事向班尼道歉，故而也没能再回去上班，伊斯认为这么做是在捍卫自己的尊严："我绝不会向他或者任何人下跪乞求的。"①

伊斯的自我主体性意识在很大程度上源自他对传统的男性主体身份及其特质的理解："我当初签协议参战，就是为了证明我是个男人。"② 然而现实的经历让伊斯无法用他认为的身份建构体系进行自我身份定位。伊斯来自德克萨斯州，他是从那里"逃出来"的，原因就是他最好

---

① W. Mosley. The Walter Mosley Omnibus: Devil in a Blue Dress, a Red Death, White Butterfly [M]. London: Picador, 1996: 51.

② W. Mosley. The Walter Mosley Omnibus: Devil in a Blue Dress, a Red Death, White Butterfly [M]. London: Picador, 1996: 42.

的朋友莫斯（Mouse Alexander）把他卷进了一场谋杀之中。后来，因为误信了亟须战士赴前线作战的美国军队追求自由平等的宣传而选择参军，到了部队之后伊斯就发现那里种族分化隔离的情况同别的地方一般无异。他被分派到统计分队，当了一名打字员，任务就是跟着大部队记录人员伤亡情况。虽然他此前是作为一名战士接受的相关训练，但是“白人不愿意看见我手里拿枪。他们不愿意看见我去杀害白人。白人认为像我这样的黑人没有纪律意识，根本不会打仗，其实他们最不愿意的是让我们拥有能为自己的生死而搏斗的自由”①。一次，一个白人士兵羞辱伊斯，说黑人都是胆小鬼。在这件事的刺激下，伊斯自告奋勇去前线作战，虽然事后想起来伊斯认为这绝对是“愚蠢之举”。

贯穿整部小说的神秘女子戴芬，只是一个“被人推到台前”的主角，真正将小说中各色人物串联在一起的是在幕后操控着一切的洛杉矶某大财团的老总托德·卡特（Todd Carter）。为了惧怕自己的真实身份被暴露，戴芬使用了她与男人交往时的惯用伎俩——偷偷离开了“深爱着

① W. Mosley. The Walter Mosley Omnibus: Devil in a Blue Dress, a Red Death, White Butterfly [M]. London: Picador, 1996: 45.

她”的卡特先生，走的时候戴芬还“拿走”了卡特先生三万美金。由于卡特和戴芬的身份都颇为玄妙，卡特先生才选择利用前市长候选人马修·特兰（Matthew Tran）、为了钱什么事都做得出来的迪维·奥尔布赖特（DeWitt Albright）等人帮他找到戴芬。当伊斯在卡特的办公室与其会面时，伊斯从卡特那里感受到了最为恶劣和严重的种族主义：“我敢说他对我丝毫没有大多数白人在跟我相处时的那种恐惧或轻蔑。那是一种最为恶劣的种族主义行为。卡特先生太有钱了，以至于他根本不把我当人看。他可以跟我讲任何事情，因为我在他眼里就是一只在他心情不好的时候可以蹲下来抱一抱的名贵犬。”①

曾是战斗英雄的伊斯，其在当时经历的种族主义身份异化颇具代表性，实为战后许多黑人，尤其是黑人退伍士兵遭遇的缩影。这些士兵在战争期间和白人一起战斗，也差点为了他们共同的祖国献出自己的生命，然而战争的洗涤并没有抹去，抑或是减少人们对于种族主义根深蒂固的偏见。

---

① W. Mosley. The Walter Mosley Omnibus: Devil in a Blue Dress, a Red Death, White Butterfly [M]. London: Picador, 1996: 121.

二

按照巴特勒的性别表演理论，个体的社会性别身份是一个不断建构的过程，个体的自我都是在有意识地按照已然被框定的社会性别规范和行为特质进行主动身份化之后才呈现给他人。塞格尔指出："作为男性行为特质标识的男性化气质是一种存在状态，它总是不完整的。男性气质既关乎社会现实又关乎心理现实。理想的男性气质拥有各式各样的权力和能力：控制女性的权力，控制其他男性的权力，控制自己身体的能力，以及操纵机器和掌握技术的能力。"① 男性气质有生理的、社会的和心理的因素。它的建构和表现通常与社会体制、政权形式以及文化环境构成的总体状况有关，而男性的生理特征只在男性的躯体作为其主体身份的物质载体和男性气质的表呈性被视体时才具有意义。男性气质总是处于不断演化的过程之中，是受到若干因素影响的男性主体身份的社会化表呈范式，是归属不同时期的特定文化模式对男性的行为和外表进行的社会化

---

① L. Segal. Slow Motion：Changing Masculinities，Changing Men [M]. London：Virago，1997：49.

建构。因此康奈尔提出，“男性主体身份和气质不是与生俱来的，而是一种社会实践的产物”①。

库珀运用好与坏、男性化与女性化等一系列二元对立的概念来解读黑人男性的主体身份建构。他认为在社会性别的建构过程中，正是这些彼此对立的概念与社会性别间各样复杂关系的共存才导致了不断衍化的社会性别建构。在绝大多数美国人的概念体系中，长久以来黑人男性的身份表呈形成了两种极端：“坏的黑人”，他们都是模式化的黑人大块头，身材健硕、暴力好斗、残忍淫邪的；“好的黑人”，他们是温顺随和、收敛克制、没有攻击性的体面黑人男性。库珀认为，许多黑人男性有意识地通过自我身份和行为的女性化而建构出一个“好的黑人男人”形象，以有别于传统的易怒的、超男性化的“坏的黑人男人”②。可以说，非裔美国男性一直都是在与上述两种由种族主义理念曲解而成的极端身份表呈模式相抗争，根本不存在所谓中间或折中状态。黑人男性非此即彼的这种身份划分恰是

① R. W. Connell and G. W. Dowsett. Rethinking Sex: Social Theory and Sexuality Research [M]. Philadelphia: Temple University Press, 1992: 49-75, 56.

② Frank Rudy Cooper. Our First Unisex President? Black Masculinity and Obama's Feminine Side [J]. Denver University Law Review, 2009 (86): 633-661, 636.

“好”与“坏”的身份意识建构的来源。

在库珀看来，西方媒体就是依照上述极端的身份表呈范式来刻画暴力的、坏的黑人男性和完全被同化的、好的黑人男性。坏的黑人男性兽性十足，沉迷于性，有很强的犯罪倾向。好的黑人男性同黑人群体保持距离，并且竭力仿效白人的行为理念。受“坏的黑人”男性形象的影响，希望得到社会身份认同的黑人男性大都具有一种“同化驱动”，以构建自身“好的黑人”男性形象。伊斯就属于此类，他有意识地让自己表现的让人感到安全、可信、脾气温和，好让作为美国社会主流的中产阶级，也就是白人不感到害怕。

身为战争英雄的伊斯对自己战后二等公民的身份地位十分的敏感和不满，但是他很清楚，若想成为一个被白人所接受的“好的黑人”，他决然不能再像战争中那般用暴力来证明自己与白人士兵的平等性，因此他刻意按照已然被框定的“好的黑人”的行为规范来规限自己的行为方式，有意识地对自己的身份进行主动同化。效仿白人中产阶级、成为一名房产所有者就是他认为能够得到身份认可的有效方式。

伊斯有一所带花园的房子，虽然房子的面积只有一间单卧室的公寓那么大。伊斯非常喜欢这所房子，几乎将之视同于他的爱人："这所房子对于我的意义超过我所认识的所有女人。我爱她，我甚至嫉妒她，如果银行要让郡警来没收我的房子，我宁可一枪把郡警干掉，也不会让他把房子从我手里抢走。"在伊斯眼中，这所房子是他独立性身份的象征。只要他有这所房子，他就有了"房主"的身份，就不再只是一个当过兵的或是飞机修理厂的黑人技工，而是能和那些体面白人男性地位等同的房产所有者；"房主"的头衔让伊斯认为在他告别休斯敦繁乱不堪的生活、经历了战场上的血雨腥风之后，在洛杉矶有了真正属于自己的生活以及真正的自我身份。

在福柯看来，社会的各种机构和话语构成了种种权力的生产性模式，民众在压制性的机制下生活，获取自己的主体性认知①。在这个基础上，巴特勒提出："如果社会化性别身份是一个人要成为的对象，那么社会性别身份建构就是一个成为或者动作的过程。性别主体身份不应该被用作一个名词，一个本质的存在，或者一个静态的文化标签，

① Michel Foucault. Discipline and Punish: The Birth of the Prison [M]. Trans. Alan Sheridan. New York: Vintage, 1995: 21.

而应该被视为不断重复的一种行为。"① 性别行为必须遵循一定的规范（norms），需要经历正常化的过程，在规范的限定范围内重复，并形成自我和主体性。性别主体身份及其特质的建构不是自主形成的，而是由规训的压力产生的；这种压力规范着主体的性别身份表演，也就是说，按照社会认为适合某种性别身份的方式来行事。巴特勒还指出，在主体认知过程中权力运作并不只是通过压制欲望实现的，而是"强制身体将那些抑制性的法则作为他们行为的本质、风格和必然存在而加以接受和表现"②。

如果说面对班尼如此不公的种族歧视待遇，伊斯的平和回应已是其主动同化的上佳例证，那么伊斯在面对更为直接赤裸的种族歧视行为时所表现出来的隐忍克制，则是他已然将这种同化驱动内化为自身身份定位范式模板的深刻体现，是主体在受到规训的重复压制之后形成的"正常化反应"。一次，伊斯应迪维（前文加过英文注释了）的要求，在前往一个名叫圣塔莫妮卡的白人社区与其会面时，

① Judith Butler. Bodies That Matter: On the Discursive Limits of "Sex" [M]. New York: Routledge, 1993: 43.

② Judith Butler. Bodies That Matter: On the Discursive Limits of "Sex" [M]. New York: Routledge, 1993: 171.

遭到了一群白人青少年的围攻和羞辱。他们喊伊斯“黑鬼”，还用各种难听的语言辱骂、激怒伊斯。然而伊斯选择默默忍受这一切，并没有丝毫的回击。事后，伊斯跟他的朋友说道：“我完全可以把他们都干掉。他们知道什么是暴力吗？我完全可以一个一个地掐断他们的喉咙，他们根本无力反抗，只能等死。他们想跑都没那个本事。我依然是一部杀人机器。”伊斯的沉默和隐忍恰是他接受了社会文化赋予的抑制性法则后的身体行为表现。

主动接受并实施同化的伊斯，其行为从耶鲁大学学者杰弗里·查尔斯·亚历山大（Jeffrey Charles Alexander）的文化表演理论的角度来加以解读，就是一种“冒充”(passing)。文化表演理论“认为一种社会标识优于其他所有社会标识”①。在亚历山大看来，冒充“既是通过假设能够标识某种群体成员身份的，必要的以及操演性行为的方式来存续该群体成员的集体身份表征，也是有意识或无意识选择其他符合种族身份行为的做法”，通过这种方式建立起来的族群内互动主要是“通过可辨识的操演性行为来加

① Bryant Keith Alexander. Performing Black Masculinity: Race, Culture, and Queer Identity [M]. Lanham, Md.: AltaMira Press, 2006: 71.

以维系的"[1]。据此，冒充就是对某种文化表演行为究竟是对真实族群身份的颠覆还是再现的评判。这种文化表演行为的实践要依赖于"真实性"的获得和维系，也就是某一个体身份地位及其扮演角色的可信性、真实性。就冒充而言，表演行为就是对生存的渴望，就是认定在特定文化环境中，作为"他者"的身份能够给自己带来种种益处。

伊斯通过自身女性化、抑制其暴力本性来"冒充"体面中产阶级的结果就是被白人和黑人两个群体双重边缘化。美国现代主义经典作家劳伦斯（David Herbert Lawrence）对美国男性主体身份及特质的研究认为，美国男性身份的核心就是"强硬、孤立、坚忍，是一个杀手。这种核心气质，从未改变过"。不单是要与太多暴力十足的、"坏的黑人"男性较量，伊斯身边还满是急欲彰显暴力特质的白人男性。战争过后的和平生活让曾经浴血战场的骁勇战士陷入了"家庭迷思"[2]，太多的男性被认为表现出"新式的软弱"，面对家庭和社会的双重身份压力，他们亟须通过暴力

---

① Bryant Keith Alexander. Performing Black Masculinity：Race，Culture，and Queer Identity［M］. Lanham，Md.：AltaMira Press，2006：72-73.

② S. Cohan. Masked Men：Masculinity and Movies in the Fifties［M］. Bloomington and Indianapolis：Indiana University Press，1997：89.

重塑其占据主控地位的主体性。而被迫压抑自己男性化暴力气质的伊斯，显然与当时的暴力重塑大潮格格不入。传统意义上的黑人男性应该是男性气质的集中体现者，而受过教育、举止文雅并居于社会一定层级之内的黑人则被认为是“无能者”。美国学者戴维斯（J. Davies）指出，黑人男性之间极具辨识度的语言已然“成为黑人男性主体身份及男性化气质的最佳标定，以至于在绝大多数白人男性和女性看来，相当一部分中产阶级黑人男性毫无男性气概而言”①。小说中所有的黑人都有着清晰可辨的南部口音，唯有伊斯尽可能地说标准的“白人”英语，目的就是要同自己周围的黑人划清界限。正如他自己所说：“在我的一生中，我总是竭尽所能地说标准的英语，也就是那些白人老师在学校里交给白人学生的英语，但是这些年来我愈发觉得只有用我最熟悉的、来自生我养我的地方的‘没有教养’的语言，才能最真实、完整地表达我的想法。”② 由此可见，伊斯主动同化后的主体地被社会身份建构主流再次异化。

---

① J. Davies and C. R. Smith. Gender, Ethnicity and Sexuality in Contemporary American Film [M]. Edinburgh: Keele University Press, 1997: 67.

② W. Mosley. The Walter Mosley Omnibus: Devil in a Blue Dress, a Red Death, White Butterfly [M]. London: Picador, 1996: 97.

三

小说中，伊斯受到规范抑制的主体性身份并不是一元化的，再次被异质化之后的主体身份必然呈现出分裂态势。莫斯里通过解构伊斯自我主体性身份、构建作为本我映像的他者以及戴芬的身份冒充等方式建构了伊斯分裂性的主体身份。

每当重压之下或处于危机情形之时，伊斯便会听到某种“召唤”（voice）。自他在军队服役时，来自“召唤”的声音就经常在危机时刻教他该如何应对。他第一次听到这种召唤是在诺曼底战役中。当时他被困在诺曼底城外的一个谷仓里，他的两个战友已经牺牲，谷仓外一个德国的狙击手也迫不及待地要打死他。这时，来自“召唤”的声音告诉他：“用你手里的刺刀杀了他。”伊斯照做了。从此之后，来自“召唤”的声音就一直指引着他，告诉他如何才能活下来。随着探案的深入而处境日益危险的伊斯被建议赶紧离开洛杉矶时，伊斯又听到了“召唤”的声音：“宁死不走……要奋起反击，把事情弄个水落石出。”① 这个声音时时在提醒伊斯，他是一个坚强勇猛的、真正的男人。伊斯坦承：“这种召唤不是要勾起人的欲望，他从未让我去奸淫妇女或偷东西。他就是告诉我，我该怎么办才能活下去。不是苟且偷生，而是像一个真正的男人那样活着。”②

源自伊斯内心的这种召唤让伊斯得以在自己身上发掘出一种充斥着暴力的男性主体性，每当他的生命受到威胁时，这种本真的主体性就在他身上表现出来。然而，相比于其他暴力性的男性主体，伊斯表现出的是一种受到规制的暴力性，并没有越出社会和道德的界限，是在伊斯看来能够为像他这样的黑人在种族歧视和分化现象严重的美国社会赢得尊重、让其活的体面的约束性暴力。从这个角度分析，伊斯内心的“召唤”无比清晰地表明了他的双重主体性。美国学者斯科特·迈克克拉肯（Scott McCracken）认为，“伊斯愿意不惜一切代价成为一名房产所有者，因为他认为这样才能获得其所期盼的‘受人尊重’的身份地位，这种要从别人那里得到的‘尊重’也是他双重身份的重要

① W. Mosley. The Walter Mosley Omnibus: Devil in a Blue Dress, a Red Death, White Butterfly [M]. London: Picador, 1996: 91.

② W. Mosley. The Walter Mosley Omnibus: Devil in a Blue Dress, a Red Death, White Butterfly [M]. London: Picador, 1996: 88.

表现：一方面他希望能成为中产阶级的一员，而另一方面，‘黑人资产所有者危险不安的处境又迫使他不敢向人透露其所有者的身份’”①。如果说“拥有资产能给予伊斯一种公民的身份意识”，那么当一名私家侦探、拥有这个不可告人的体面身份则是伊斯身份被双重边缘化的极佳例证。

与伊斯的“约束性暴力”主体形成鲜明对比的是伊斯最好的朋友莫斯。这个人习惯将一切诉诸暴力，尤其是伊斯感到束手无策的时候，莫斯总是能用他一贯的暴力举动来解决伊斯的所有问题。迈克克拉肯指出，莫斯这个人物形象是伊斯内在竭力用社会化规范抑制的自我之“他者”的最直接呈现，是伊斯自我感知的“中产阶级公民”身份的另一面，一个“本我”②。莫斯所表呈的是一种不被造成伊斯的男性主体身份割裂的种族歧视与分化所困扰的美国黑人的生活方式，尽管他用暴力来解决问题的态度和方式并不受到社会的认可。书中莫斯对伊斯有过一段入木三分的评论：“你学白人的那套东西，像白人那样想事情做事情。你觉得白人该做什么你就去做什么。她（指戴芬）看

---

① S. McCracken. Pulp: Reading Popular Fiction [M]. Manchester: Manchester University Press, 1998: 170.

② S. McCracken. Pulp: Reading Popular Fiction [M]. Manchester: Manchester University Press, 1998: 172.

上去是个白人，你也就认为自己要像个白人。可是老兄，你要知道你俩都是可怜的黑人。对于一个黑人来说，除非他能接受自己是个黑人这个现实，否则他永远都不会开心。"① 莫斯一针见血地戳穿了伊斯套在自己非裔美国人这个主体性身份之上的双重枷锁：他想要得到别人的"尊重"，想要获得一个拥有资产的公民身份能够赋予他的相应社会身份地位，这都表明他已然将美国社会源自种族歧视和分化的种种禁锢内化到了自我认知和身份建构之中。可是，在这样一个种族歧视严重的社会里，身为黑人的伊斯根本不可能得到他所孜孜以求的尊重。

书中，伊斯曾坦承，尽管他在战场上表现得非常勇敢，然而能让他真正感到安全的就只有和莫斯在一起。在感到自己的身家性命危在旦夕的时候，他向远在休斯敦的莫斯发出了求救信，希望莫斯能来洛杉矶，尽管那意味着伊斯要再次过上当年他要竭力摆脱的将所有事情诉诸暴力解决的生活。对于伊斯而言，虽然莫斯是罪恶和恐惧的代名词，但他更是自己唯一可以信赖的保护者。无论是迪维的凶猛打手，还是曾经险些要了伊斯命的恶棍沃尔奈（Volnay），

---

① W. Mosley. The Walter Mosley Omnibus: Devil in a Blue Dress, a Red Death, White Butterfly [M]. London: Picador, 1996: 180.

亦或是乔比酒吧的大佬乔比（Joby），在暴力本性更浓重的莫斯面前，都是那么不堪一击。

然而，强大如此的莫斯，作为一个分裂性主体的一个他者存在，也难免对自己的身份感到困惑。莫斯认为，黑人的身份就意味着要去伤害和杀戮。他和伊斯对待暴力的不同观点以一种关乎种族差异的方式将两人分隔开来。事实上他们态度的相异是源于两人脾性和经历的不同。莫斯是一个分裂性主体完全原始兽性化的存在，他已然将黑人就是杀戮性动物的种族偏见内化为自己的身份定位理念。而伊斯很清楚种族主义和个体社会身份建构之间的微妙关系，他不接受莫斯对自己也是“黑鬼”的身份评价，他认定自己是一个真正的男人，不是一个兽性的动物。尽管其所处的社会充斥着不公的种族偏见和歧视，伊斯依旧竭力维系其符合社会规范的“人性化”主体身份。

莫斯不但是伊斯社会化自我身份的“他者”化存在，同时还是像伊斯这样愿意主动同化的黑人群体用以比对其与普通黑人群体间差异的“垫衬型”他者。里格斯指出，在美国黑人文化中比较盛行的就是迫切需要在一个固定群体中寻找一个便利的“他者”，这个他者实际上并不真正属于这个群体，但是这个他者要承载着长久以来不断地摧残着黑人男性心理的、其身份危机所导致的各种诟病①。这个不可或缺的他者勾画出被界定为身处社会底层的、“坏的黑人”的身份边界，一旦跨越这个域界，就可以摆脱其黑人男性的传统身份标识。这是几乎所有怀有主动同化意识的黑人都会在其身份建构及行为过程中不断用来比对自我怀疑和否定，焦虑不安以及政治、经济和社会等方面欠缺、甚或是被弱化感的对象，由此，他们能获得认为自身强大、富足、有力、优越的满足感。莫斯这个他者的存在，不但凸显出伊斯个体性主体身份的割裂，还体现出黑人内部的族群化分裂，而后者既是令人感到可悲的、被视为低劣群体的黑人长久以来被同化后对自身的否定，又是让人反思种族歧视之所以无法禁绝的内化性因素。

美国学者梅瑟（Kobena Mercer）认为，奴隶制这个体系架构表现出了黑人男性主体性的双重缺陷，在用极为夸张、荒诞的方式强调黑人男性强大甚至可能是粗暴的性别身份的同时，剥夺了他们作为传统男性行为主体和实施者的权利。梅尔瑟尔指出，黑人“通过被规限在一个狭小

---

① Marlon Riggs. Black Macho Revisited：Reflections of a Snap! Queen [A]. Corey K. Creekmur & Alexander Doty, eds. Out in Culture：Gay, Lesbian and Queer Essays on Popular Culture [C]. Durham, N. C.：Duke University Press, 1995：470-471.

'类型'——一方面是极具男性化的大块头和野蛮男性，与此同时还是一个内心脆弱敏感的异域之人"① 的方式来满足白人男性认为自身处于优势地位、享有特权的欲望。以伊斯为代表的黑人群体不认同莫斯，正是因为伊斯这样的黑人没有意识到其群体成员将莫斯设定为被弱化的底层他者的做法恰恰是黑人长久以来所受种族歧视和压迫的族群内再现。

小说中戴芬这个同样有着分裂主体性的女性也可以被视为男性多元化主体的镜像化呈现。随着情节内容的发展，我们知道戴芬实际上是一个黑白混血儿，真名叫路比（Roby），利用黑白两种肤色给予她的双重身份同形形色色的男人打交道。和许多侦探小说的情节布置一样，伊斯后来爱上了这个他负责调查的对象，只不过两人没能终成眷属。其原因就在于戴芬没能够对伊斯的分裂性男性主体身份做出正确的判断。戴芬对伊斯说："我跟你不一样，因为我是两个女人的合体。我是她，我也是我。"② 戴芬还告诉伊斯，同伊斯亲近无比的"并不是我"，正是戴芬这种对自

---

① Kobena Mercer. Welcome to the Jungle [M]. New York: Routledge, 1994: 133.

② W. Mosley. The Walter Mosley Omnibus: Devil in a Blue Dress, a Red Death, White Butterfly [M]. London: Picador, 1996: 179.

我双重身份的认知才能让她不顾与伊斯的种种情感纠葛，毫不留恋地离开他。戴芬不但是黑白两种肤色身份的共现体，还是种族宽容和种族歧视、自我和他者的复合体。尤为重要的是，戴芬还表征着多种族身份同黑人身份之间的分裂性张力，无比清晰地表明在美国，所有的种族差异都是围绕着黑人的种族身份而建构的。

莫斯里在《蓝衣魔鬼》中用极富建构张力的手法刻画出了伊斯这个被种族主义异化的人物对其自身的主体身份进行有意识同化的过程及其源自规范身份压抑的分裂本性。无论是作为伊斯分裂本体的他我存在的莫斯，还是用以表明伊斯主动同化只会导致再度异化的小说中敢于彰显自身暴力本性的、更为本真的男性人物角色，以及同为分裂化的主体、却对伊斯的分裂本性不予认同的女性角色戴芬，都清楚地表明了在后殖民主义时期的美国社会中，种族偏见和歧视仍是黑人男性建构主体身份过程中难以逾越的障碍，是他们要去面对并予以反击的魔鬼。

第五章

性别酷儿视域下的间性主体

性别政治一直以来都是美国黑人女性科幻作家奥克塔维亚·巴特勒（Octavia Butler）非常关注的问题。受性别酷儿（genderqueer）理论的影响，巴特勒在《野种》等几部作品中塑造出超越传统男女二元性别架构的间性主体。本章将主要依托朱迪斯·巴特勒有关性别身份研究的相关理论，从解构生理性别、社会性别以及性欲之间传统关联的角度，对此类间性主体性别身份的建构及表呈、身份标记及特质等方面进行探究，以求全面解读奥克塔维亚·巴特勒颇具开拓性的性别身份观。

黑人女性作家奥克塔维亚·巴特勒堪称美国当代科幻文学界的殿堂级人物之一，其作品多次荣获雨果奖、星云奖，本人还于2010年荣获国际笔会颁发的文学写作终身成就奖。其代表作有包括《模式之王》（1976）、《我意识中的意识》（1977）、《生还者》（1978）、《野种》（1980）在内的“模式主义者”系列长篇小说和《异种生殖》三部曲。

作为一名黑人女性作家，性别政治、种族主义是奥克塔维亚·巴特勒作品中贯穿始终的主题。受性别酷儿（genderqueer）理论的影响，巴特勒在其诸多作品中摈弃了传统的男女二元性别体系架构，尝试以对社会性别关系的重构来描画未来社会。她在《异种生殖》三部曲和“模式主义者”系列小说中创设了男、女之外的其他性别，并通过《野种》以及《我意识中的意识》中拥有不死之身、能够改变自己形体的跨性别主人公多罗（Doro）和安延舞（Anyanwu）的经历来对主体的物质化存在同主体的社会性别、主体的欲望之间长久以来被主流认知体系所固化的关联进行重新探索和界定。

一

囿于传统的二元对立认知体系，女性主义对社会权力的批评及研究历来都是建立在性（sex，生物学、解剖学）、性别（gender，社会角色及表现）和性欲（sexuality，性取向、欲望）三者相关联的基础之上①。性和性欲通常被笼统纳入性别的范畴之内，尽管女性主义学者对性别的建构大加指责，然而上述三者之间的规范性关联却少有人诟病。

科幻文学素以对未来世界更为精新、更具包容的描画著称，赞成非主流性别政治的读者能够在其中找到颇为激进的、甚至是颠覆性的性别身份种类。三十多年以来，女性主义科幻文学对二元性别关系及架构的挑战有目共睹，女性主义作家们提出了女同性恋、酷儿性别身份以及诸多全新的社会性别角色，引发了大范围的文理及政治争论。尽管如此，大多数女性主义科幻文学作品在对社会秩序的重构中仍以男/女二元对立为基准，虽然有些作品质疑主流异性恋体系中的异性相吸观念，但并未触及性（男性、女性）同性别（男人、女人）之间的归化性关联。在这些女性科幻作家构建的未来世界里，女性不再是父权体系中受压迫的被动客体，有些作品还依据女同性恋文化女性主义

① 为进行精确的概念区分，本章在涉及 sex 同 gender 的比对时，为了凸显两者的区别，将之分别译为“生理性别”和“社会性别”；其他情形中将两者分别译为“性”和“性别”。

(lesbian cultural feminism)[1] 的模式虚构了同主流社会隔离的社会族群，比如美国科幻小说作家琼安·鲁斯（Joanna Russ）的《女性化男人》（1975），美国科幻小说作家苏兹·麦基·查纳斯（Suzy McKee Charnas）的《母域》（1978）等。女性作家们还想象出非源于两性关系的物种繁殖，认为性的分而等立是终结女性受压迫地位的唯一可行方式。有的女性主义文本通过重新定义传统的性别角色来建构平等的男女地位或推翻传统的权力关系，结果却是引发了激进派女性主义同自由派女性主义之间有关女性身份定位的新争端。而且，这些作品中但凡涉及二元对立性别之间的跨越时，都是性、性别和性欲都被糅合成基于男性化身份本位主义的雌雄同体的变体范式，比如美国著名科幻小说作家娥苏拉·勒瑰恩（Ursula Le Guin）的《黑暗的左手》（1969）；或者是借用现代的生物科技来探寻性别差异的生理原因，比如美国科幻小说作家尼克拉·格里菲斯（Nicola Griffith）的小说《菊石》（1992），其目的还是寻求男/女两性的分立。另两位美国科幻小说作家塞缪尔·德拉

---

① Jenny Wolmark. Aliens and Others: Science Fiction, Feminism and Postmodernism [M]. Iowa City: University of Iowa Press, 1994: 103.

尼（Samuel R. Delany）在《海神》（1976）一书中通过增加性别数量以及已然被社会群体认知体系接受的易性视角来挑战性、性别和性欲之间被归化的关联；玛吉·皮尔斯（Marge Piercy）在《时间边缘的女人》（1976）一书中摈弃了性别称谓词和社会性别角色。可以说上述这些作品都未曾尝试通过改变男女二元模式框架来尝试颠覆作为一种社会体系而存在的男女对立架构。

还必须指出的是，在科幻文学的叙事及评论体系中，有相当数量的对跨性别身份探讨的文本是基于赛博空间和离身性（disembodiment）身份归化而展开的。然而，此类文本中主体身体的持续存在都必然引发包括存在于“男性”和“女性”这一社会性别两分法之外的主体之物质实在性的争辩。美国著名酷儿理论家盖尔·鲁宾（Gayle Rubin）在其著名的《性的思考》一文中批评同性恋女性主义将性、性欲同性别混为一谈的做法，提出应将性的规范机制明晰、精确：“（社会）性别影响着性体系的运转，性体系也有着（社会）性别具体所指的表呈。尽管性同社会性别彼此关联，但两者绝非彼此的对等物，是两个迥然不同的社会行为范畴的基础。"① 酷儿理论质疑对性、性别、性欲三者的异性恋同化以及对特定形式欲望的归化。女性主义酷儿理论进一步提出，主体的身体同其社会性别身份及主体欲望之间有着复杂但又非稳固的关系模式。主体的身体并不是一个先于话语的物质假设，而是朱迪斯·巴特勒在《性别麻烦》中所说的"性本身就是一个被社会性别化的属类"②。女性主义酷儿理论此举的目的就是要抵制任何层级之上的男女二元论以及对"他者"性别主体的话语建构，包括对异性恋者主体身份和同性恋者主体身份的划分。就主体性而言，酷儿理论通过摈弃父权制所包含的性别分列从而将之解构的方式来抨击所谓的关联性的、基于社会性别的身份政治理念。

朱迪斯·巴特勒认为，性别身份并不是一个真正的内在"自我"的传递，而是由强制异性恋体系中的政治和社会话语霸权催生的产物③。她提醒人们要将性、性别、性

---

① Gayle Rubin. Thinking Sex: Notes for a Radical Theory of the Politics of Sexuality [A]. Henry Abelove, Michele Aina Barale & David, M. Halperin, eds. The Lesbian and Gay Studies Reader [C]. New York: Routledge, 1993: 33.

② Judith Butler. Gender Trouble: Feminism and the Subversion of Identity [M]. New York: Routledge, 1990: 7.

③ [美] 朱迪斯·巴特．性别麻烦：女性主义与身份的颠覆 [M]．宋素风，译．上海：上海三联书店，2009：177。

欲区别开来，因为三者的混杂融合根本无法包含诸种非异性间欲望。心理分析文本全然无视诸种酷儿欲望的存在，将生理性别认作是主体欲望产生的根源，并由此将符合异性恋规制的性别定位当作一种给定的预设，而不把身体看成是被话语权性别化的结果。朱迪斯·巴特勒指出，社会性别不应该被解释为一种稳定的身份，或是产生各种行动的一个能动的场域；相反，社会性别是在时间的过程中建立的一种脆弱的身份，通过风格/程式化的重复行动在一个表面的空间里建制。这种论点使性别的概念脱离了实在的身份模式，而转向在概念上必须把性别视为一种建构的社会暂时状态的模式。性别身份的基础是一种时间性的以性别进行身体具化的过程。“性别是一种操演”的观点将主体的社会性别理解为一种理想化性别身份的戏仿，其本身就是一个无法真正获取的幻象。这一理念彻底解构了基于前话语的所谓“自然”性别的核心性别身份，从根本上动摇了规范化“正常”性行为的概念范畴及内涵①。

朱迪斯·巴特勒认同经由话语建构的身份的强大效应，认为性别归化是真实存在的，尽管其发生于一种建构的幻

① ［美］朱迪斯·巴特勒．性别麻烦：女性主义与身份的颠覆［M］．宋素风，译．上海：上海三联书店，2009：184.

想之中；正如她所说，“连贯性是人们所期待的”①。操演性行为并非如许多评论家所误读的那般是一种反抗性的，自发的自由行为，而是在不断地寻求经由话语镌刻在我们身体上的，我们选择性地通过自身的性别呈现与之争论、重建并挑战的一种规范化性别。同此种理想化性别不相符的性别呈现（比如男性化的女人和女性化的男人）打破了任何性别身份及其呈现都是“自然”的这一假设，故而性别操演本质上而言是抑郁的，因为上述理想化的性别呈现根本无法实现。朱迪斯·巴特勒将能动性（agency）置于这种理想破灭的框架之内，也就是说用性别身份来置换欲望。性别操演的失败证明了性别身份作为对一种不存在本体模仿的可能性的存在。

酷儿理论挑战基于主体自我身体及其性对象的稳固的社会性别及生理性别身份。社会性别身份如同社会性别角色一样，都是操演性的。两者之间的分立被打破，身体、由身体衍生的社会性别、由社会性别滋生的社会定制角色之间也被去关联化。区分被打破并不意味着身体必定要同

---

① Judith Butler. Gender Trouble: Feminism and the Subversion of Identity [M]. New York: Routledge, 1990: 336.

身份割裂开来——比如，一个易性主体的身体被改造，其肌体的经历及感受对于其主体社会性别身份的建构至关重要，被消除的只是生理性别、社会性别、性欲之间的关联以及这种关联的规制成分①。

许多跨性别身份在二元对立体系框架中处于“居中”位置，或是对整个框架的重构。可以被理解成为雌雄同体的酷儿形式，是男性性别要素和女性性别要素的“中和体”，并且无法只用男性或女性予以界定。然而，性别酷儿作为一种身份指称并非是要将性别构造成糅合男性特质和女性特质的“中性化”性别定位，而是要将男性特质和女性特质置于彼此对立、相互矛盾的关系架构中，抑或是将性别置于二元对立框架体系之外。故此，性别酷儿不能被纳入兼具男、女性特质的雌雄同体的理论模型之中，更与异性关系和同性关系模式格格不入，是非二元性的、具有性别扩延特征的间性主体。性别酷儿在并非彻底拒斥性别差异是情欲快感来源的基础之上向性别二元架构体系提出挑战。

性别酷儿和其他的跨性别身份改变甚至动摇了女性主

---

① Jay Proser. Second Skins: The Body Narratives of Transsexuality [M]. New York: Columbia University Press, 1998: 79-80.

义看待性别和性欲的传统方式，因为传统方式不是延续性别压抑的主流性别定位体系（对性别和性欲的异性观念界定），就是在其对父权体系和异性恋的批判中最大限度地保存排他性机制，即女同性恋女性本质主义。女性主义权力分析体系中性别酷儿理论的介入动摇了性别同性欲之间的“天然”关联，并开始从与话语权关联的角度探究身体的物质实在性。性别酷儿理论提出的假设认为，一个稳固的性别化身体同主体及其欲望对象都无关，因此应将身份从稳固的性、性别、性欲关联中剔除出来。跨性别理论及易性理论就是以被指派社会性别、性欲和身份之间的非固定关联为研究主题，重构了女性主义有关性别压迫的战略研究框架。

二

在科幻文本中出现的易形者（shapeshifter）可被视为独立于二元性别架构之外的，雌雄同体性主体身份的表征。能够不断变幻形体的易形者没有其恒定的外在形式，也没有一个能够用男人或女人来界定的稳固本体存在。能够随意变换身体，进而变换身份的能力使得易形者具有无可辩驳的跨性别酷儿特质——他们抵拒“和/或”的身份标识，在传统的两分性别属类间游走往来，其身体同其性别身份间不确定的关系无疑是对基于两分性别理念认知体系的巨大挑战，引发从跨界角度对性别身份的再认识，并质疑原有两分模式中两个节端之间的权力架构。

奥克塔维亚·巴特勒作品中角色复杂多变的性别身份及欲望的定位是串联叙事建构的关键因素。在构建女性主体时，她常竭力弱化其“女性气质”，既旗帜鲜明地反对她们权利被剥夺的生理性别身份，也拒斥建立在白人、中产阶级女性理应具有的优良特质（贞洁、柔顺、无助、弱势等）之上，被定义为“真正”女性化的、带有种族偏见的女性理想模型。她所塑造的女性主体通常在外形上是“去性别化”的，比如《关于播种人的寓言》中的劳伦（Lauren），《模式之主》中的安博（Ambor），或者是《幸存者》中具有“非典型”身体特征的，身材奇高无比的艾兰娜（Elena）。而在《野种》中，巴特勒则通过永生的、身形不断变换的安延舞和长生不老、本无具身形体存在的多罗这两个雌雄同体的间性主人公对跨性别主体的身份政治及表呈进行探究。

安延舞和多罗可被视为朱迪斯·巴特勒性别操演理论

的具象化表呈，因为他们的形体构成只是对他们不时需要呈现出的不同社会性别的戏仿，这些形体都不是“本真”的。然而与此同时，两者对自己原有的、不受被话语建构的种种肉身形态影响的“原初”身份的坚持又是对操演理论的质疑。多罗是一个活了四千多年的努比亚男性，他是吸血鬼的一种，一个寄生体。为了寻找合适的宿主，他常寄居在被他杀害的人类体内，因此他无法停止杀戮行为。从最初的人类“越界”成为后来具有精神动能的无体化寄生存在体，多罗已然完全失去了自己的本初形态，只能依靠宿主的身体来延续其生命。他有一个野心勃勃的计划：育殖一个能够听任他的驱使、给予他绝对权力的独特人类属群，即具有心灵感应超能力的“天赋”人类。他不断强迫被其挑选出来的人跟他交配，虽然这些人大都是他的后代。在其千年之久的育殖计划里，他走遍世界各地寻找“潜在者”并让他们生育子嗣，由于这些“潜在者”具有心灵感应的超能力，故而他们的精神状态通常极不稳定，被社会所边缘化。

安延舞是一个拥有不死之身的伊博易形者（伊博是地名，异形者就是能改变自己身形的人，shape-shifter），能够变成包括动物在内的任何生命体的形状，其本初形态是一个黑人女性。多罗在非洲贩卖奴隶准备运回17世纪的美洲时“发现”了她，当时她已经三百多岁了。他认为她是“野种”，是被他育殖计划遗漏的产品。安延舞被多罗强行带回美国，并成为多罗手下的核心人物。两者之间的关系紧张而又复杂。尽管多罗冷酷残忍，但是安延舞还是很依赖于他，最重要的原因就是因为他们都有不死之身，只有多罗能够长久地陪伴在她身边。而对于多罗来说，安延舞不仅仅是个育种人，更是他的支柱，是唯一能够对他施加影响、跟他讨价还价的人。当多罗在《我意识中的意识》一书中被终结生命后，安延舞选择了自杀。

从某种程度而言，安延舞和多罗都有着“无社会性别”(genderless) 特质，因为两者没有稳固的、性/别恒定的肉身。两者都用出生时的生理性别来定义自己的性别身份归属，然而在现实生活中，两者因由不断变换的形体而获得的多变身份却早已超越了认为由生理性别决定社会性别的传统认知域界。这同许多易性癖的人发觉自己被限固在“错误”的躯体中的想法和感受相吻合。肉身的非连贯性以及不断变化的生理性别差异的具身性表呈，都是性别酷儿理论中有关去自然化社会性别身份概念的核重要体现。作为“他者化”的间性主体，这些易形者只在其愿意付诸真实情感的人际关系中才保持特定的形态，而且他们的身体可以根据同他们交往者的愿望而做出改变。

奥克塔维亚·巴特勒用安延舞和多罗这两个雌雄同体的间性者在传统二元性别框架之中探寻跨性别身份的可能性：两个主体都对自己是男人还是女人有着明晰的社会性别意识，而且这一意识不受其所表现出来的诸种身体形态的性/性别影响。两个主体都有着不由任何特殊的，并且总处于变化中的性欲决定的固定性别身份，然而问题的关键是他们并不需要倚仗某一身体形态来表现其稳固的社会性别身份。他们相对多变的性别而言稳固的身份归化使得酷儿理论认为社会性别身份是变化不定的，一如身体是由话语建构的因而缺乏稳定的主张更趋复杂。跨性别主体同其身体被指派生理性别不相符的稳固的性别身份的感知经历，比如易形者不断变换的外在形体和从未改变的性别身份，同性别酷儿间性主体的身份理念更为相符。

在多罗和安延舞这两个主体形象中，巴特勒探讨了性别身份的两种极端构建方式：认为话语之外根本不存在主体身份的建构主义和主张前话语（pre-discourse）身份的生物本质主义。两种方式都以主体的身体作为指称对象。建构而来的性别身份从本质上说是随着时间的推移而变化不定的，这是因为不同的历史语境对于身体有着不同的解读。尽管身份能够以同社会分配相对立的方式发展，但这是能通过福柯所谓的“反话语”路径，即同主流语境相悖的方式得以实现。经由话语建构的性别化身体一直是身份的关键性参照，因为这一身体在其性别定位以及种族、能力、国籍、年龄和阶层等方面受到社会和地理环境的管控。而生物本质主义则以身体为根本，认为自然的身体是决定身份的主要因素。身体所具有的能力和经历感受，比如生育和繁殖的能力，决定了身体的性别身份。性别身份是一种假设，由主体的天然身体形状和机能决定，唯一的变量是由社会权力架构决定的性别表现。

无论是哪种理论体系，都认为变换的身体会引发性别身份的变化。然而，巴特勒在作品中对多罗和安延舞的人称代词的使用是连续不变的。身为一个易形者，她通过变换并呈现各种动物以及男性的形体而积聚了许多不同的生理感受和经验感知，但是她的自我意识始终是女性的，而且只要环境允许，她所呈现的形体永远都是一个黑人女性。她的性别身份连同她的种族身份源自主体对于自身核心身份的本体性认识，这一认识不受任何社会认知的束缚，因为身份的获得根本同其所投射的身体无关。多罗通过杀戮和寄宿不断改变自己的形体："我都不知道我做过多少回女人了。"① 他还延续了其宿主的所有生理特征，感知其生理经验：他曾用女人的躯体生过孩子，也曾作为女人跟男人怀孕。对于无体化的多罗而言，唯一稳固的更是只有不受其宿主躯体的物质实在性影响的、始终是男性的性别身份。他被清晰无误地指认为一名男性化个体；在跟相熟的人交往时，无论是否以女性形象示人，都是以男人的性别身份行事。他的性别身份是非物质性的，不随环境或语境的改变和变化。

因此，完全有理由认为，安延舞和多罗都在不断变换形体的同时保持各自稳固的性别身份不但证明了建构主义声称话语建构的身体决定主体身份之说的偏颇，也挑战了本质论关于天然性别化身体的生理感受经历是性别身份形成基础的主张。

三

虽然身体的物质性实在不是其性别身份的决定因素，

---

① Octavia Butlter. Mind of My Mind [M]. New York: Warner Books, 1994: 157.

但是作为一个传统意义上被标记的女性主体，种族肤色和具身性认知仍是巴特勒规限安延舞主体身份的重要指征。

种族主义和性别歧视总是同被社会层级以及诸如丈夫与妻子之间被指称为“个体”的类别关系合理化的权力架构相关联，并且两者总是在特定的历史群体中被建构并施行①。故而，巴特勒对于性别身份的探讨总是基于种族身份的建构，对种族身份的探究也常常是以性别为基准而展开。为了将种族主义本身的弊端和困境呈现出来，巴特勒对真实存在的以及她在作品中所建构出的种族差异的属类做了细致的对比分析，揭露出这些差异所固有的荒谬性及无序性。她试图证明，尽管种族主义是一种意识形态，但对人们的行为理念有着实质性的影响②。巴特勒赋予安延舞一个本初为黑人女性的身体，因此不管安延舞的外形如何变化，她的核心身份（core identity）都是一名黑人女性，延承了女性主义认为种族、肤色之类的身体标记对于女性

① Ruth Salvaggio. Octavia Butlter [A]. Marleen S. Barr, Ruth Salvaggio, & Richard Law, eds. Suzy McKee Charnas/Octavia Butler/Joan D. Vinge [C]. Mercer Island, WA: Starmont, 1986: 79.

② Teri Ann Doerksen. Octavia Butler: Parables of Race and Difference [A]. Elisabeth Anne Leonard, ed. Into Darkness Peering: Race and Color in the Fantastic [C]. Westport, CT: Greenwood Press, 1997: 24-25.

具身（embodiment）认知①及身份建构十分重要的书写传统。与之相反，多罗本初形体的缺失使得身体同主体自我意识之间被去关联化，作为主体身份构成重要标记之一的种族也不是其核心身份的标定，在影射男性主义崇尚离身性本质论的同时，嘲讽了种族主义叫嚣的身份标识不过是历史语境建构的结果。在同其后代玛丽的一段对话中，多罗说出了他来自非洲的身家背景，并明确表示这一背景同其存在毫无关系：

“上帝啊！你一直都是副白人的模样，我从没想过你出生时是个黑人。”

“这没什么关系。”

“你说没关系是什么意思？对我而言关系重大。”

“说没关系，是因为在过去的四千年时间里，我没有任何肤色。你也可以说我是任何一种肤色。

① 具身认知（Embodied cognition），也称“具体化”（embodiment），是心理学中一个新兴的研究领域。具身认知理论主要指生理体验与心理状态之间有着强烈的联系。生理体验“激活”心理感觉，反之亦然。简言之，就是人在开心的时候会微笑，而如果微笑，人也会趋向于变得更开心。

但不管怎样，我同黑人之间的相同点——不管是努比亚人还是别的什么——绝不比同白人或亚洲人之间的相同点多。”

“你是说你不想承认你跟我们之间的共同点。但如果你出生的时候是个黑人，那么你就是个黑人。不管你的身体呈现出怎样的肤色，你都是黑人。”

“我既不是黑人，也不是白人或黄种人，因为我根本不是人类。”①

巴特勒非但没有忽视话语建制的权力，还抵拒对种族差异属类的归化行为。她认同福柯认为生物学不是身体本身的代称，而是建构了身体以及我们对之理解的话语权的说法，提出对于社会秩序而言，重要的并不是种族差异的“事实”，而是在社会层级之中这些差异被标划的位置。多罗及其子孙把没有心灵感应超能力的普通人统称为“哑巴”，要他们受“天赋”人群的管束。多罗竭力向其后代标榜的自己理想化遗产的核心就是差异的越界，认为由于

① Octavia Butler. Wild Seed [M]. New York: Warner Books, 1988: 87.

其非人类的、无实在形体的存在方式，他跨越了诸如种族之类的外在标记。然而事实并非如此，他的育殖计划造就的“超级种族”不过是用另一套层级标定和权力管控机制来替代了本质上与之无异的现存的种族主义。

安延舞的主体适应性很强，她改变自己的身体，学习、观察“他者”，并最终成为这个“他者”主体。安延舞将自己置于她所成为的主体的社会定位之上，其主体身份也必然包含许多通过社会层级定位的身体的经验感知。随着时间的推移，安延舞的本初身份吸收了若干“他者”的成分。多罗却从未真正成为那个被他杀掉并寄居于其体内的那个人，仅仅只是征用那个受害人的身体。故而，安延舞雌雄同体的间性本质明显比多罗要更具浸入性，因其通过将自我按照新的表呈方式进行调整而承认身份的物质基础及其生理经验，而多罗则拒绝任何形式的基于其所占据身体生理感知经历的身份。

美国学者萨蒂·普朗特（Sadie Plant）将多重身份认作是女性的主要社会标识，提出人们忽略了女性早就是伪装、扮装方面的专家这个事实：“模仿和乔装打扮，伪装和假扮：几千年来女性都在进行着不同的角色扮演，总是希望‘能像个女人样’，‘能有淑女的做派’，总是希望自己能变成怎样，但其形象却绝不会一成不变，最起码不能总是自己原来的样子"①。美国女性主义学者布拉伊多蒂（Rosi Braidotti）则认为身份的多重再塑是男性专属的理念，那些社会身份同其身体的物质化存在形式紧密相连的群体是根本无法实现的。因而，虚拟现实就是男性化的表呈，虽然"身体"可以有无穷尽的变化形式，然而其主体意识只能源自男性②。从布拉伊多蒂的观点出发，多罗离身性的自我意识无疑是笛卡儿意识/身体分离说的上佳印证，也是赛博朋克（cyberpunk）小说③有关抽象的意识能够与身体分离写作观的有力体现。他的非人类本质使其游离于话语的域界之外；该主体缺乏核心身份的特性使身体成为一种所宣称的其不受限制的差异性的可能。身为一个变形者，安延舞也能变成一个男人。但是，由于她拥有本初的属于

---

① Sadie Plant. The Future Looms: Weaving Women and Cybernetics. Cybersapce/Cyberbodies/Cyberpunk [M]. Wiltshire: The Cromwell Press, 1995: 50.

② Rosi Braidotti. Cyberfeminism with a Difference. Feminism [M]. Oxford: Oxford University Press, 1997: 521.

③ 赛博朋克（cyberpunk，是 cybernetics 与 punk 的结合词），又称数字朋克、赛伯朋克、电脑叛客、网络叛客，是科幻小说的一个分支，以计算机或信息技术为主题，小说中通常有社会秩序受破坏的情节。现在赛博朋克的情节通常围绕黑客、人工智能及大型企业之间的矛盾而展开，背景设在不远的将来的一个反乌托邦地球，而不是早期赛博朋克的外太空。它实际上标志着针对以往科幻小说不注重信息技术的具体设定的缺点的改善和进步。

自己的身体，因此其“本初”生理性别对所有外在形态改变的投射从未停止过。

四

科幻文学的书写特质使得通过对语言的运用和想象力的发挥，用全新的方式来思考欲望的对象以及渴望这一对象的主体及其身份成为可能。在巴特勒的早期作品《模式之王》中，女主角安博是一个双性恋者。双性恋是挑战二元性别架构的一种比较传统保守的方式。“当我遇到一个吸引我的女性时，我就选择做女性；同理，当我遇到一个吸引我的男性时，我就选择做男性”①。在《有关天才的寓言》一书中，安博就对女性产生了难以遏制的欲望。与之不同的是，由于自身身体的多变性，安延舞和多罗雌雄同体的社会性别特质被酷儿化，并使得以同性或异性取向以及双性取向来界定性欲及相关行为的做法不具可行性。

经典精神分析理论通常认为性欲源于主体及其欲望对

① Octavia Butler. Patternmaster [M]. New York: Warner Books, 1995: 133.

象的身体，性欲同社会性别之间只有偶然性关联。“正常”的性欲就是异性间的情欲：一个男人希望同一个女人有肢体上的亲密接触。然而弗洛伊德早年就通过区分“性对象”和“性目的”来质疑这种偶然性关联。尽管弗洛伊德将对象选择和性行为的某些特定变体归结为“精神失常”和“性变态”，然而其将性对象和性目的分而视之的做法还是推动了由根深蒂固的对象选择是性欲的决定性因素的观点朝性欲是一系列令人愉悦的性行为的酷儿理念的转向。该理念将“性变态”视为从规制身份中的挣脱和解放。对性/性别/性欲间非稳固关联的性别酷儿解读能使我们挣脱所谓“正常”和“异常”性欲的固限。也就是说，决定主体身份的并不是欲望对象的性/别，而是主体性快感的目的。正如朱迪斯·巴特勒在《模仿与性别抵抗》中所论及的：

> 有必要明晰性欲常常逾越任何给定的行为假设的域界……这就是为什么根本无法从任一给定的性别呈现中推导或分辨某种性欲。在生理性别、社会性别、性别呈现、性行为、幻想、性欲之间并没有直接的表述性或偶然性关联。上述说法中没有哪一个足以界定其他所有称谓。性欲恰就是

> 由那些根本不可视或在某种程度上从未出现过的成分构成的①。

跨性别主义学者迪恩·斯佩德（Dean Spade）认同对基于主体及其对象选择的性/别属类的固化性欲界定的质疑，他的研究支持性别酷儿理论试图将性别表演从被归化的，同性欲之间的关联中解构出来的做法。他反对用异性间情欲和同性间情欲来界定人类的性欲属类，而是选择一个适用于直男/女和男/女同志的界定方式，表明欲望的复杂性，主张对性欲的性别酷儿解读：

> 我所希冀的是用精准、详致、激励并新颖的语言去不断地重新镌刻、重新辨识身体和性经历，而不是用简而化之的说法来禁绝关于我们都是如何吸引力非凡的争论。性本位的属类及其同性别身份的关系不足以用来描画欲望，更与主体的社会身份构建无关，最重要的是，无法规限欲望。由此，生理性别、社会性别和性欲之间以及

① Judith Butler. Imitation and Gender Subordination. In Inside/Out：Lesbian Theories, Gay Theories [M]. New York：Routledge, 1991：25.

性主体、性对象、性目的之间的稳固关联不复存在①。

《野种》一书中的安延舞跟男人和女人都保持着两性间关系，这一双性取向的定位是在传统种族权力架构和欲望语境中被建构的极端身份。在奴隶制时代的美国，安延舞化身成一个白人男性，娶了一位白人妇女做妻子，并拥有一座位于美国南方的种植园。在其白人男性的外表以及这个外表所赋予的社会地位的保护下，她可以放心大胆地把“家人”，即其他黑人以及多罗育殖计划的后代子孙都聚集在自己的庄园里。她以男人的身体同她的妻子进行两性间的亲密接触，还跟她生了很多孩子。两个女人以彼此认可的社会性别互相关爱。

此处，奥克塔维亚·巴特勒是通过安延舞来质疑并挑战对基于种族和社会性别权力架构。一方面，社会性别受到权力话语的制约（安延舞化身成为一个白人男性来保护自己的家人）；另一方面，欲望使得两位女性跨越异性恋和

① Dean Spade. More Gender, More of the Time. Makezine: Transmissions. http://www.makezine.org/bibi.html.

种族规制的羁绊走到一起（一位白人女性和一位黑人女性相爱）。当多罗问安延舞为什么娶那个白人妇女的时候，安延舞回答："因为我相信她……在一起的时间长了，我们都非常渴望彼此。"① 两人之间的欲望超越了性欲的传统域界。

通过这两个主体的建构，巴特勒将身体由欲望建构并根据彼此不同、不断变化的性欲望和社会性别而改变的想法付诸实践。性欲望和需求决定着巴特勒书中主体身体形态的变化，表明了不同的性对象而不是特定的形体或任何形式稳固、预设的生理、性别身份在主体性欲望产生过程中发挥本质作用。与强制异性恋语境相悖的是，性客体的性/别根本无法决定主体的性欲，因为根本就不存在一个稳固的主体的性/别模式。

结　论

奥克塔维亚·巴特勒用多罗和安延舞这两个间性主体对跨性别酷儿身份的探究无疑是具有开拓性的。易形者作

① Octavia Butler. Wild Seed [M]. New York: Warner Books, 1988: 218.

为雌雄同体间性人的重要含义在于其并不是集合了“男性化”特质和一些积极优良的“女性化”特质的综合体。与之相反，其所代表的是获取身份的能力和一个连贯稳固的自我意识，这种能力和意识不是由话语建构的社会性别指征决定的，而是源自跨越生物体界限并根据主体外形的变化而做出欲望定位的调整的主体。多罗的非物质化性别身份同其外在的形体表呈并无关联，正因为这一身份是非语境的，因而是稳固不变的。安延舞的身份同物质实在密切关联，是其外在形体的物质组成成分和社会定位共同作用的结果。这一身份可被视为成功规避了传统身份界定架构非社会建构即本质主义的两个极端。安延舞不断变换的形体造就了其不断调整的外在身份及其核心身份内涵的叠加，这在不抹除身体物质实在性的基础上撼动了传统的性/性别/性欲望之间的稳固关联。然而必须指出的是，这种坚持也使得两者之间的关系仍旧被框定在异性恋的语境之内，小说对繁殖这一隐含主题的描述也明确了这种异性恋关系。

诚然，巴特勒对于安延舞和多罗本初性别身份的坚持略显保守，因为这种坚持同社会性别多样性以及性别酷儿是不相符的，有悖于两者作为社会性别跨越或“无社会性别”主体的定位。然而，必须明确的是，这种本初身份同作为其外在表呈的身体的分立对于辨识跨社会性别人群的身份是至关重要的，因为这一人群的身份同基于其物质化身体的社会性别指征背道而驰。巴特勒旗帜鲜明的社会性别、性欲的性别酷儿观给二元性别体系带来严峻挑战。

第六章

身体的标记与身份的关联

——女性主义赛博朋克小说对女性主体的建构

女性主义赛博朋克（cyberpunk）风潮出现于20世纪90年代，其相关作品在主体的存在方式、身体同身份之间的关系以及主体身份建构模式和内涵方面均同此前的第一代赛博朋克小说有着明显的区别。女性主义赛博朋克主张以一种更为成熟的观点来看待人与科技的关系，强调主体的具身化存在以及具身身份所表征的多维社会性关联。

兴盛于20世纪80年代的赛博朋克科幻小说探讨了近未来世界的人类生存状况，带有浓郁的朋克式反文化色彩。小说中充斥着装配有义肢、移植器官、微电子集成电路等各种人体改造器官的赛博格化（cyborgalized）人物主体，是机器与生物体的混合体。这种部分源自天然部分来自科技衍生物的特性使得赛博格成为可变性、延展性、模糊性和本质不确定性的具体表征物，成为主体存在方式及身份建构的后现代化范式。

赛博朋克小说对后现代文化的折射，引起了后现代批评的广泛关注，被视为后现代主义顶级的文学表现形式。虽然赛博朋克小说虽因其在科技、资本主义、社会异化和身份建构等问题上的独特立场而著称，然而几乎全部有影响力的作品都出自中产阶级、异性恋的白人男性之手。女性主义赛博朋克小说风潮始于20世纪90年代初，作为“第二代”赛博朋克小说，其叙事架构虽仍围绕虚拟现实科技这个主题展开，但女性主义赛博朋克小说更多的是辩驳早期赛博朋克小说着力渲染的赛博空间赋予人类逃避现实的非具身化存在，以及男性赛博朋克作家们所推崇的摆脱“肉身”的脆弱性和回避性别差异性等理念，主张以一种“成熟”的态度来看待科技的发展，强调主体的具身性存在以及主体身份是由身体所表征的多重历史、文化关联所建构而成的。本章将对此进行系统的分析和阐释。

一

美国学者安德鲁·罗斯（Andrew Ross）指出，早期赛博朋克小说的叙事体系是“白人男性文学中被描画到极致的城市狂想”；“赛博朋克的反政治理念——背负着劳工阶层的重担却满脑子都是后现代主义生物芯片的年轻男性主人公——看上去丝毫未受女性主义、生态主义、和平、性解放、民权运动等我们这个时代所有的大规模社会潮流横扫一切的强大势力的影响”①。小说中的赛博格主人公大都是处于社会底层的边缘人，他们往往被一个电脑科技和信息流通极为发达的反乌托邦性质的社会所遗忘，整日只关注新鲜科技，乐意进行身体改造以进入庞大的虚拟网络世界。在现实世界中他们是名不见经传的小人物，然而在虚拟空间里却是无所不能的上帝。早期赛博朋克小说极力宣扬的一个不变神话就是摆脱人类主体的肉身存在而进入一个完全由智能掌控权力架构的理想空间之中。因此，美国文学评论家、编辑拉里·麦克卡弗利（Larry McCaffery）

① Andrew Ross. Strange Weather [M]. New York: Verso, 1991: 76, 78.

认为赛博空间是后现代主义的一个文学标识："这些体验的全新域界——由居易·德波的'景观社会'，让·鲍德里亚的'拟像前序'，库克和克洛克的'超现实'以及吉布森最为形象的比喻'赛博空间'等构建的理论体系——已经很好地融入我们的生活，有时甚至要比那些本应更为'实在''自然'的东西还要让我们感觉'真实'……在这块后现代主义荒漠中，人们事实上是在消费以镜像和缩影形式存于其中的他们自己，他们自己的欲望、身份感和记忆通过镜像和缩影被复制，而后又以商品的形式向他们回售。"①

美国性别研究学者安妮·巴尔萨莫（Anne Balsamo）指出，虚拟现实在20世纪80年代出现绝非偶然，因为这个时期人类的身体被认为比以往任何时候都脆弱，更容易受到疾病的侵袭，同时受到更多有关性别、种族、民族和能力方面的诟病和指责②。英国学者伊莱恩·格拉哈姆（Elanie Graham）在谈及赛博格和虚拟现实时也表达了相似

① Larry McCaffery. Introduction：The Desert of the Real. Storming the Reality Studio［M］. Durham & London：Duke University Press，1991：1-16，6.

② Anne Balsamo. Forms of Technological Embodiment：Reading the Body in Contemporary Culture［A］. Mike Featherstone & Roger Burrow，eds. Cyberspace/Cyberbodies/Cyberpunk：Cultures of Technological Embodiment［C］. London：Sage，1995：215-237，229.

的看法："对于超男性化的终结者、机械战警以及吉布森笔下的大多数男主角来说，无论是植入肢体和肢体强化还是赛博空间的离身'愉悦'，都是摆脱具身脆弱性的科技手段。"① 在20世纪80年代，艾滋病毒的传播威胁着人类的身体健康和生存能力；与此同时，女性主义和其他社会权利运动不断高涨的势头也威胁到了异性恋白人男性此前居于主导的地位，男性社会地位的岌岌可危促成了里根时期新保守主义的萌生。虚拟现实作为白人男性逃避现实的一方乐土让许多女性主义评论家对其大加指责，因为虚拟现实对身体的这种否定就是在抵拒女性同自然和肉身存在之间密切关联的同时，再次力推父权体系之下的人文主义自由观，这一观念否认并抵拒身体的性别差异体验。女性主义理论家、意大利裔女学者罗西·布拉伊多蒂（Rosi Braidotti）认为"那些辨析赛博空间的文本中最为核心的观念就是，我们根本不需要西方历史中有关逃离身体的超越这一老旧神话的死灰复燃。离身化形式的超越本身就是父权体系的代名词，只会更加强调男性化的抽象性，从而在

---

① Elanie Graham. Cyborgs or Goddesses? Becoming Divine in a Cyberfeminist Age [A]. Alison Adam & Eileen Green, eds. Virtual Gender: Technology, Consumption and Identity Matters [C]. New York: Routledge, 2001: 302-322, 307.

本质上标定‘具身他者’的社会类别。这是对性别差异就意味着两性之间本质的非对称性概念的彻底否决”①。

在早期的赛博朋克小说中，对摆脱肉身羁绊的推崇是显而易见的。在《神经漫游者》一书中的黑客凯斯（Case）在被断绝了同赛博空间的连接通道之后，“陷入了自己肉体的牢狱之中”；《雪崩》的主人公阿弘（Hiro Protagonist）在现实生活中是个诸事不顺的无名小卒，然而在“超元域”（metaverse）里，他却是人人敬仰的“勇士王子”。如果说西方文化中人类标准的“默认”形式就是白人男性的话，那么移除种族和性别之类的属性就意味着要将人类的其他可能性存在形式全部抹除，由于已然不存在界定“他者”的标识或标记，所有主体都将被驱入男性化的范畴之中。从这个角度而言，脱离肉身这一物质化存在形式就等同于否决女性主义，否定让女性得以同男性区分，受到男性压迫和足以对男性构成威胁的身体差异及特质。

同早期的男性赛博朋克小说作家相反，在以具身化为主要表征的“现实”和以逃离“肉体牢狱”羁绊为核心要

---

① Rosi Braidotti. Cyberfeminism with a Difference［A］. Sandra Kemp & Judith Squires, eds. Feminisms［C］. Oxford: Oxford University Press, 1997: 520-529, 528.

义的“虚拟现实”之间的选择上，女性主义赛博朋克作家立场坚定地选择了前者。美国女作家玛吉·皮尔斯（Marge Piercy）的小说《他、她和它》中的程序员玛尔卡（Malkah）既喜欢自己在网络上的虚拟生活，也非常热爱自己在现实生活中的一切，尤其是同爱人之间的亲密接触给她留下了无比美好的回忆。美国女作家丽萨·马森（Lisa Mason）的小说《阿拉克尼》中的卡莉（Carly）利用网络工作而不是单纯为了消遣。在帕特·卡迪根（Pat Cadigan）的《合成人》一书中，主人公马克（Mark）无比向往的赛博空间的生活却遭到其女友吉娜（Gina）的拒绝。可以说女星赛博朋克作家笔下的主人公除了在虚拟环境中的存在体之外，其现实生活中的身体知觉也必须得到相当程度的存留。

巴尔萨莫认为，“人类身体的性别及种族身份标识框定了此后身体进行社会文化再生产和科学技术规界的方式”①，男性和女性朋克作家在对待虚拟空间身体形态的问题上的区别显而易见。美国学者奈基尔·克拉克（Nigel Clark）援引加拿大著名媒介理论家麦克卢汉（Marshall

① Anne Balsamo. In Forms of Technological Embodiment: Reading the Body in Contemporary Culture [A]. Mike Featherstone & Roger Burrow, eds. Cyberspace/Cyberbodies/Cyberpunk: Cultures of Technological Embodiment [C]. London: Sage, 1995: 215-237, 233.

McLuhan）的后视镜理论，认为经由身体的种类、变体和实验而开展的对数字媒介的探索依旧受到目前符号体系的规限："其实我们所面对的并不是机械控制论身体的最终形态，而是经由代代相传的媒介效应衍生出来的身体的递归化物质形态……这决然不是不受'肉身'束缚的自由，而只是同想通过摆脱衣物的束缚而纯粹追求所谓自由的时尚狂热一般无异。"① 在赛博空间，若要完全脱离身体的物质化存在形态或许是根本不可能的，然而男性朋克作家却非常愿意做出此种尝试。这是因为身处中产阶级或上层社会的白人异性恋男性，他们被社会文化体系赋予了自己的身体就是标准存在形态的根深蒂固的思想，而他们所占据的这种特殊文化地位会让他们认为身体与主体的身份架构并无必然联系。对于其他那些要凭借自己的身体来谋生，或不得不承受身体的病痛折磨、性别及种族差异歧视以及反同性恋者的憎恶的人来说，他们自然无法做到忽视自己身体的存在。

虽然女性主义赛博朋克作家在其作品中也有将赛博空

① Nigel Clark. Rear-view Mirrorshades：The Recursive Generation of the Cyberbody [A]. Mike Featherstone & Roger Burrow，eds. Cyberspace/Cyberbodies/Cyberpunk：Cultures of Technological Embodiment [C]. London：Sage，1995：113-133，126-127.

间视为浪漫的超越之境的描述，比如梅丽莎·斯科特（Melissa Scott）在《特拉伯尔和她的朋友们》一书中就将网络描画成现实世界的无名小卒也可以纵横捭阖的理想圣地，但是有别于早期赛博朋克小说的是，书中的赛博格们有了与日俱增的责任感。小说以怀旧的笔调书写主人公们在赛博空间里的种种冒险——尽管她们曾经无忧无虑，在虚拟现实中为所欲为，然而这种“自由”的经历已然成为过去。小说开篇即表明政府颁布实施了许多新的法律条文。主人公赛瑞斯（Cerise）回到公寓，发现她的好友特拉伯尔（Trouble）已经离她而去。三年后，赛瑞斯为一家大型企业工作，而特拉伯尔是一个小艺术品店的系统操作员。两人走上了被社会“归化”的道路，都有着“合法”的工作。后来，因为有人冒充特拉伯尔在网络上制造非法行为，两人才以网络警察的身份得以重新相聚。虽然两人在赛博空间里依旧可以像以前那样享受虚拟现实带来的刺激，但两人都很清楚，过去脱离现实的日子一去不复返了。书中的主人公经常反省她们逝去的生活。尤其是特拉伯尔，时常想起她死去的或是已身陷囹圄的朋友，以及为数不多的还健在的昔日网伴。当特拉伯尔表示“一切都很以前不一样了”的时候，赛瑞斯回答：“现在做什么都得合法，就是这么回事。”① 法律和秩序成了规制网络的主要手段，而书中特拉伯尔的态度也由原先的愤愤不平转为顺从接受。在同政府的合作过程中特拉伯尔感受到了自己的成长和蜕变，“原先我就是个不懂事的孩子”，而网络监管部门的回答则是：“你必须要成熟起来。”② 个人心智的成长和责任感是同互联网在 20 世纪 90 年代的新发展相呼应的，当时许多国家政府颁布了一系列的法律条文来对互联网进行管控；同时，这也是女性主义作家对待离身化观点态度的极佳体现。书中从未提及赛博空间中“脱离肉体存在的愉悦”，而且所有的网络行为都有现实效应：当赛瑞斯在网络上“割伤”了自己的手指，她在现实世界中的手指关节也又红又肿。

二

虽然女性朋克作家内部也有过关于具身性同主体身份之间关联的争论，然而最终还是认定具身是主体身份构成

---

① Melissa Scott. Trouble and Her Friend [M]. New York: Tor Books, 1994: 372.

② Melissa Scott. Trouble and Her Friends [M]. New York: Tor Books, 1994: 379.

的必要条件，“逃脱”身体物质化束缚的努力和企图会带来严重的后果，或者根本就是不可能之事。根据美国学者托马斯·福斯特（Thomas Foster）的定义，男性朋克作家笔下的赛博空间主要有两种形式：一是一种虚拟的表呈，尝试用各种方式来改变现状、质疑任何层级的所谓“现实”；二是对现实世界的一种完全的替代。而女性朋克作家则倾向于将赛博空间认作是一种“远程呈现”，因为“无论经由何种媒介，呈现这一理念都在时刻提醒人们虚拟的镜像只有在同物质化身体关联时才存在”①。福斯特曾将“远程呈现”这种在虚拟空间里的身体投射看成是女性朋克作家在文本书写时凸显精神同肉体间关联的一种途径。在福斯特看来，这些文本在继续质询虚拟现实中主体身份的离身建构模式的同时，也在探究着具身身份的实质。女性朋克作品强调精神与肉体的关联，强调主体身份的多重社会历史维度，将对具身化的认同和接受等同于人的成熟度，批判把一些男性化的奇幻色彩强加给女性身体的做法。

强调主体身份同社会、历史角度的多重、多维社会性

---

① Thomas Foster. “The Postproduction of the Human Heart”: Desire, Identification, and Virtual Embodiment in Feminist Narratives of Cyberspace [A]. Mary Flanagan & Austin Booth, eds. Reload: Rethinking Women + Cyberculture [C]. Cambridge: MIT Press, 2000: 469-504, 470.

关联是女性朋克作家在构建主体身份时十分看重的方面。美国著名女性主义学者唐娜·哈拉维在《赛博格宣言》中描画出两种主体身份相异的赛博格：一种认为资本主义对积累和掌控信息的无尽追求将主体变成了“由‘西方’掌控的可怕的天启终极目标”①，这个“太空中的人”既是被异化的个体的典范，其本身也是拙劣地商品化的主体映像。与此相对，另一种赛博格承认自己的身体与不同的叙事体系及文字科技相关联并被其标记，他们断然坚持“部分性、反讽性、亲密性和反常性，因而能够反抗文化的统一性倾向，能够辨识自身同其他被标记身体的历史和物质性关联，并通过与其他被标记身体建立部分但是有效的关联来谋求生存”②。对于这些赛博格主体而言，他们行为的目的不是单纯地被动收集信息，而是主动地生产具有内涵的知识：这些知识源自对于主体身份之间文字和象征关系的理

① Donna Haraway. “A Manifesto for Cyborgs”: Science, Technology, and Socialist-Feminism in the Late Twentieth Century [A]. Bruce Grenville, ed. The Uncanny: Experiments in Cyborg Culture [C]. Vancouver: Vancouver Art Gallery/Arsenal Pulp Press, 2001: 65-99, 65.

② Donna Haraway. “A Manifesto for Cyborgs”: Science, Technology, and Socialist-Feminism in the Late Twentieth Century [A]. Bruce Grenville, ed. The Uncanny: Experiments in Cyborg Culture [C]. Vancouver: Vancouver Art Gallery/Arsenal Pulp Press, 2001: 67.

解，无论这些关系是有机的、历史的、技术的或是前述的集合。

女性朋克作家认为主体的物质化存在方式同其自我及社会身份的多重关联是密切相关的，在此基础上，美国科幻小说作家劳拉·米克森（Laura Mixon）和伊迪斯·福布斯（Edith Forbes）进一步用小说文本凸显一个稳固的身体形象以及历史、社会关联的缺失将导致身份危机甚至是身份的消失。在小说《代理人》中，米克森描绘了一个人们可以通过电子界面将自己投射到化身机器人“瓦尔多”之上的未来社会，有些瓦尔多的身体同人类的身体毫无差异。作为政府的一项秘密计划，在孤儿院长大的残障儿童被训练成为新型、可变换身份的瓦尔多的操控者。当科学家卡莉（Carli）发现这个计划之后，她感到惊恐无比。当听到有人跟她解释：“你只需要花点时间来适应就可以了。没什么可怕的，只是不同而已。你没读过汉斯·莫拉维克和马文·明斯基的书吗？我们的身体不能代表我们，真正让我们与众不同的是我们的思维。信息，感知力，思维，只要有这些就是人类。”卡莉大声呵斥道：“一派胡言。”① 显

① Laura Mixon. Proxies [M]. New York: Tor Books, 1998: 308.

然，米克森并不认可早期男性朋克作家推崇的认为精神高于肉体的笛卡儿主义，她贬斥任何有关离身存在的说法。书中，米克森把这些身体有残障的，毛发稀疏、骨瘦如柴，身上插着导尿管和造瘘袋的孤儿同卡莉的侄子，一个能精准地控制自己的身体、有着完美体形的芭蕾舞者做了比对，人类身体的重要性不辩自明。

米克森还对沉迷于自己代理人身份的成年人在现实中遇到的种种问题进行了描述，他们大都罹患了包括压抑、网瘾、幻视幻听、偏执狂等精神疾病。虚拟现实的生活给孤儿院残障儿童的影响更大，他们中很多人都染上了多重人格混乱症。15 岁的帕布洛（Pablo）是这群孩子中年龄最大的，他同时跟“另外三个人”共用一个大脑。不仅如此，这些孩子慢慢精神变态，开始杀人，因为他们错误地认为“肉身”的死亡就好比失去了一个瓦尔多，或者同在电脑游戏里的死去没什么区别。这些孩子根本无法理解连接人类思维和身体的本质关联，由于其成长过程中根本没有接受过任何关于人类物质化存在方式和主体身份社会性关联方面的教育，以至于他们的精神有缺陷，不具备任何社会化功能。

同早期美国著名科幻小说作家吉布森（William

Gibson）笔下的赛博空间牛仔们（即黑客）所向往和身处的赛博空间不同，《代理人》一书中的虚拟现实令人十分不悦，那里就是为残障儿童预留的场所。卡莉关于现实生活的许多想法，包括诸如性、食物之类身体感受到的愉悦经历，和她最后对于虚拟现实的憎恶，都不是从一个女性主义的角度来刻画的，而是从一个如她自己和丹尼尔一般的普通“成年人”的角度来表述的。正如《特拉伯尔和她的朋友们》一样，故事的主人公“得成熟起来”——赛博朋克小说也在经历着类似的改变，赛博空间不再是一个令人上瘾痴迷的权力操控之地，而只是一种工具，而且决不允许脱离或压制人类主体的具身存在。

福布斯小说《逃离现实》一书中的女主人公莉迪亚（Lydian）对她的童年只有十分模糊的记忆，但这足以让她追悔那些逝去的美好时光；她想念覆盆子的味道，想念所有在虚拟现实里无法品尝的味道。和卡莉一样，莉迪亚渴望咀嚼真正食物时简单而又寻常的满足感。虽然虚拟空间能够给予莉迪亚和她的爱人莫尔（Merle）健康的体魄，永远的青春和他们所需的任何物品，但是他们并不因此而感到满足——他们渴望那些从未有过的具身化感受。莉迪亚感觉自己被从某种自己无法形容的“本原”上被割裂开来——而这种本原能让她成为一个真正完整的人类。她关于身份的概念是十分欠缺的，这是因为其主体身份维度关联的缺失。

莫尔对于置换人类化身形状的系统了如指掌，因此莉迪亚可以任意变换自己化身的年龄、性别和有着不同表情的外貌。这种随心所欲改变的代价就是莫尔再也无法确定莉迪亚到底是谁。如她自己所说："所有能把我同那个最初的自己关联起来的事情，比如衣着、食物、与爱人的亲密接触、剪短头发，我都不记得了。"① 没有一个固定的身体或身体关联的记忆，莫尔使莉迪亚丢掉了她身份最为核心的本质。尽管莫尔对此乐在其中，但当莉迪亚意识到自己的"身体"不过是一个虚拟的投射之后，几近崩溃："我开始感到天旋地转。我不确定椅子是不是还在我的身子下面。我似乎还是坐着的，但没有什么物体抵住我的臀部。我的四肢虚弱无力。这都不重要。这些都是我自己想法的投射，我认为我有臀部和四肢。但事实上我没有……这个世界一片漆黑，没有重力和文字，没有光和热，没有气味和移动。什么都没有。在我存在的同时，别的任何东西都

---

① Edith Forbes. Exit to Reality [M]. Seattle: Seal Press, 1997: 94.

没有，甚至时间都不存在。”① 莉迪亚意识到自己在虚拟空间没有身体是因为无法与周围的事物或身体的历史建立任何联系。尽管她觉着假装成一个男人很有趣，但当她发现自己被困在一个男性形体之中时还是感到十分恐惧。莫尔问道：“这难道是灾难吗？”“是的，就是个灾难。”莉迪亚回答，“很明显就是。”② 莉迪亚对自己暂时性的男性身躯感到苦恼，她觉着莫名其妙的生气，充满暴力，易怒和冲动。究其原因，还是主体身份同物质化存在方式的密切关联。

《代理人》把认为思维要超越身体的说法当作是一派胡言，小说《逃离现实》表达了相同的观点：莉迪亚的自我主体意识同其肉身紧密相连，当其肉身变为男性时，她的性格也产生了同身份相应的变化。尽管不断变化的身体不是真实存在的，她的性格特质还是受到其存在形式的相当程度的影响。莫尔会根据情绪的变化来改变身体形式，而莉迪亚较为固化，在变成不是“她”的形体时就会表达不适感。此处，前文提及的成熟观再次得到凸显：在初入虚

---

① Edith Forbes. Exit to Reality [M]. Seattle: Seal Press, 1997: 169.

② Edith Forbes. Exit to Reality [M]. Seattle: Seal Press, 1997: 171.

拟空间的时候，莉迪亚只是个孩子，而随着年龄增长，成熟的莉迪亚想要离开这个虚拟之地。在上述两本书中，逃离“肉身”已决然没有早期赛博格们所被赋予的那种荣耀和愉悦，两位女性朋克作家在强调具身化同人类身份不可剥离的同时，都不遗余力地宣扬人性的成长。

三

女性赛博朋克作家推崇身体接触以及身体意象同一个完整的自我意识之间关联的重要性，这在早期的赛博朋克小说中少有人提及。女性赛博朋克小说还倾向于从现实的角度出发来勾勒人物角色的身体意象，而不是将其置身于玄幻难辨的赛博空间之中。早期朋克小说中女性形象的典型代表就是《神经漫游者》一书中的莫莉（Molly），一个身体里装配了反射镜，指甲上有通过手术植入的锋刃利器的女杀手。《雪崩》中滑板快递员 Y. T. 也是全书的一个主要人物，她身材匀称，相貌姣好。男主人公阿弘（Hiro 前文有英文全称）的前女友胡安妮塔（Juanita）也是个优雅时尚的大美人。这些女性的迷人美貌并不是坏事，而且两书的作者都着力把这些女性角色刻画得坚强、有内涵。然而必须指出的是，这些作品实际上反映出西方文化中根深蒂固的一种性别理念，即女性总是被禁锢在非自然的身体意象之中。以凯斯为代表的黑客们苍白瘦削，其他的男性角色大都身形健壮、肌肉发达，而女性形象却基本上框定在传统父权社会体系认同的“女性美”阈限之内。

在女性身体应以何种方式呈现的问题上，女性朋克作家有别于男性。由于女性主义赛博朋克小说更为强调具身性，因此在身体形象的刻画方面也力求真实、自然。比如《代理人》一书中，丹尼尔（Daniel）是在一个裸体舞会上喜欢上卡莉（Carli）的，这段文字中，作者用了三个自然段来描述卡莉的身体，说她素面朝天，眼睛周围布满鱼尾纹，“不似青春女孩儿，有着妇女般健壮的身躯”。最令丹尼尔着迷的是卡莉的脸，因为那就是一面读懂“她感觉和心情的镜子”①。

同对卡莉的细致描述形成鲜明对比，早期朋克小说对莫莉和Y.T. 的身体描写只有寥寥数语，她们的体貌特征要靠读者去想象：莫莉“戴着一副反射太阳镜，穿着一身黑衣服，黑皮靴的后跟深深地陷在慢回弹海绵之中”②，有着

① Laura Mixon. Proxies [M]. New York：Tor Books，1998：65.

② William Gibson. Neuromancer [M]. New York：Ace Books，1984：24.

深色的头发，又白又细的手指，穿着胶皮紧身衣。若是从异性恋男性的角度来审视这三位女性角色，她们都堪称迷人女性，虽然卡莉有皱纹，身材也不苗条，不像莫莉和Y. T. 那样性感撩人，但依然深深地吸引着丹尼尔。从上文卡莉的例子中不难看出，女性朋克小说对女性主体身体的刻画在书写女性美的同时，更多地凸显本真和多样化。在《他，她和它》一书中，最引人注目的女性就是玛尔卡（Malkah），一个有着“圆圆的、略显枯老的脸庞”的七十二岁奶奶，最危险的女性就是玛尔卡的女儿丽瓦（Riva），一位很有经验的反对派领袖，平日里就是一个相貌普通的中年妇女，有时还装扮成丑陋的老妇人。然而尽管如此，在欣赏丽瓦的人眼里，她“仿佛是这个世界上最美丽、最令人着迷的尤物”①。

女性朋克小说非但不宣扬对身体的摈弃，还十分推崇自然赋予这些身体的迷人之处——这种迷人绝对与时尚杂志里的那些苗条丽人迥然不同。在《电子情人》一书中，机器人玛吉（Marge）就是一个按照传统男性的喜好而制造出来的年轻佳丽，但是当她和别的女性一起沐浴时，她发

① Marge Piercy. He, She and It [M]. New York: Ballantine, 1991: 305.

现她们的身体都非常迷人："她非常惊讶，这些女性的身体如此的不同，有的圆润丰满，有的骨瘦如柴，老妇人的皮肤如此松弛，年轻女孩的皮肤又如此光滑有弹性。她很想知道自己的皮肤将来会不会像那些老妇人的皮肤一样有着如此令人惊讶的改变。"① 在《特拉伯尔和她的朋友们》中，特拉伯尔和赛瑞斯最终"越来越老，越变越好"②；特拉伯尔"现在变得比较壮实，但并不胖，少女时代的那些优美曲线现在更圆润、丰满，更符合她现在成年人的身份"③。由此不难看出女性主义对"成熟"审美观的推崇：女性的身体绝不仅是时尚杂志上供人欣赏的图片，她们的身体各有特点，会变老，变胖，但风采依旧。

承认身体的改变和老化不仅仅只针对女性人物角色。在《逃离现实》中，基因改造工程将永恒完美的身体植入每个人的身上，故而当莉迪亚第一次见到莫尔时才会如此兴奋，因为她之前从未见过比自己年长、身体与自己不同的人；她发现他的皱纹"很吸引人"，并且怀疑她"从未

---

① Amy Thomas. Virtual Girl [M]. New York: Ace Books, 1993: 72.

② Melissa Scott. Trouble and Her Friends [M]. New York: Tor Books, 1994: 304.

③ Melissa Scott. Trouble and Her Friends [M]. New York: Tor Books, 1994: 211.

见过哪个人能在无比丑陋的同时又无比迷人"①。莫尔能吸引莉迪亚的注意力恰是因为他身体的本真和不完美，他的丑陋比任何一具完美的身躯都令莉迪亚印象深刻。

女性主义赛博朋克小说对于主体及身份具身性的看重明显不同于20世纪80年代的第一代朋克小说。尽管作家们推崇具身性的侧重点不同，然而毫无疑问的是她们更看重现实世界而不是虚拟空间。赛博空间依旧是个令人愉悦的地方，而且也的确是一个很有用的沟通交流的渠道，然而在女性主义作家作品中，凡是脱离了自己原本物质化存在方式的人物角色对此却都无福消受。在她们的小说中，精神疾病、迷失感、异化感以及无法同现实或虚拟社会的人或事相关联都是主体物质形态和身份社会性关联缺失的后果。对自己身份的认同和自己的身体感到满意是成熟的标志，对逐渐老化的身体的认可就是暗示赛博朋克世界里的年轻人应该逐渐培养更为成熟的观念，对早期朋克小说所齐力追捧的按照男性标准构建的女性身躯的批驳恰是对虚拟现实逃离身体束缚的虚幻想法的贬斥。在格拉哈姆（Graham）和布拉伊多蒂（Braidotti）（两位学者

① Edith Forbes. Exit to Reality [M]. Seattle: Seal Press, 1997: 23.

前文都介绍过了）等女性主义评论家看来，体离化（或者离身认知，与前文介绍过的具身认知是一对相反的概念）（disembodiment）是一个带有浓重父权社会男性标签的怪诞梦想，因此女性理应对体离化问题表现出更多的关注，强调具身性对于主体身份建构的重要性。女性主义赛博朋克就是要用具身和成熟观重构赛博朋克的无体化理念，并建立物质化存在形式同主体身份之间稳固的本质关联。

第二部分

影视作品中的性别主体身份建构

第七章

好莱坞类型片对男性主体的身份建构

长期以来，性别主体的研究关注重心大都是女性，性别身份建构的研究对象也主要是针对作为被标记主体的女性，而居于社会权力架构主导地位的男性，尤其是白人异性恋男性，因其主体身份较少受到争议而没有得到如女性主体那般的普遍关注。然而，由于二战后世界范围内政治架构、经济发展模式的变革而导致的文化氛围以及人们认知体系的转变，男性主体以往的身份优势不再稳固，传统的主体身份建构及主体间关系模式受到冲击，以至于经常陷入阶段性的主体性别身份危机。受此影响，自 20 世纪 70 年代开始，西方男性运动逐渐兴起，男性气质以及主体身份建构的研究开始进入批评视野并日趋兴盛。男性主体的研究关注男性与女性、男性与男性及同性群体、男性与自我之间关系的本质，认为男性气质同女性气质一样，也是一种社会的、文化的而非生物学建构，性别观念因此被消移，男性和女性都可以具有并呈现出与自身生物性别相异的性别气质。

作为社会建构的男性气质是多元化的，澳大利亚社会学家瑞文·康奈尔（Raewyn Connell）在其发表于1986年的著作《性别与权力》中提出了“霸权性”“从属性”“共谋性”及“边缘性”等几种男性气质。这些男性气质类型在权力关系上并非是平等的，而是存在着内在的权力结构；男性气质具有表演性，需要得到自我身份认同和他人的确证，权力和财富是西方男性气质的主要确证物。朱迪斯·巴特勒在其提出的性别表演理论中指出，个体的社会性别身份是一个不断建构的过程，每个主体的自我都是在有意识地按照已然被规定好的社会性别规范和行为特质进行自主的身份归化之后才呈现给他人。美国学者塞格尔（L. Segal）也曾表示：“作为男性行为特质标识的男性化气质是一种存在状态，它总是不完整的。男性气质既关乎社会现实又关乎心理现实。理想的男性气质拥有各式各样的权力和能力：控制女性的权力，控制其他男性的权力，控制自己身体的能力，以及操纵机器和掌握技术的能力。”① 男性气质受到生理的、社会的和心理等方面因素的影响。它的建构和表现通常与社会体制、政权形式以及文化环境构成的总体状况有关，而男性的生理特征只在男性的躯体作为其主体身份的物质载体和男性气质的表呈性被视体时才具有意义。故而，男性气质总是处于不断变化、改变的过程之中，是受到若干因素影响的男性主体身份的社会化表呈范式，是归属不同时期的特定文化模式对男性的行为和外表进行的社会化建构。因此，“男性主体身份和气质不是与生俱来的，而是一种社会实践的产物”②。

在福柯看来，社会的各种机构和话语构成了种种权力的生产性模式，民众在压制性的机制下生活，获取自己的主体性认知③。在这个基础上，巴特勒提出：“如果社会化性别身份是一个人要成为的对象，那么社会性别身份建构就是一个成为或者动作的过程。性别主体身份不应该被用

---

① L. Segal. Slow Motion: Changing Masculinities, Changing Men [M]. London: Virago, 1997: 49.

② R. W. Connell and G. W. Dowsett. Rethinking Sex: Social Theory and Sexuality Research [M]. Philadelphia: Temple University Press, 1992: 49-75, p. 56.

③ M. Foucault. Discipline and Punish: The Birth of the Prison [M]. Trans. A. Sheridan. Harmondsworth: Penguin, 1991: 21.

作一个名词，一个本质的存在，或者一个静态的文化标签，而应该被视为不断重复的一种行为"①。性别行为必须遵循一定的规范（norms），需要经历正常化的过程，在规范的限定范围内重复，并形成自我和主体性。性别主体身份及其特质的建构不是自主形成的，而是由规训的压力产生的；这种压力规范着主体的性别身份表演，也就是说，按照社会认为适合某种性别身份的方式来行事。巴特勒还指出，在主体认知过程中，权力运作并不只是通过压制欲望实现的，而是"强制身体将那些抑制性的法则作为他们行为的本质、风格和必然存在而加以接受和表现"②。

一

有关男性主体的性别身份建构及气质的划分被广泛应用于许多迥然相异的领域的研究之中，包括性别研究、同性恋研究、犯罪学、监狱社会学以及影视研究中。好莱坞的类型片历来都是性别主体，特别是男性主体身份建构的

---

① J. Butler. Gender Trouble: Feminism and the Subversion of Identity [M]. London and New York: Routledge, 1990: 49.

② J. Butler. Gender Trouble: Feminism and the Subversion of Identity [M]. London and New York: Routledge, 1990: 171.

重要电影文本。

所谓类型是指由于不同题材或技巧而形成的影片范畴、种类或形式，是在主题和题材、图像和符号、人物和情节以及形式和技巧等方面所进行的雷同的比较。将电影按照类型划分并将其共性特质作为后续影片的拍摄模板是好莱坞全盛时期所特有的一种电影创作方法，实际上就是一种艺术产品标准化的规范，即按照不同的类型的既定要求而创作影片。最为经典的类型片划分包括喜剧片、西部片、犯罪片、恐怖片、歌舞片和生活情感片等。

类型电影包含三个基本要素：公式化的情节，比如西部片的铁骑劫美、英雄解围；定型化的人物，比如贫苦人家能歌善舞的女孩；图解式的造型，比如预示凶险的宫堡或塔楼。类型电影的制作以观众的心理特点为主要导向，故而在一定时期内会出现以某一类型作为制作重点，在之后的时期又一其他类型取而代之，也就是采取所谓“热潮更替”方式。比如，在人们厌烦了西部片之后，便换上恐怖片，然后再继之以其他类型影片，如此周转不息，反复轮换。从类型片的更替中受益最多的就是那些影视明星，当他们所塑造的人物形象，被作为影片叙事欣赏的主体，吸引着观众视线，并因此而夸大了他们的才能的时候，人们的确是把他们理想化了。事实上，他们不过是静态的叙事媒介，作为图像符号和类型姿态的体现者，作为类型形式的一部分在起着作用。

类型电影这一说法是电影发展史上异见和分歧颇多的概念之一。20世纪60年代前，电影史学家和艺术家们把好莱坞的“类型电影”看作是在电影工厂里按照固定的模式和范本，成批量地生产出来的相互雷同的娱乐品而不是艺术品。而60年代之后开始盛行的“作者理论”则认为，在一部好的作品的背后，必然隐藏着一个“作者”，并声称如果没有看过某位导演的全部作品，便不可能真正地看懂他的某部影片。这种极端的观点不过是对前一种理论的否定，是要显示美国电影类型观念的重要性。因为，在主张该理论的学者看来，一部影片的成功往往得益于某种类型的传统，而不是导演的独特贡献。这与三四十年代的美国电影不是去追求艺术流派，而是为确立类型电影的观念之间，并没有什么本质的区别。然而，好莱坞类型片的规范也并不是没有它的积极意义，它对于一些有才能的、好的制作者，在一定的叙事形式和叙事语言的表现上，是一种积累、提高、精益求精的过程。美国著名导演约翰·福特（John Ford）和希区柯克（Alfred Hitchcock）等就是这样。这也是好莱坞能够创作出一些精品的原因。从某种意义上说，好莱坞把电影视为大众化艺术的一种传统，而类型电影在这方面则强调了艺术家与他的素材的关系，以及素材与观众的关系。

在诸多的影片类型中，最有典型代表性的是喜剧片、西部片、犯罪片和科学幻想片这四个类型，并由此衍生出许多其他类型影片。自 20 世纪 50 年代以来，由于不同的时间段内各不相同的社会文化背景，因此每个阶段都会有某个或某几个类型的影片作为该时段的主流类型片。若是从拍片方法的角度来分析，类型片实质上就是一种艺术产品标准化的规范。它的规定性和对影片创作者的强制力，只有在以制片人专权为特点的大制片厂制度下才有可能发生作用。因此，随着大制片厂制度在 50 年代以后的逐渐解体，类型电影也趋于衰落，各种类型之间的严格界限趋于模糊，愈来愈成为一般意义上的样式划分了。

二

20 世纪四五十年代涌现出的一批黑色电影（film noir），

比如《北非谍影》(1942)、《血海仇》(1947)、《迷魂记》(1952) 等，可以被视为最早探究男性主体身份建构及性别特质的类型片之一。二战之后，身体和精神都饱受战争创伤的人们纷纷返回家园，他们中绝大多数都要经历成功或不成功的自我身份再定位，黑色电影就是反映这些人所经历的战后的理想幻灭。“描写肮脏龌龊的城市犯罪的黑色电影是许多战士、小生意人和家庭主妇、工厂工人所感受到的重回和平时代经济体制后的理想幻灭的最直接映像”①。黑色电影不是为了描画男性对自我身份建构的连贯性意识，而是要“努力整合彼此抵斥、相互矛盾的男性化身份及性别连同欲望的不同定位，尽量维持男性化身份的统一性”②。这一类型的电影就是要将男性主体潜在的本质性孤立与异化表现出来。

享誉好莱坞的著名导演迈克尔·柯蒂斯（Michael Curtiz）执导，华纳兄弟影业公司 1942 年出品的影片《北非谍影》（又名《卡萨布兰卡》）是黑色电影的最重要代表。影片讲述了在二战爆发后，大量的欧洲人逃离了自己

---

① Paul Schrader. Notes on Film Noir. Film Noir: A Reader [M]. New York: Limelight, 2001: 55.

② Frank Krutnik. In a Lonely Street: Film Noir, Genre, Masculinity [M]. New York: Routledge, 1991: 113.

的国家以躲避纳粹的铁蹄，摩洛哥北部的城市卡萨布兰卡成了从欧洲到美国的重要中转站。在小城的里克酒吧里，常常聚集着各种肤色和各种身份的人，老板里克（Rick）（Humphrey Bogart 饰）是个玩世不恭的神秘人物。捷克反纳粹组织的领袖维克多（Victor）（Paul Henreid 饰）和妻子伊尔莎（Ilsa）（Ingrid Bergman 饰）成了里克酒吧的不速之客，他们的目的是要得到里克手中可以通往美国的通行证。而里克发现伊尔莎正是自己当年失散的情人，误解解开之后，仍然深深相爱的里克和伊尔莎陷入了艰难的抉择。里克对伊尔萨的深情让他选择牺牲自己的幸福成全爱人，在卡萨布兰卡的机场，里克击毙了阻止维克多和伊尔莎离开的德国少校，目送着自己最爱的女人奔向自由。

阿尔弗雷德·希区柯克（Alfred Hitchcock）执导的影片《迷魂记》讲述了警官斯考蒂·费古森（John Scottie Ferguson）（James Stewart 饰）在一次追捕中，在高楼上失手惊吓后得了恐高症。虽然身体外伤痊愈了，但恐高症似乎无法根治，他只好从警署辞职改行做了私家侦探。一天，斯考蒂过去的同学加文·艾斯特（Gavin Elster）来找他，委托他作为私人侦探跟踪他的妻子玛伦（Madeleine）（Kim Novak 饰）。玛伦似乎有一种精神惶惑症，而她的丈夫则认为她是中了邪，正受着她死去的曾外祖母夏洛塔·威德兹（Carlotta Valdes）的控制。斯考蒂开始觉得这个想法十分可笑，但他还是开始跟踪玛伦。玛伦在荣誉军团宫殿里对着祖母的一幅画像看了几个小时，还去了墓地，甚至还企图跳水自杀。斯考蒂把她救上来，并把她带到自己家里。他问她过去这一天里都干了什么，但玛伦自己也迷惑不解。过了一段时间，斯考蒂意外地又遇见了玛伦，她感谢斯考蒂救了她，还对自己的行为表示抱歉。斯考蒂开始对玛伦神秘的美发生了兴趣，他邀请玛伦去旧金山旅行。在杉树自然公园，玛伦让他看一个被锯断的树桩，说上面记载着她的出生和死亡。斯考蒂安慰玛伦，让她从死亡的恐惧中解脱出来，他们的距离更近了，互相表白了爱意。从那以后，他们关系发展很快，玛伦也更加恐惧和忧郁，她对斯考蒂说她的梦和想法，斯考蒂也越来越担心。玛伦说梦到塔、西班牙村落和白色的房子，斯考蒂就领着玛伦来到和梦境相似的圣胡安教区。欲言又止的玛伦离开斯考蒂，很快跑进了附近的一个钟塔，等斯考蒂冲上去的时候，玛伦已经在一声尖叫中跌落高塔，摔死了。法庭很快结束了调查，认为玛伦是死于精神崩溃后的自杀。此后，斯考蒂一直很颓废，直到他见到了朱迪·巴顿（Judy Barton）。玛伦以前常戴的项链出现在朱迪身上，终于使斯考蒂产生了怀疑。深夜，他又带朱迪去那个西班牙教区，在那里他揭穿了所有阴谋。

上述两部影片中的男性主体里克和斯考蒂黑都是在其严整或潇洒外表之下裹藏着挣扎、分裂等隐性特质的矛盾体，然而囿于黑色影片的类型特质，男性主体的这种身份断却往往只存留于心理上，是内化的，外在上则是通过相对实际上处于身份断裂状态的主角来说象征着对抗性身份的，诸如伊尔莎和玛伦这样的女性角色来呈现的。正如美国研究媒介传播的学者弗兰克·克鲁特尼克（Frank Krutnik）所说："在黑色电影中，尽管女性看上去象征着男性主角在获得主控地位和能量过程中的干扰因素，或是导致了线性展开的叙事过程中的停滞，然而要明确的是，这些干扰和停滞的根本原因是男性自身的'天性'。男性化的身份及性别建构从来不是稳固和统一的，而是互相冲撞的不同欲望层级之间的流动体；男性化是支配性的，不是均匀分布的。"① 导致黑色电影中那些男性角色内心痛苦和冲突的一个最为主要的原因，就是其深藏的同时也是被努力

① Frank Krutnik. In a Lonely Street: Film Noir, Genre, Masculinity [M]. New York: Routledge, 1991: 113.

压制的他们在战争时期因特殊环境而形成的男性与男性间亲密关系，这种有别于符合传统范式的异性间恋情的同性情感在当时是无法被主流社会秩序所接纳的。斯蒂文·科汉认为许多黑色电影就是“详细描画了一个退伍兵是如何由已熟悉的男性间关系向有些陌生的异性间情感转变的”①。

三

与此同时，还有一个反映二战中以及战争结束后男性主体间关系模式的类型片，“完全男性”的军事题材影片也在 20 世纪的四五十年代逐渐兴盛起来。同绝对意义上的军事题材影片不同的是，此类以在部队服役的男性主体为主要刻画对象的“完全男性”影片更多地注重表现因由特殊的生活环境而形成的男性主体之间复杂的情感关系，以及在战争结束后这些退伍士兵在回归普通人生活时遇到的种种问题。大多数此类影片都表达了这样一种观点，即战时的全部都是男性的军队生活模式给退伍兵们回归战前的普

① S. Cohan. Masked Men: Masculinity and the Movies in the Fifties [M]. Bloomington: Indiana University Press, 1997: 88.

通生活造成了许多负面影响，正如美国学者沃勒尔（W. Waller）所言："战时男性主体对全部都是男性的部队编制的熟悉和接受势必会造成对相比而言非常'女性化'的家庭生活的陌生和疏远，这是退伍兵们退伍后重新做回普通人之后要克服的最主要障碍"，"虽然部队里也有女性，但她们都是被去除了女性主体影响力的战士"①。

美国学者库珀（H. I. Kupper）也表达了与沃勒尔（上一段有英文名）相似的观点与看法，认为长期处在部队这个男性作为绝对主要组成体的特殊环境中的士兵们会在退伍之后患上某种"性别焦虑症"："他们会惧怕女性，并且特别想要回到由男性同伴组成的熟悉环境之中。"② 大量反映二战后退伍士兵生活的影片中都会有想尽办法逃离家庭生活，享受和男性同伴在一起的时光哪怕是酩酊大醉的情节。

荣获第 19 届奥斯卡最佳影片、最佳导演、最佳男主角、最佳男配角、最佳剧本、最佳剪辑、最佳配乐等多项大奖的影片《黄金时代》很好地诠释了沃勒尔认为男性主

---

① W. Waller. The Veteran Comes Back [M]. New York: The Dryden Press, 1944: 46.

② H. I. Kupper. Back to Life: The Emotional Adjustment of Our Veterans [M]. New York: L. B. Fischer, 1945: 95.

体在部队服役的时光是其“人生巅峰”的论断。影片的叙事主线围绕三个男性主体在适应退伍回乡的生活过程中如何转变自身同变换了的归属体间依附感而展开。影片的开始部分，就很清晰地勾画出由原银行职员艾尔（Al Stephenson）中士（Fredric March 饰）、原百货店职员弗雷德（Fred Derry）上尉（Dana Andrews 饰）和水兵霍默（Homer Parrish）三人组成的其原先所在部队这个完全男性群体的缩影。在影片开始部分的若干情节中，三人在不同场合多次用不同的方式提到自己原先服役的部门。艾尔是在返回家乡的飞机上说到“你是要拿陆军开玩笑吗”，而霍默则是到布奇大叔的酒吧喝酒时，布奇大叔让自己的男服务员“给海军的哥们儿倒杯啤酒”。另一个能够表明三人在部队服役时各自所在部门的细节则是三人都选择被称呼其在部队时的职务，而不是自己的名字。

艾尔、弗雷德和霍默这个男性三人群体在三人同时坐在去往家乡，爱荷华州的布恩城的飞机上建立起来。这架飞机本身就是影片建构的一个转向标识——从战时的部队返回可以过普通人生活的家乡，从完全男性群体走向另一个主体归属单位——家庭。然而，这一转向绝不是通过简单的地理位置变换就可以完成的。当三人回到家乡以后，发现相互之间对彼此的需要远胜于对家人的亲近，因为他们每一个人在返回家乡后都面临着一堆难解之题。艾尔还没进家，就跟公寓楼里的搬运工发生了口角，原因是搬运工根本不知道艾尔的妻子米莉（Milly Stephenson）（Myrna Loy 饰）有丈夫。在艾尔看来，在他离开家乡的这段日子里，自己的存在完全被人忽略甚至忘记了。和家人的团聚也未能减少艾尔的这种不悦之情。儿子、女儿都已长大成人，同艾尔这个陌生的父亲相处时摩擦不断。尤其是艾尔的儿子罗伯特（Robert Stephenson）。罗伯特的脾气性格比起小的时候改变了很多，其看待问题的方式以及人生观都与艾尔秉持的部队作风格格不入。父子俩人之间的差异在罗伯特看到艾尔带给他的礼物时，表现得尤为突出。艾尔将从战场上带回的一个日本士兵头盔、一面日本国旗和一把武士刀当作礼物送给罗伯特。这些战利品对于艾尔这样和同伴一起闯过枪林弹雨的人而言是弥足珍贵的，是这些从完全男性群体中走出来的退伍兵人生价值的体现，而从未上过战场的年轻人罗伯特对这些却不感兴趣，以至于罗伯特在回自己房间时根本没想起来要拿上这些所谓“礼物”，而且是在米莉的提醒之下才不情愿地向父亲艾尔表示感谢。

三人中最年轻的水手霍默的回乡之旅也是问题丛生。霍默在战场是失去了双臂，影片就是通过对安装了义肢的霍默在面对艾尔和弗雷德时的行动灵活敏捷以及跟家人在一起时的“无能笨拙”之间的对比来表现霍默生活转向的困难。跟艾尔和弗雷德在一起时，霍默可以自如地划火柴、端酒杯，甚至可以弹钢琴；而在家里时，霍默却只因弄洒一个一杯柠檬汁而被认为“无法划火柴”，快手的威尔玛父亲赶紧自己点燃了自己的烟。

弗雷德面对的问题是三人中最多的。回到了自己父亲家的弗雷德发现自己的妻子玛丽（Marie Derry）已经搬回了她自己的住处。可是，无论是玛丽的新家还是她工作的酒吧，弗雷德都没有找到玛丽的踪影。于是，弗雷德把回到家乡的第一个晚上全都花在挨个酒吧寻找玛丽上。最后，弗雷德来到霍默的叔叔布奇开的酒吧里。就这样，弗雷德在家乡度过的第一个晚上就这么在无果的寻找中过去了，而最令弗雷德痛苦的是，他始终不知自己真正的家是哪里。

三人在回乡后的第一个夜晚都去了布奇大叔酒吧，这就使得战争时的完全男性群体得以再次建立。酒吧里，艾尔的到来明确宣告了三个男性之间情感关系持续的重要性，是三人对完全男性群体归属感的肯定和认可。艾尔到了酒吧之后，三人抱成一团，亲密的关系溢于言表。三人相聚时的亲密热烈同三人各自十分不平顺的返乡经历形成鲜明对比。影片对这一情节的表呈更是加深了这种对比：三人相聚时的画面中，艾尔的妻子米莉和女儿佩吉（Peggy Stephenson）被置于画面的最边缘，之后又用明显的分镜头来呈现三人的完全男性群体和两位女性角色。

影片将三人见面的地点定在酒吧，也是颇具深意的安排，是战后空间性别化的上佳例证。战后，《生活》杂志上接连登载多篇文章，认为酒吧应该是一个男性化的场所，是“男性的最后一个堡垒”，并向反对让女性进入酒吧的抗议活动表示赞同。文章还表示，许多男性对于酒吧为了方便女性顾客而把吧台高度降低的行为表示不满，认为这给动辄就坐在吧台边饮酒几个小时甚至通宵的男性顾客造成了诸多不便。这些文章都在表达这样一种观点，即酒吧本该就是男性的专属场所。影片《黄金时代》串联叙事主线的一个非常重要的场所，由霍默叔叔经营的被称作“布奇的地盘”（Butch’s Place）的酒吧，也传递了同样的信息——从酒吧的名字就能看出，这里是男人该来的地方，女性会被拒之门外。

可以说影片的前半部分对男性主体之间的情感集合做出了重点刻画，而后半部分则是着力表现三位男性角色要如何才能更好地回归普通人的正常生活。对家庭和家人关注的增加无疑会减少艾尔、弗雷德和霍默三人投诸在男性群体上的情感比重。弗雷德爱上了艾尔的女儿佩吉，两人之间的恋情在相当程度上制约了原先三人男性群体情感的进一步发展，也给艾尔和弗雷德之间的同性社会化情感造成了不可小觑的影响。影片中有这样一个情节：当得知弗雷德和自己的女儿的事情之后，艾尔找到了弗雷德，告诉弗雷德，他会阻止两人关系的进一步发展："我警告你，我会尽我所能让她（佩吉）远离你；让她忘了你，找一个能带给她幸福的体面人结婚。"艾尔的言行是他将之前投诸男性群体的情感转向家庭的力证：对作为平民生活的基本单位的家庭的投入势必会造成完全男性群体成员之间情感的疏离。

艾尔、弗雷德和霍默三人在影片结尾霍默的婚礼上再次相聚，然而，这时三人之间的关系已然不是影片开始之初的那种彼此相依的亲密。尽管电影的主旋律最终还是要引导退伍军人们从战时的男性群体中走出，回归普通人的家庭生活，然而影片对完全男性群体成员之间的亲密关系的表现也十分引人关注，它向观众证明，战争能够让原本互为陌生人的男性主体之间产生十分亲密的同性社会性情感。

战时完全男性群体和战后家庭生活的对立也是澳大利亚导演、编剧约翰·法罗（John Farrow）执导的影片《七海豪侠》（1946）所表现的主题之一。整部影片主要围绕完全男性群体展开，而电影的开头和结尾却都有对主角查尔斯同其家人情感关系以及查尔斯（Charles Stewart）从完全男性群体回归家庭生活后的种种有益改变的呈现。电影刚开始的时候，查尔斯和他的父亲戈登（Gordon Stewart）关系十分紧张。父子俩之间几乎毫无相像之处：戈登是个非常节俭的白手起家的商人，而查尔斯却是个享乐主义者，瞧不上父亲的节俭与勤劳，整日酗酒赌博，靠挥霍父亲的财产度日。当戈登开始控制查尔斯的开支时，查尔斯便去向母亲求助，查尔斯很清楚他的母亲会想尽办法满足自己的所有要求。可以说查尔斯的家庭也是看似富足，其实麻烦不断。然而，当查尔斯成了“朝圣者”号船员之后，船上的完全男性群体改变了他对家庭、对父亲戈登的态度和看法。当查尔斯在波士顿因叛乱而被捕之后，戈登到监狱去探望他，告诉他会花钱请最好的律师替他辩护，让他尽早被释放。查尔斯拒绝了父亲的帮助，并表示要待在监狱里“和船员同伴们一道接受审判”，表达了他对船上那个完全男性群体的忠诚。查尔斯拒绝父亲的帮助，看似使得父子间的关系更加紧张，然而从戈登听到查尔斯的拒绝之后脸上的表情可以清楚看出，他理解并尊重儿子的选择。完全男性群体的经历不仅修复了父子之间的关系，更是给之后正常的家庭生活带去了希望。

四

20 世纪六七十年代问题丛生的美国，不仅仅催生了新好莱坞电影，其间对于男性主体身份及性别气质建构、主体间关系和主体与同性群体的呈现也进行了前所未有的尝试。正当好莱坞经受着日益丰富的电视节目和令人耳目一新的外来影片冲击的时候，美国也在经历着内忧外患的各种考验，民众的情绪跌落至崩溃的边缘：国内谋杀丛起，造成了长期的社会动乱、人心浮动；政治丑闻层出不穷：“五角大楼文件”（Pentagon Papers）、“水门事件”和尼克松总统的辞职在美国民众看来就是，美国政府的最高层谎言就是规则；石油危机使得美国国内的油价连创新高，经济严重受创；受不断高涨的黑人民权运动的影响，妇女、华裔、印度移民和同性恋者对就业、教育以及政治地位的直接要求威胁到了美国传统的权力架构；旷日持久的越战不仅让美国付出了高昂的代价，更是让人们开始怀疑此前笃信的美国政治制度的优越性。

作为对上述种种问题的回应，好莱坞用颠覆传统电影类型模式、摒弃以往人物呈现风格、挑战旧有社会秩序以及固化观念的新电影来重塑自身。自 70 年代开始，好莱坞充斥着公然表现剧中男主人公内心属于性变态的种种怪癖心理的西部片和伙伴电影，其身份及性格的分裂态势更为明显，《虎口巡航》（1980）、《黑色手铐》（1984）等影片都是围绕男主人公及其不为人所见的、与其外在有着迥然相异性情的内在双生体（doppelganger）这一主题展开的，这个被隐藏的“自我”恰是主人公极力要惩治打击的反面角色的性格特征，这个“他我”便是主人公的“真我”。这一时期的影片用这种身份迁移的手法将男性主人公分裂化的身份具象化——将主人公的符合传统规范的“自我”用居于对抗性位置的另一位男性演员加以体现，是男主人公“真我”的镜像化体现，一种“超我”。

影片《虎口巡航》主要围绕纽约第六辖区的凶杀案展

开：警方在哈德逊河里找到的一具尸体，其碎块显示是同一同性恋杀手所为。饱受上级要求快速破案以及同性恋团体的抗议等方面的压力，面对极为匮乏的线索，第六辖区警长艾多森（Edelson）只得派警员史蒂夫（Steve Burns）（Al Pacino 饰）装扮成与被害者相似的同性恋者前去卧底，与此同时，刑事组干探还利用应召男妓做线人暗中追查。没有携带枪支和警徽的史蒂夫在同性恋世界中深受其苦，日日面对与自己“不同”的男人，渐渐感到心理上的压力，且因曾亲见嫌犯史奇普·里（Skip Lee）被严刑逼供的惨状，心中十分厌恶此任务，然而职责所在，只有硬撑到底。终于在哥大的学生资料上查获可靠线索，案情渐渐浮出水面，斯蒂夫的心理创伤却久久难以平复。

《黑色手铐》由美国著名导演理查德·特高（Richard Tuggle）执导，全剧由美国一名普通的联邦警察韦斯·布洛克（Capt. Wes Block）（Clint Eastwood 饰）追查一名心理变态的连环杀手一事贯穿。这名神秘凶手专门残杀女性，像著名的开膛手杰克。当韦斯的侦查越来越接近凶手时，他发现自己的内心世界竟然有很多地方跟对方相近，而凶手则以他的妻子为下一个屠杀的目标，正邪的对峙一触即发。

劳拉·穆尔维（Laura Mulvey）（在第一部分有详细的

介绍）在其著名的文章《〈视觉快感与叙事电音〉后续，有感于金·维多①的《太阳浴血记〉》中提出西部片及伙伴影片中普遍存在二元男性主体。在穆尔维看来，片中的男性是通过两种截然不同的男性化表现形式加以呈现的：一个是自恋的、跟不上时代潮流的社会边缘人，另一个则是力求将之文明化并通过婚姻这种最具标识性的事物来维护社会秩序。穆尔维认为“对婚姻的拒斥是对自恋式男性全能主义怀旧般推崇的人格化体现”②。这种对婚姻的拒绝阻碍了将主体的自我同象征着被压抑真我的超我之间的融合，彰显出男性化身份的分裂态势。呈分裂状态的两位主人公代表着两个引力源头，即象征性自恋（以社会化和婚姻为代表）和怀旧式自恋之间的对峙紧张关系。借用拉康③（Jacques

① 金·维多（King Vidor，1894-1982）是美国导演。他的第六部作品《船夫泪》，获得观众热烈共鸣。到了导演《太阳浴血记》与《欲潮》的时候，金维多已被誉为一颗好莱坞的宝石。第51届奥斯卡金像奖颁给特别奖，奖励他一生的导演成就。

② Laura Mulvey. After thoughts on “Visual Pleasure and Narrative Cinema” inspired by King Vidor’s Duel in the Sun（1946）［A］. Sue Thornham，ed. Feminist Film Theory：A Reader［C］. New York：New York University，1999：126.

③ 雅克·拉康（Jacques Lacan，1901-1981），法国心理学家、哲学家、医生和精神分析学家，结构主义的主要代表。拉康从语言学出发来重新解释弗洛伊德的学说，他提出的诸如镜像阶段论（mirror phase）等学说对当代理论有重大影响，被称为自笛卡儿以来法国最为重要的哲人，在欧洲他也是自尼采和弗洛伊德以来最有创意和影响的思想家。

Lacan）的观点，就是分裂化的男主人公拒绝融入拉康所谓的象征秩序的体现。在向以婚姻和异性恋为标识的传统秩序及规范挑战的同时，男主人公们对于同性社会性以及同性间欲望关系的感知与渴望也因经典影片范式中女性角色的缺失表现出来。

虽然伙伴电影内含着对男性同性化关系的表呈，但又无法允许这种他者关系模式堂而皇之地出现，故而伙伴电影通常被指责是矛盾的统一体，对于自身遭受众人指责的男—男关系呈现竭尽嘲讽戏谑之事，但是另一方面又在公然否定的同时不住地彰显这一主题。美国学者伍德（Aylish Wood）指出，伙伴电影吸引观者的地方就在于“对于当时的‘异性恋’男性来说，其凸显了贬低以及边缘化女性的必要性，与此同时，它也有效地满足了这些男性内心潜在的、对于将男性之间情谊合法化的强大需求”①。“否认战略”是为了平息异性恋男性观者的恐慌、满足他们需要的必要之举。伙伴电影是对男性同性间关系的尝试，同时又对其极易被人联想的同性恋嫌疑唯恐避之而不及，这种复杂而又自相矛盾的态度在伍德看来，其根源不是男性间关

① Aylish Wood. Technoscience in Contemporary American Film：Beyond Science Fiction［M］. Manchester：Manchester University Press，2002：203.

系的实质及其呈现方式，而是“家的缺失”。伍德此处所谓的家，不单单指一个事实上的居所，还是一种“精神状态和意识形态的架构，最重要的，是一种意识形态的安全感、归属感。说一千道一万，家就是美国……70 年代的伙伴电影是由越战和其后的水门事件导致的美国人对其意识理念信任危机的直接产物”。①

五

好莱坞对男性化的身份建构以及对他者关系模式的呈现在 20 世纪 80 年代中后期经历了一场重要的变革，这一时期的电影是对男性形象的一种裁剪，用来纠正 70 年代看上去被弱化的、有悖常理的男性化身份呈现，力图重构那种更为传统的、禁欲的、躯体强壮的男性化，这种重构要依托男性化自身形态的稳固来实现。其间，诸如好莱坞著名演员阿诺德·施瓦辛格（Arnold Schwarzenegger）、西尔维斯特·史泰龙（Michael Sylvester Gardenzio Stallone）、尚格云顿（Jean-Claude Van Damme）、查克·诺里斯（Chuck

① Aylish Wood. Technoscience in Contemporary American Film: Beyond Science Fiction [M]. Manchester: Manchester University Press, 2002: 205.

Norris），这样的荧幕硬汉宣布了以男性主人公为叙事主导的经典好莱坞的回归。这种男性角色掌控叙事架构的影片范式曾被70年代“新好莱坞”时期的电影所打破，并由此赋予了男性角色形象一种同性心理意识。可以说80年代的影片就是要将被“新好莱坞电影”打破的由男性角色掌控叙事架构的影片范式正名复位，重建男性的力量和权威。这种凸显力量和权威的男性化是通过超男性化的方式加以呈现的，而且都是着力保持其惯有的威严肃穆、不苟言笑，虽然这种形象看上去有些呆板失真，但在很大程度上遏止了角色自我意识的生成。

值得注意的是，这一时期的影片在力求“破旧”的同时，却保留了此前类型片中男性主人公的“伙伴”。这个“伙伴”是有着深厚文化根源的“男性间情感”的延伸，这种情感可以让男性为能从被文化强加其身的女性伴侣的桎梏和压抑中解脱出来而倍感欣喜。在影片中，这个“伙伴”喜欢冒险，爱开玩笑，依循传统的将女性边缘化的路线，而且与主角没有任何性方面的纠葛。“伙伴”情节认为性是男性化行为方式的一大障碍。然而正是影片对性的这种排斥暗含着同性间情感产生的极大可能性，为其后的电影对同性间欲望关系和他者关系模式的书写做好了叙事结构以及观念接受上的双重准备。

伙伴电影、动作电影传承了同性社会化同时也是同性社会性社会的固有冲突，这一群体架构建立在同性别个体之间的情感之上，但这种情感是完全与性爱无关的。美国性别研究学者、酷儿理论家伊芙·塞奇维克指出："在所有男性居于主导地位的社会中，男性间的同性社会性（包括同性恋）欲望同维持并传承父权统治权威的架构之间都有着一种特殊的关系：建立在固有的、有着潜在爆发力的结构稳性和谐稳固之上的特殊关系。"① 美国学者辛西娅·福科斯（Cynthia Fuchs）认为，80 年代的电影甚至选用"白人与黑人之间的越界性差异"来转移人们对"同性之情的焦虑"，由此使得"男性间脆弱的、备受诟病的同性之情得以维系"②。这种焦虑表现在《致命武器》这样的影片中就是催生了对性和暴力的描画，其目的就是要用暴力来坚决阻隔同性情感。事实上，这种暴力恰是同性之情的最深层

---

① Eve Kosofsky Sedgwick. Between Men：English Literature and Male Homosocial Desire [M]. New York：Columbia University Press，1985：92.

② Cynthia Fuchs. The Buddy Politics [A]. Steven Cohan & Ina Rae Hark，eds. Screening the Male：Exploring Masculinities in Hollywood Cinema [C]. New York：Routledge，1993：202.

表现形式。

六

20世纪90年代以来，好莱坞用一种崭新的方式来呈现荧幕上的男性化身份，那就是讽刺手法。这种兼具夸张和主人公自我炫耀的讽刺对于男性性别身份的塑造有着深远的影响。在这个阶段当中，人们逐渐意识到男性化既代表着强大有力，又有滑稽可笑之处，于是男性化角色便开始将这种滑稽可笑清晰无比地加以表现，男性化也由此成为一种元男性化（meta-manhood）。这种自我辨识身份遭遇分裂化的“新男性”，既依循传统的性别角色身份行事，又对其滑稽可笑、元文本（meta-contextual）的身份坦承无讳。“新男性”们成功地将自己从20世纪80年代的遍身肌肉、坚不可摧、掌控一切的模板型铁骨硬汉转变成90年代的考虑周全、充满爱心并富有自我奉献意识的多情多思的个性男，完成了男性化身份建构朝着有别于此前的外溢型、尽可能地宣扬力量和暴力的形象呈现而转为内化的、极富感情地刻画男性的情感、伤痛和压力的方向的转变。美国学者苏珊·杰弗尔斯（Susan Jeffords）认为，20世纪90年代银屏上的“新男性”将男性呈现的模式由“框定了80年代人们对男性化逻辑概念的凸显外在表象转变为关注更具‘人性化’的男性的‘全新’内在特质”，这种转变“不是简单的否定，而是对传统男性化的一种改写、重申和再述”：“通过凸出强化个性化的方式来重塑传统男性化的权威……自20世纪80年代以来，好莱坞对于个人主义的刻画越来越处于一种不确定的状态。好莱坞对于男性化个体的塑造自80年代末以来也呈现出断裂的现象，是男性化身份打破其结构性一致的例证。”①

男性化的元文本性为新的同性化关系模式架构提供了广阔的空间。20世纪90年代以来，伴随着酷儿运动的日益兴盛，越来越多的同性恋者坦承自己身份的同时，他者关系模式也得以明确并稳固下来，形成对异性恋和同性恋两分结构的巨大挑战，超性别性关系也在争取同性恋者权益运动的大潮之中谋得了一席之地。因此，这个时期的电影用富有自我意识的男性化形象呈现以及对同性间情感愈发公开、具体的描画来直面同性社会化情感这个已然成为公开的秘密的主题，七八十年代的类型片中同性间情谊和欲

---

① Susan Jeffords. Hard Bodies: Hollywood Masculinity in the Reagan Era [M]. New Brunswick: Rutgers University Press, 1994: 172, 176.

望关系被压制和匿藏的局面也得到了极大的改观。正美国学者贾斯汀·怀亚特（Justin Wyaat）所说，这些电影中包含着清晰可见的传统男性化表现范式和新的具有同性化的男性化呈现之间“不可忽视的连接点”①。

此时期好莱坞影片中的同性意识和关系模式并不是通过直接的或是模拟的表象手段加以呈现的，而是通过讽喻的、非模象化（non-mimetic）（非模象化就是这个词的翻译）的叙述，这种叙述本身不但能够表征同性意识，而且能引导观众对同性意识的解读和对同性间关系的接纳与认可。通过对那些背离、拒斥，甚或是在某些情况下彻底颠覆传统性别属类的性别身份的呈现，能够有力地将同性意识表征出来。好莱坞电影对传统性别划分的抵拒正是通过对传统男性化身份概念的解构来表现的。始于 20 世纪 90 年代的男性化“身份危机”在一定程度上加速了这种解构的过程，这场危机在美国女性主义学者亚历桑德拉·尤哈斯（Alexandra Juhasz）看来是“我们所熟知的男性化身份的终结”。尤哈斯写道：“我们正处于一个全新的单性别时

---

① Justin Wyaat. Identity, Queerness, and Homosocial Bonding [A]. Peter Lehman, ed. Masculinity: Bodies, Movies and Culture [C]. New York: Routledge, 2001: 61.

代，所有的男性都被剥除了其男性根本特征”，她建议我们“直面这个时代，因为我们过去所熟知和喜欢的男性化已然不复存在了。”① 在尤哈斯看来，我们这个时代里男性根本特质的剥除——用男性化的器官表现出来的表象上的以及生物学上的男性理应具有的标识性、抽象化的力量——导致男性躯体任人围观、并且无论观者性别的这种现象证明了穆尔维最广为人知的范式、认为男性的躯体不能成为关注对象的观点已然失去了其效力。男性不但成了被关注的对象，而且还是“关注的载体”。这种将性别特征与其生物载体相剥离的观点的根源就是弗洛伊德对这个问题较为激进的态度：“纯粹的男性化和女性化依旧是实质内容不确定的外在理论架构。”② 正是这种男性化“实质内容”的似是而非才使得电影中的男性化身份建构如此难以确定。

这一时期好莱坞电影中所呈现的分裂的男性化身份反映出已然成为这个时代文化标识的备受诟病的传统性别角色规范所经历的危机，分裂本身也是对这一危机的一种回

① Alexandra Juhasz. The Phallus Unfetished: The End of Masculinity as We Know It in Late-1990s “Feminist” Cinema [A]. Jon Lewis, ed. End of Cinema as We Know It: American Film in the Nineties [C]. New York: New York University Press, 2001: 151-152.

② David Greven. Contemporary Hollywood Masculinity and the Double Protagonist Movies [J]. Cinema Journal, 2009 (48.4): 22-43, 24.

应。电影通过将这些危机放置在赋予男性化自我意识，在公然呈现同性间情感与关系主题和依循固有性别角色呈现范式之间的艰难抉择的剧中角色之上和叙事架构之中来表现这些危机。可以将男性化身份呈现出现的这种割裂现象理解成为现今越演越烈的自恋型和自虐型男性化呈现之间冲突的必然结果，“新男性”的主观性就是从这一冲撞中衍生而出的。

自恋（Narcissism）和自虐（Masochism）的概念来源于精神分析，是电影理论分析架构中的一种双生关系理论。在过去的几十年时间里，这两个概念在电影分析理论中发挥了至关重要的作用，尤其是其所具有的始自 20 世纪 70 年代宏大理论（grand theory）所推崇的心理分析特性。对于心理分析理论的衍生体酷儿理论来说这两个概念也是至关重要的，后者可以说是对性别和性的所有根本性观点都提出了挑战。在劳拉·穆尔维（第一部分在脚注里有详细的介绍）的电影理论分析框架中，自虐被是用来解析抵斥传统权力架构范式的男性性别角色的有力工具，而自恋则被用来阐释退化的性别角色或固守传统的白人男性这个特权阶层角色形象。虽然自恋这个词是被公认的带有蔑称的说法，但它确是能够打破传统范式和性别分类的表现男性性别身份的一种颇为激进的程式，而自虐却成了一种表现传统、规范男性化的不完全方式，毫无激进性可言。

在精神分析、酷儿理论以及电影分析理论框架中，自恋和自虐在绝大多数情况下是彼此独立的概念，是用来分析演员与观者之间相互对立的关系模式。然而对于自 90 年代以来好莱坞类型片中男性化身份建构来说，自恋和自虐逐渐成电影叙事结构研究的一对双生概念，有许多影片都可以被视作是围绕男性身份建构的自恋范式与自虐范式之间的冲突对立而展开的。表现这种冲突的，是比照传统的好人—坏人叙事结构的男性与男性之间的主题或关系。这些电影可以被认为是用写实的或是打比方的手法来表现自恋与自虐这一两分结构。这个电影新类型就是双主影片(double protagonists)，影片的核心冲突是两位主角之间复杂的力量之争，两位主角都是由齐名的影星扮演，两人都有资格成为叙事结构的主导者。这一类型影片意在证明，男性叙事结构的中心地位难以为继，男性化身份出现了断裂，构建男性化身份的相互抵斥的因素超越了演员及其扮演角色的个体主观性，由此单一载体的男性化身份呈现必须由双生呈现所取代，双生主体间的冲撞将其本质化的他者关系模式暴露出来。比较具有代表性的双主悬疑片有《变脸》(1997)、《天才雷普利》(1999)、《断背山》(2005)等。

双主悬疑片的出现标志着男性主体身份及性别特质建构呈现方面的许多重要转向：对于从本质上来说应是独立的男性角色的建构；对于长久以来都是传统电影叙事结构主体和叙事目标的两异性间关系模式的建构；对于男—男关系模式的建构。随着双主悬疑片的兴起，经典好莱坞影片中那些彼此分隔并且独立的男性被双生化的男性形象所取代；双生男性大有挑战被认为是好莱坞经典类型片之根本的二元性别结构模式框架之势。荧幕上不同形式的男—男关系都是围绕两个男性主角之间居于影片叙事核心地位的、通常是备受争议的复杂联系而展开。有一些双主影片将两位主角置于相互对立的层面，但更多的是将两位核心角色融为一体，两位主角在一个共生体内互补性存在，他们不是两个独立的个体，而是一个意识体中的两个相互咬合的分体①。

当然，这绝不是意味着双主电影代表着一场类型片历史上的激进运动，而是说这一类型影片本身固有的与传统

① David Greven. Contemporary Hollywood Masculinity and the Double Protagonist Movies [J]. Cinema Journal, 2009 (48.4): 22-43, 25.

相悖的男性同性间的情感愉悦得到了彰显的机会。双主电影的发展过程中最重要的一点就是其将黑色电影中人格分裂的、孤独落寞的主人公饱受煎熬的内心世界所表征的断裂具象化，与此同时还重构了西部片以及伙伴电影中的男—男关系模式，与其说双主电影是对酷儿之性的回应，倒不如说是酷儿运动之后男性银幕形象的表征。

双主影片可以被理解为要将荧幕上被割裂的男性形象恢复到完整状态的一种最为明显和持久的努力，从对叙事主导性、性对象以及观者同情（sympathy）等方面的争抢来看，两位男性主人公——叙事主角和替生主人公（the narrative protagonist and the alternate protagonist）——在整个影片的叙事结构中居于同等主要的位置，并且彼此间是争夺叙事主导权的有力竞争，是对方倍化（the double）的存在。两位主角在他者关系模式中也处于相互对等的位置之上。这些特质使得双主电影与其他刻画分裂性男性身份的影片，尤其是伙伴电影相异。虽说伙伴电影等类型电影也是用断裂来建构银幕上的男性形象，而且这种断裂通过另一位男主而得以具象化，然而必须要明确的是，在影片中，两位男性主人公还是一位掌控叙事结构，另一位向其主导地位挑战。这位向叙事主角挑战的男性主人公无疑就在整个叙事结构中处于辅衬的位置，并同主导叙事线索的男主摩擦不断。鉴于此，依照传统的电影理论分析，影片相比较而言描画更多的男主角的主观性应该被视作是自恋，而第二男主角则可以被看成是同那位自恋的男主有着自虐的关系——也就是那喀索斯同厄科故事①的男—男翻版。格力文将这位自虐型的男主称为厄科男②。

一直以来厄科都是女性主义研究中的关键人物，她与那喀索斯的关系成为女权主义者解读女性在父权社会中位置的利器，厄科也由此成为女性对男性统治权威愤慨之情的代名词，是在父权体系架构中的女性抗争的标识。如果说那喀索斯代表着传统的男性主角，被夺去话语能力而只能重复别人话语的厄科就是电影对父权社会中女性形象的呈现，因为这种女性在影片中的作用就是辅佐、映衬、回应男性主人公。从这个角度来说，双主影片中的替生主角就具有荧幕中传统女性角色的特性，处于并不是完全被动、但也不十分主动活跃的位置，这种辅助性的位置使其要从

---

① 那喀索斯（Narcissus）是希腊神话中的美少年，因迷恋自己在水中的倒影而被视作自恋的代表。厄科（Echo）是神女，非常喜爱那喀索斯。因得罪神后赫拉，被罚只能重复别人话语的最后几个字。

② David Greven. Contemporary Hollywood Masculinity and the Double Protagonist Movies [J]. Cinema Journal. 2009 (48.4): 22-43, 32.

属于自恋型叙事男主的主控地位，替生男主对其主导地位不满抗争的同时，又在男主彰显其能力的时候奉后者为尊。正是由于其相对而言处于弱势、令人不悦、抵制抗争的位置安排，替生男主才使得男主能够建立并巩固自身的主导地位。从精神分析和酷儿电影理论分析的角度来说，唯一能与替生男主这个角色相符的并且是能够被理论化的定位就是自虐。因此，对双主电影最为精准的理解应该是自恋型和自虐型男性化主观性模式在相互间争夺叙事主导性时构成的一种冲突。

双主电影的创新之处就在于其将一位男性主人公放置在通常是留给女性的回声位置之上。厄科男与通常被处于这种被动、受压抑位置的女性有着许多的共同点。当然，他也有自己的特质，并通过他与叙事主角之间的冲撞性更为清晰地展现在观者面前。替生男主能够超越处在回声位置女性的种种禁锢，比起那些被预设好命运的女性辅衬角色，替生男主能让叙事更加复杂生动。替生男主这一特性的形成，部分原因是其作为男性本身就被赋予的多于女性的特权。厄科男在影片中所占据的这个本质为女性化的位置也将两位男主之间的同性间欲望关系彰显出来，这无疑是对传统的男性主观性模式的有力并且是正面的挑战。双主影片用那些颇具争议化的场景来表征男—男关系模式经历的变革，这些场景是全新的可传递男—男之间欲望的标识，虽然这种欲望不能被归在同性恋欲望之列，但是不能说这种欲望的视觉域界之中不包含同性恋欲望的因素。

七

男性化的身份危机和男性化身份建构的断裂还催生出了另一亚类型电影，也就是以美国导演贾德·阿帕图（Judd Apatow）拍摄作品为代表的、描述男性间情感关系的男性浪漫主义影片（bromance films）（以下简称男漫主义影片），代表作有《四十岁的老处男》（2005）、《一夜大肚》（2007）等。尽管许多男漫主义影片都是围绕着传统的“两性性别之战”而展开，然而影片表现这种冲突的方式却是通过男性角色自身经历的、有关他们内心对于自身男性身份及与同性间关系的理解上的困惑，而不是通过男性与女性之间的争辩或者是女性对于男性的抱怨及不满来实现的。

在男漫题材影片中，男女之间亲密关系的矛盾被认为在本质上源自因同性社会化关系而来的种种冲突。从很多方面来说，同性好友的身份替换只是将男性化身份建构的问题暂时搁置，其作用并没有从根本上撼动男性化身份建构本身及其外在形式所固有的“精准完好定义的传统框架”。阿帕图的男漫主义影片不仅仅是要为阿尔法男①构造身份替换者，而是力求用在本质上是朝向不同男性身份模型的、具有可传递性的男性化身份建构来实现男性身份及同性间关系模式的再构。在阿帕图的影片中，男性主人公分裂、双生化的身份模板通常以两种方式表现出来。第一种是较为理想化的类型，就是一个有着极不确定的性别身份和两性关系取向的单身男性角色。第二种则是去理想化的类型，就是后阿尔法男性身份的改版，最终会和后阿尔法男②一道落入异性婚恋的俗套之中。其中内含的挣扎与矛盾恰好指向男漫影片中男性化双生身份中那个去理想化的模板，这种类型的男性化身份所着力表征的是要将“同性间的他者关系模式”融入以婚姻为目的的传统关系模式框架中的困难程度。在阿帕图看来，这一类型的影片就是

① 时下人们把在群体中游刃有余、一切尽在掌握之中的“老大型”男性，称为“阿尔法男”。研究者最近发现，对“阿尔法男”来说，超越常人的巨大压力很可能是其短命的重要原因之一。

② 符合传统性别及性的规范，固守男性应居于叙事主导地位，在实际生活中无所不能的男性化形象。

要去探讨男性化身份的哪种新形态能够以男性主义为名存续异性婚姻的逻辑重要性，或者男性化本身是否就与男性应居于主导地位的逻辑关系密不可分的问题①。男性主体身份的这种分割性呈现就成了旧式自恋型阿尔法男同新式自虐型贝塔男②之间，铁壁硬汉同多情柔男、英俊型男同邋遢土鳖之间的较量。

① John Alberti. "I Love You, Man": Bromances, the Construction of Masculinity, and the Continuing Evolution of the Romantic Comedy [J]. Quarterly Review of Film and Video, 2013 (30): 159-172, 169.

② 与阿尔法男相对，指成就平平、心思细腻多情的男性，并不恪守传统的性别及性的规范。

第八章

硬汉的转型

——动作片中男性主体的特质转变

作为一个重要的传统类型片，动作电影在20世纪90年代的好莱坞成为最有市场、最具票房号召力的电影子类。究其原因，主要是观众对视觉效果和观影感受的看重，动作片中的风景、追逐、打斗都能给观影者带来极大的视觉快感和令人难忘的感官体验。此外，动作影片中人物主体大量的具象化表呈方式以及主要付诸肢体动作的叙事模式也使得动作片有着良好的国际市场，在对外传播的过程中不会遭遇其他类型电影难以逾越的“译介困惑”。20世纪90年代的好莱坞已然成了一个全球化产业基地，其生产制作的电影成了国际化商品。其时，已经不存在所谓“独立”

影片，因为在七八十年代出产独立影片的那些制片公司大都被商业巨头吞并，实力雄厚的大片商不但操控着影片的生产制造、出品及发行，还垄断了国内外的家用录像的出版及市场流通。这种后殖民时代文化霸权主义的做法被认为是符合当时已见雏形的“文化全球化”的大势所趋。全球化超越了传统认知体系中经济领域的固限，并“取代后现代主义成为最为流行的文化范式”①。

20 世纪 90 年代，是由此前长达四十余年的冷战时期向其后延续至今反恐之战过渡的阶段。受意识形态定位、政治经济模式以及国内外政策导向等处于转变中的社会文化因素的影响，好莱坞传统动作片中反面人物（antagonist）的主体形象建构经历了颇为“激进的蜕变”②，并由此催生了正面英雄人物（hero）构造在主体的物质化存在形式、社会及性别身份建构方面相应的大幅度改变。

---

① Colin Harrison. American Culture in the 1990s [M]. Edinburgh: Edinburgh University Press, 2010: 27.

② Amaya Fernandez-Menicucci. Action and Reaction: the Villain's Body and Its Role in Shaping the Heroic Body in Hollywood Action Films of the 1990s [A]. Josep M. Armengol, ed. Embodying Masculinities: Towards a History of the Male Body in U. S. Culture and Literature [C]. New York: Peter Lang Publishing Inc. 2013: 103-124, 103.

一

好莱坞 90 年代动作影片中人物主体身体和身份的建构过程及方式是对其所面临威胁的一种直接映像化呈现。作为主流文化的载体，好莱坞一贯遵循在社会层级架构中居于主控地位的群体的认知范式，故而，搭建这一时期动作片叙事架构的正、反面人物主体仍是在美国传统父权社会体系中发挥主导作用的白人男性。在其间为数不多的几部以非白人男性为叙事主体的影片中，带有明显种族化标识的男性主体不是被塑造成主流白人男性主体的滑稽翻版，就是通过其男性化特质的过度彰显来进一步强化传统认知体系中男性气质和女性气质的二元对立和前者对于后者的绝对压制和掌控，如［《杀人三部曲》（1995）、《尖峰时刻》（1998）、《替身杀手》（1998）］。美国学者霍尔姆伦德（Chris Holmlund）指出，纵观好莱坞 20 世纪 90 年代动作片中的男性主体，无论其是正面人物还是反面人物，都归属“自我”身份的“缺失”（“by-default” of the “Self”）

之列①。这并不意味着该时期的动作片都在不顾及主体身份构成因素千差万别的前提和事实条件下一味地复制千篇一律的人物角色，而是要通过那些由于时代特性等因素而使得主体建构方式颇为相似并有悖于传统的男性主体来凸显蕴含于其中的物质化重构和身份置换进程。

尽管90年代初期的动作影片在男性主体的身份建构和性别特质的刻画方面似乎并没有什么明显的改变，比如《燃眉追击》（1994）和《生死时速》（1994）等影片中已过中年的男性壮汉依旧是打斗的主体，其暴力的肢体语言仍旧被认作是动作片的关键因素，然而，美国当时所处的外部环境却经历了剧变。柏林墙倒塌，苏联解体，美国成为唯一的超级大国。此时，诸如约翰·兰博（John Rambo）、柯南（Conan）、约翰·麦克莱恩（John McLean）之类80年代时期美国民众心中的大英雄们也成了陷入了困惑与迷茫，他们虽然依旧双拳紧握，昔日的对手和敌人却已不复存在。他们超男性化的身体一度被用来帮助解救并重建蒙受越战失败耻辱的“美国身份”并重击隐藏在铁幕之后的“黑暗势力”。然而，铁幕的升起使得原来延续四十

① Chris Holmlund. American Culture of the 1990s: Themes and Variations [M]. London: Rutgers University Press, 2008: 97.

年之久的“黑白分明”的世界瞬间被无数灰色地带所充斥，好坏、善恶、正邪的分辨不再是简单易行之事。

相较于20世纪80年代的同类影片中充斥银幕的肌肉硬汉，90年代的动作片一个最为明显的改变就是男性主体物质化存在形式的弱化和易变。影片《终结者》系列就是一个很好的例证。全球著名的电影杂志《电影周刊》在评选20世纪最值得收藏的一部电影时，《终结者1》（1984）以最高票数位居第一。影片讲述了在公元2029年，经过核毁灭的地球已由电脑“天网”统治，人类几乎被消灭殆尽。剩下的人类在领袖约翰·康纳（John Connor）的领导下与天网英勇作战，并扭转了局面。“天网”为了改变这一切，制造了时光逆转装置，派遣终结者人型机械人T-800（Arnold Schwarzenegger饰）回到1984年，去杀死约翰的母亲莎拉·康纳（Sara Connor）（Linda Hamilton饰），以阻止约翰的诞生。约翰发现了一这阴谋，攻占了实验室，战士凯尔·里斯（Kyle Reese）自愿通过时间通道回到1984年保护莎拉。T-800是个有着人类皮肤和肌肉，但内在却是钢铁结构的终结者机器人。它来到洛杉矶，按照电话簿追杀名叫莎拉·康纳的女人，但真正的莎拉却在危急关头被里斯所救，可与此同时警察却将里斯作为恐怖分子抓了起来。没有人相信里斯所说的关于未来世界和战争的话，认为他是个疯子。T-800 闯进了警局，警察根本不堪一击。所幸里斯逃了出来，把莎拉带到了郊外，面对真实的经历，莎拉终于相信了里斯。在汽车旅馆中，里斯向莎拉·康纳吐露了长久的爱意，原来凯尔·里斯就是约翰的父亲。T-800 找到了他们，凯尔·里斯和莎拉带着做好的雷管炸药管逃走。在追逐中，里斯机智地炸毁了 T-800 驾驶的油罐车，T-800 被烈火吞没了，但凯尔·里斯却受了重伤。然而，T-800 并未被毁灭，它的人类外壳被烧去了，露出了由微电脑控制的超合金机械骨骼。T-800 追杀两人进了工厂，里斯舍命用最后一枚炸药毁掉了 T-800 的下半身，但残缺的 T-800 仍然不忘追杀莎拉。最终，莎拉用计将 T-800 困在液压机里，将它压成了一堆废铁。

上映于 1991 年的《终结者 2：审判日》是上一部的延续。“天网”派出的杀手再度出动，且变得更强悍并有智慧，是最先进的 T-1000 型终结者，由特殊液体金属组成，可以随心所欲地变成所触及的任何人和其他事物，他的目标依旧是上一部中已经出现的人类领袖康纳。T-1000 型终结者（Robert Patrick 饰）回到约翰·康纳（Edward Furlong 饰）的童年时期，准备杀死约翰，使未来人类世界群龙无首。约翰·康纳得知消息后，立即派另一名被改变程序的终结者 T-800（Arnold Schwarzenegger 饰）乘坐时光倒流机，赶回童年时期，保卫这时候的自己。童年时期的约翰和 T-800 找到自己被困在精神病院的母亲莎拉·康纳，并告诉“天网”主设计师塞洎汀电脑公司的莫斯·戴森（Miles Dyson）事情的真相，接着四人一起潜入塞洎汀电脑公司，拿到了当年刺杀莎拉·康纳的 T-800 的残骸——头部主 CPU 残骸和手臂（这是“天网”的研究基础），并炸毁了公司的所有研究数据。戴森被乱枪射死，剩下的三人最后离开公司，并将把被终结的 T-800 的 CPU 和 T-1000 扔入高温的炼钢炉中销毁，T-800 自愿到炼钢炉中自我销毁。T-800 完全沉入炼钢炉前，竖起拇指鼓励约翰勇敢地活下去。

在《终结者 1》这部影片中，反面人物机械人 T-800（Arnold Schwarzenegger 饰）身形强壮、结实厚重，冷酷而又极端残忍。而《终结者 2：审判日》中级别更高的反派机械人 T-1000 是一个不折不扣的冷血杀手，除了执行杀约翰这一个命令之外，其他的一切事情在它看来全都是障碍，完全可以在自己力所能及的范围之内予以毁灭，而它随心所欲的变形能力与人类相比不啻老鹰和小鸡的对比。从外貌上看，T-1000是一个中等身材的普通白人男性，身体精致修长，经常把自己装扮成警察的模样，绝非传统人物主体构造范式中面目狰狞的大块头坏蛋。它拥有着非凡的"变形"能力，它的身体可以在固体和液体之间随意变换，它的手可以变成锋利的钢刀，尖刺，身体则能变成它接触过的任何一个人，而被它模仿的对象则必然被杀死。可以说T-1000具备后机械化控制时代合成机器人的所有特质。它的身体由模拟合金箱体构成，能够精准复制他碰触过的任何人或物的形象，这一特性恰是当时在传统定向化敌人消失后，非具象化、难辨其形的新型敌人的最完好呈现。

除了男性主体身形的转变以及因由模仿、扮装而导致的身份识别困难，90年代动作片中男性主体还呈现出另一个身体特质，即迅速移动的能力。20世纪福克斯于1994年推出的影片《生死时速》就是此类影片的典型代表。退休警官霍华德·培恩（Howard Payne）（Dennis Hopper饰）杀死了巡逻的警察，在电梯中安置了炸弹，并以13名人质为要求索要一百万赎金。特警杰克（Jack Traven）（Keanu Reeves饰）和夏利（Shirley）机智勇敢地排除了炸弹，在千钧一发之际救出了人质。但培恩却得以逃脱。杰克和夏利因这次行动受到了嘉奖，可培恩却展开了报复。他炸掉了一辆巴士，并打电话告诉杰克，他已在另一辆巴士里安装了定时炸弹。只要车子的时速一超过每小时50英里就不能再减速，否则便会引起爆炸。

杰克驾车赶上了这辆巴士，并想办法上了车。但此时时速已超过了50英里。混乱中司机受伤，乘客安妮·波特（Annie Porter）（Sandra Bullock饰）当了驾驶员。他们一路上历经堵车、无路的惊险状况，但总算没有减速，并转移到了一条还未启用的公路上。在警局中，夏利终于找到了培恩的地址，并前往拘捕。离时限越来越近，杰克想冒险拆除炸弹，虽然没有成功，但却意外发现车上装有监视器。杰克利用这一点，让新闻车截断信号，并不断重播假图像，以便争取机会转移乘客。夏利中计被炸身亡，培恩更要求尽快拿到赎金。而此时杰克却终于利用一辆并行的巴士，安全地转移了所有的乘客。培恩识破了杰克的计策并引爆了炸弹，但杰克和所有的乘客却已经安全脱身。培恩在警察的重围之下取走了赎金，并且绑架了安妮。当杰克追上培恩时，却发现安妮在他手上，全身都绑满了炸药。培恩逃进了地铁，并且杀死了司机。在车顶上，杰克与培恩展开了一场生死搏斗，并且最终打败了培恩。杰克终于救出了安妮，但地铁已经失控。杰克急中生智，利用弯道将地铁驶出了轨道，冲出地面而停了下来。杰克和安妮终于又一次逃脱了死神的魔掌。

影片《生死时速》中，真正与片名契合的是因反面人物培恩所操控的那辆巴士而促使人物主体由此产生的移动速度，也正因如此，速度才成了片中人物主体身份的关键性标定——由于新型敌人物质化存在形式的改变和移动速度的提升，正面人物也必须相应地让自己的身体变得轻巧敏捷、行动迅速。美国学者吉奥夫·金（Geoff King）指出："连贯的动作场景和物体在镜头前快速移动而带来的视觉冲击和刺激是观众最希望从动作类型片中得到的感观体验。"① 用"速度范式"来呈现动作片中男性主体的身体，其结果就是使得"观众的聚焦点从对男性主体身体的轮廓、结构和性别特点转移到身体所具备和呈现出的能力潜质"②。影片《终结者1》中机械人T-800身形硕大、笨重，其行动的迟缓恰是他的致命要害，因为与其对抗的人类的行动灵敏迅捷要远胜过他。而在《终结者2》中，迅速移动的能力却被赋予了邪恶而又似乎不可战胜的T-

① Geoff King. Spectacular Narratives：Hollywood in the Age of the Blockbuster [M]. London：I. B. Tauris，2000：96.

② Yvonne Tasker. Spectacular Bodies：Gender，Genre and the Action Cinema [M]. Oxon：Routledge，2000：6.

1000。在片中的若干场景中，势不可当的罗伯特·帕特里克（Robert Patrick）追击试图借助各种移动工具逃脱的 T-800 和康纳。T-1000 惊人的移动速度及其在移动过程中非人般的稳定，其快速移动的能力和四肢具备的先进的机械性能都令观者惊恐不已。在《终结者 1》中被视作庞然大物的 T-800，其迟缓笨重的硕大身体相比于非具象化、灵敏而又迅捷的升级版 T-1000，由单纯物质化存在形式而来的优势和威力已然消失殆尽。

正、反面人物主体之间的“身体置换”也是 90 年代动作片在男性主体身份建构方面的一个变革。影片《虎胆龙威 2》（1990）讲述了圣诞前夕，约翰·麦卡伦（John McClane）（Bruce Willis 饰）正在华盛顿的机场等待妻子霍莉（Holly）（Bonnie Bedelia 饰）乘飞机归来过节。然而无意中他却发现了一个重大的阴谋：被议会解职的特种部队斯图尔特（Colonel Stwart）上校正率领部下准备解救被引渡的中美洲毒枭埃斯佩萨（Especada）将军。麦卡伦将此事告知了机场警卫队的罗伯特队（Robert）长，但后者的官僚作风和愚蠢却使这一切未能得到阻止。斯图尔特上校带领部下占领了机场附近的一座小教堂，设置了一个飞行控制中心，并切断了机场控制塔与空中的一切联系，使众多的客机无法降落。而麦卡伦的妻子霍莉此时却正在其中的一架飞机上。为了解救妻子和在空中的众多客机，麦卡伦不得不再次进行艰苦的努力。控制塔试图修复天线的行动失败，恐怖分子更诱使一架飞机坠毁以示警告。麦卡伦虽尽力阻止，但仍无济于事。军方特种部队在格兰特（Grant）少校的带领下赶到，麦卡伦再次被排斥在行动人员之外。艾将军控制了押送他的飞机并在机场降落，麦卡伦企图抓住艾将军以控制局面，虽然功败垂成，但也因此而推断出了斯图尔特上校的巢穴所在。关少校率部突袭教堂。而麦卡伦却在无意间发现，这一切都是一场骗局，关少校等人早已和对方勾结在一起。麦卡伦将消息通知了罗队长，但警卫队却因记者报道引起的混乱而无法行动。眼看艾将军等人就要乘飞机逃脱，麦卡伦及时搭乘直升机赶到，在飞机的机翼上和对方展开了殊死搏斗。虽然被打落机翼，麦卡伦却乘机拧开了飞机油箱。在飞机即将离地时，麦卡伦点燃了跑道上洒落的汽油。一条火龙沿着油迹追上了刚刚起飞的客机，将埃斯佩萨将军人连人带机炸得粉碎。跑道上绵延数百米的火迹也成了指引飞机降落的指示灯，众多的飞机依次安全降落。在满天飞舞的雪花中，麦卡伦和妻子紧紧地拥抱在一起。

这部影片中，反面人物斯图尔特上校（William Sadler饰）满是肌肉的强健身体无疑是对80年代动作片中只有英雄人物才能独享的固化专属形象模板这种单向表呈方式的逆转。片中，用来表现斯图尔特上校通过严格体能训练而形成的匀称健壮身体的场景长达一分钟，他几乎赤裸的、近似雕塑般完美的身体通过长镜头呈现在观众面前。而布鲁斯·威利饰演的正面人物，由于其在第一部中颇受诟病的赤足裸身镜头，而在片中几乎没有身体呈现的场景。只是到了影片的结尾，在经历了一系列的打斗之后，衣衫不整的威利才“有机会”向观众展示其标识性的浓密胸毛和在白色背心下若隐若现的结实肌肉。

劳拉·穆尔维发现了主流电影制造过程中男性中心主义的事实，并在其对“视觉快感”的研究中指出，电影的观看者是男性，因而“视觉快感”也是男性化的：“主流电影中展现给观众看的主体通常是女性。观众要么通过男主人公的视线和他一起观看、占有女主人公，要么就通过银幕展示的女性脸部、腿部等特写镜头直接观赏女性。在观看中，观众（男性）力比多得到释放，从而获得

‘视觉快感’”①。而动作片可能是类型影片中唯一一个将极具性别标识的男性身体而不是传统的女性身体作为主要视觉关注对象的子类。受抵斥同性恋运动的影响，80年代的好莱坞用对动作片中男性主体身体性别特质的塑造来彰显纯粹的男性气质。然而，许多学者认为，无论以何种方式呈现的动作片男性主体都会因其主要是男性的观众群体的关注而“被女性化”，这种性别逆向化解读势必给本意要在动作片中构建男性气质的主体人物形象带来不少负面影响（Church-Gibson，2004；Holmlund，2008；Tasker，2000）。影片《虎胆龙威2》中只将反面人物的身体暴露在有可能的“性别逆向化”关注之中表明，极力凸显男性性别特质的身体已不再是正面人物实施正义之举的必要载体，片中布鲁斯·威利（Bruce Willis）饰演的麦克莱恩（McKellen）对反面人物超男性化身体的嘲讽和讥笑无疑是对80年代动作片男性主体身体过程呈现的讽刺和贬斥。

可以说90年代的动作片在建构男性主体的物质化存在形式方面力求达到一种正反之间的平衡。影片《盗火线》

---

① Laura Mulvey. Visual Pleasure and Narrative Cinema (1975) ［A］. Reprinted in J. Caughie, A. Kuhn, M. Merck & B. Creed, eds. The Sexual Subject: A Screen Reader in Sexuality ［C］. London and New York: Routledge, 1992: 22-34, 27.

（1995）的叙事线索就是围绕正反两派人物在力量对比和生活方式上的相近与相似而展开。正面人物和反面人物身高、体重、年龄相仿；两人都有着强健匀称的身材，两人对着装的品位和要求也几乎一致。影片对两人身体性别特质的呈现也都是通过两人同各自爱人的亲密接触而呈现，而且在整个过程中两人均通过对爱人身体的掌控来彰显男性在异性恋关系架构中毋庸置疑的主导性。影片用男性对女性的掌控以及将女性主体复位为“视觉快感”的做法被看作是对此前有关男性主体逆向化性别解读的有力回击。在整部影片中，两位男性主体无论是在外形，还是在态度及具体行动过程中都表现出了极为类似的主动性，这种均衡的构建方式不但打破了传统影片中正反面主体之间的不对称性，而且两人颇高的相似性也使得两人正邪的本质特征模糊难辨，观众很难通过两人在对抗场景中的胜负优劣来辨别孰正孰邪。可以说两个男性主体身份架构之中都有着正、反两面的特质，两者的主体身份通过其物质化存在形式以及态度和行动的去模式化而被人性化重构。这种平衡在90年代末的几部影片，如《黑客帝国》（1999）、《搏击俱乐部》（1999）和《星球大战1：魅影危机》（1999）中达到顶峰。

二

物质化存在形式的转型及改变是90年代动作片男性主体被人性化重构的一个方面，而超强身体的弱化、肌肉累加形象的风光不再还可以被视作其主体身份曾经被赋予的政治背景和外在影响力消失的一个具象化反应。克林顿总统时期，美国对外政策依循“以国际合作及人道主义干预”取代军事行动的总体规划。哈里森认为当时的美国对外政策是介于一战之前的不干预政策和一战之后极力扩大美国在国际冲突中干预能力政策之间的“第三条路”，是老布什新保守主义政策和小布什对任何质疑美国全球领导力的势力实施意识形态打击政策的折中方案，是为“美式和平的政治构想吟唱的颂歌”①。在这个政治转型的过渡阶段，动作片中的人物主体以个体身份的定位为主，无论是正面英雄还是反派人物，他们所表现出来的都是个体的意识立场和观点选择，不再具有历史以及社会文化所指，其所反映的也大都是普适性的主题和观念。这种个体的普适性定位

① Colin Harrison. American Culture in the 1990s [M]. Edinburgh: Edinburgh University Press, 2010: 11.

也是与好莱坞90年代极力拓展全球市场的目标相契合的，通过减少主体所处背景预设的种种差异和分歧，这些普适性的人物主体使得动作影片所牵涉的历史、政治和社会背景成为内涵可以变通的点缀性预设，而动作片仅仅是将叙事主线和人物主体以动作类型片的特有方式嵌入这些预设之中。

20世纪90年代期间还有一个较为普遍的现象，就是极端意识形态同相对立场之间的摇摆不定（Davies and Wells, 2009）。如果说老布什总统用“现代化的外科手术”作战方式和针对萨达姆·侯赛因专政的政策来成功填补了苏联解体之后的权力失衡及对手缺失，那么小布什总统则是用针对塔利班集权统治以及本·拉登的恐怖活动展开的“反恐之战”来从意识形态上明确美国的敌人所在。相比之下，执掌20世纪90年代美国政坛的比尔·克林顿“意识形态立场的缺乏连贯性”使得本就模糊不清的政治形式更加边界难辨，虽然这种缺乏连贯性助其成为“在旧有的政治假设全部被推翻的后冷战时期最理想的总统人选”①。在当时的好莱坞电影中，观众们能够找到坚定秉持道德理念的恐

① Colin Harrison. American Culture in the 1990s [M]. Edinburgh: Edinburgh University Press, 2010: 5.

怖分子［《勇闯夺命岛》（1990）、《爱国者游戏》（1992）、《最高危机》（1996）］，而立志捍卫美国国家安全的人群中不乏为了金钱或疯狂的个人原因而不惜出卖国家利益的“正面人物”［《虎胆龙威2》《潜龙轰天》（1992）］。即便是家喻户晓的大反派也能成为好人最值得信赖的守护者（《终结者2：审判日》）。

全球政治力量和国际战略势力的这种令人困惑的转变或重组所造成的一个重要影响就是民众对政府不信任情绪的高涨。由于不再需要一个强大的中央集权来整合防御行动以保卫美国不受外来共同敌人的侵犯，公众对政治腐败和经济欺瞒的怀疑有如火种般迅速蔓延开来。于是，作为主流意识形态最直接体现的好莱坞电影，也以颇为夸张的方式对这一时期民众的怀疑情绪做出了描摹和刻画。作为右翼保守派的代表人物，老布什总统在任期内多次指出普遍存在的政府机构庞杂冗余的现象，并强调个体的重要性，定下了美国“自省”式的政策基调；克林顿时期，“向内”聚焦的国内政策主张集中精力处理内部事务、推动经济增长，对外政策和国际冲突的应对不再是政府的工作重点。政策大环境的转变使得当时的美国电影以“内部敌人”为主要的叙述对象，这清楚地体现在为正面主人公选择敌人过程中的一系列变革。《终结者 2》中的反派人物 T-1000 平日经常用警察的服饰来扮装自己，既不像片中已然成为正面人物的 T-800 的摩托车手服那般引人注意，与此同时还能换来人们本能的对“服务并保护民众”的警察的信任与好感，更为重要的是，这身装扮也表明其身份与等同于现实生活中权力机关的天网之间的个体归属关系。对于无论是现在还是未来，真实或虚构的组织机构和制度的不信任感成了生存的代名词，而一个身穿制服的警察无情地杀戮妇女、儿童和狗的骇人场景成了名副其实的恐怖之源。这种叙述范式正是“内部敌人”的上佳体现。

在 20 世纪 90 年代，好莱坞动作片中的英雄人物似乎无法找到要与之拼斗的敌人。然而他们却必须战斗，因为捍卫自由和正义的暴力行为是英雄人物主体身份得以存续的核心因素。因此，在这个动作影片被认为是最流行的电影子类的特殊阶段里，寻找以及在必要情形下构造令人信服的敌人就成了当时好莱坞动作电影剧本创作者们的首要任务。为动作片中的英雄人物找寻对手和敌人在 20 世纪 90 年代愈演愈烈的文化产品商品化大趋势影响下变得越发紧迫并富有挑战性。在反面人物主体身份标定和背景搭建的过程中，反面人物的去政治化，他们离经叛道的主体性对动作片的人物主体建构影响最为直接和深远。反面人物的去政治化是指他们不再是意识形态立场的人格化体现，不再效忠于某个政治派别或坚持某种政治理念。他们所犯下的罪行都是源于普通的人性弱点：贪婪，愤怒以及欲望。上述变化同将个体置于政治之上的大趋势是相吻合的。

具体到动作片中的反面人物，无论是穷凶极恶，还是小偷小摸，他们都没有显赫的背景或身世，都是为了个人的原因采取报复或作恶的行为。虽然许多影片中的反面人物都是在联邦政府的各个机构供职的公职人员，但其身份背景的所指并非影射其所在的机构，而只是代表其个体本身。美国民众对联邦政府缺乏信任之感，在他们看来，根本就不存在什么优越完美的机制，其原因在于：首先，个体缺陷和腐败情形的普遍存在使得人们很难在一个机构中找到所谓的“好人”；其次，这些腐败个体的存在使得其所在的机构无法正常发挥其应有的功效；另外，对机构中个体的偏重抵除了集体存在的重要性，而后者恰是一个机构得以持续性发展的必要前提。换言之，90 年代动作片中充斥着身处精英阶层的反面人物，而影片的叙事架构也不再围绕传统的个体与群体的对抗展开，转为正反派人物主体之间的一一对决。

影片《虎胆龙威2》可以用来很好地说明90年代动作片中反面人物的去政治化进程。影片的剧情同“诺列加事件”有着惊人的相似之处。中美洲瓦韦德共和国的总指挥官埃斯佩萨（前文加注过了）将军被指控通过向美国贩卖毒品获得巨额利润来助其家人争权夺势。影片一开始，艾将军就被遣送至美国接受审判。普通的动作片影迷都会料想到，艾将军的美国之行势将这场看似美国成功打击外国腐败势力的胜利转变成美国即将遭受的一场灾难和一场更为惨烈、更为具体的毒枭之战。片中的英雄人物约翰·麦克莱恩在影片一开头就明确表示他们所在的位置是“华盛顿特区：民主的中心地带”，由此暗示着反派人物的行动将直指民主体制和美国这个国家的核心要义所在。紧接着，麦克莱恩得知一个行动小组要赶在美国政府接管艾将军之前将其截走。此时，影片似乎在向观众传递着某种特别指向的政治性信息。不仅如此，艾将军的营救小分队成员大都是接受过严格训练的美国退伍士兵，这似乎更是在引导观众去相信，这部影片将依循80年代邦德系列影片的惯用套路，叙事主线由扑朔迷离的政治阴谋和真假难辨的双重间谍组成。然而事实并非如此。在影片的最后一个叙事结点中，被派去支援麦克莱恩的军事小分队才是真正去营救艾将军的同伙，这些人之所以愿意冒着生命危险去营救艾将军，其目的就是为了事成之后的大笔钱财以及艾将军许诺给他们的在加勒比海岸的幸福生活，起先所有的政治背景铺垫及假设此时被一扫而空。与之类似，在影片《虎胆龙威1》（1988）中，假扮成恐怖分子的反面人物让联邦调查局探员中计，切断了整个大楼的电源，使得这些反派人物能够不费吹灰之力地盗走电子保险箱里的巨额美元。影片《终极尖兵》（1991）里的参议员贝纳德（Senator Calvin Baynard），《超级战警》（1993）中的市长卡特（Dr. Raymond Cocteau）博士，《宇宙威龙》（1990）中的抵抗军CEO科哈根（Vilos Cohaagen），《致命武器2》中的南非大使艾金（Arjen Aryan Rudd），《致命武器3》和《生死时速》中的前任警官，《致命武器4》中行为怪异的中国黑帮成员，作为片中的反面人物，他们有着共同的罪恶根源：腐败。可以说在上述影片中，所有冲突对峙的背后都有一个腐败的个体存在，其行为的动机单纯又普通：逞一己之私或为报仇雪恨。这种个体的身份设置一方面将机制、体系等群体性组织架构排除在剧情冲突之外，另一方面也着实减损了这些群体性组织的可信度，因为其内部的成员很有可能正在腐蚀其核心基础。

90 年代动作片的结局大都明确推崇个体在寻求自我保护和生存而与体系的对抗中最终取得胜利，这是同美国的建国者们最初要求独立自治、反对政府干预的主张是相吻合的。在对反面男性主体的形象建构方面，基本可划分为三种类型：超男性化的硬汉形象，是 80 年代“霸权性”男性气质的仿效；头脑和四肢同样发达的“反面精英”；身材比例适中并最终成为拥有 21 世纪数字化抽象身份（就是虚拟的数字身份）的升级版坏蛋。当然，除了少数作为保镖的男性之外，90 年代的男性主体以后两者为主，只有轻敏迅捷的身手才能同精明聪颖的头脑相配，其结果使得诸如施瓦辛格、史泰龙之类的被尊奉为 80 年代标识性男性主体形象的肌肉壮汉成为难以融入主流的明日黄花。

三

西班牙学者梅尼古奇（Amaya Fernandez-Menicucci）认为，影片《终结者 2》中正面人物遭遇强劲对手的处境堪比第一次海湾战争之后战事的特质：敌人变得强大、多变、难以辨认，而战争就是通过远距离导弹和外科手术般精准的高科技打击而展开的快速战①。战争和科技的升级，不仅催生了动作片中众多被刻意军事化的主体，还使得90年代的动作片弥漫着依托现代科技的科幻色彩。动作片或许是受科技进步影响最大的一个电影类型。电脑生成的画面和特效能让动作片带给观众前所未有的视觉盛宴。由于科技的介入，动作片中人物主体的身体也经历了从实到虚、从庞大到适中、从笨重到易变的转型。科幻动作影片将人物的身体解码成数据，再经由信息重组生成数字化的存在形式。影片《黑客帝国》中，男主角尼奥（Neo）首次得以成功击败矩阵就是其最终掌握了将电脑生成的图像解读为其最本初形态的数据和信息的能力。意识与身体的分裂以及用意识来取代身体的做法源自同西方传统认知体系中意识和身体二元对立的特性，并且意识被普遍认为要优于身体的存在，因为意识对外界资源的依赖性较弱。于是，科技动作片倾向于用更为精密发达的意识来取代容易受到伤害的身体。片中，尼奥在影片结尾有关意欲超越物质现

① Amaya Fernandez-Menicucci. Action and Reaction: the Villain's Body and Its Role in Shaping the Heroic Body in Hollywood Action Films of the 1990s [A]. Josep M. Armengol, ed. Embodying Masculinities: Towards a History of the Male Body in U. S. Culture and Literature [C]. New York: Peter Lang Publishing Inc. 2013: 103-124, 115.

实规限性的话语就很有代表性：“以虚拟身份存在的尼奥，比真实存在的史密斯更具元真实性。”

90 年代的动作片用“易变”的身体取代了 80 年代的“痛苦”之身，后又发展成为虚拟化的自我存在。影片里超真实场景中的虚拟打斗和追逐就是数字化世界中人类意识的真实元信息化再现。设置在未来科幻场景中的动作片是对 20 世纪七八十年代传统的西部动作片和警匪片的背离甚至是颠覆，而这种全新“兼容式”动作片的特质通过片中的人物主体得以展现出来。主体的肉身及其外在装备是 80 年代人们传统认知体系中认为的人类物质化存在形式最为核心的部分。主体的肌肉和形体，超人类的机械装置，在遭受重复打击时身体的承受能力，都是在穷尽人类物质化存在形态的极限。此外，这个被“过度建构”的身躯同时也是一个“苦难之躯”，因其通过自身力量实施攻击的同时也要承受来自同样庞大身躯的回击。而 90 年代动作片不再从物质化构成的角度来关注主体的身体，而是将注意力放在其模仿能力、智能机构、科技装备以及遮盖其全身的复合配件，在这些重重遮掩之下的主体的血肉、皮肤也似乎变得具有人工智能的特殊能力。

影片《再造战士 2：重返战场》（1999）中，改造宇宙战士的计划完全要仰仗片中不死战士的超自然能力和能让他们刀枪不入的“四级个体防护战衣”。好莱坞著名演员基努·里维斯（Keanu Reeves）在《黑客帝国》一片中所穿的那件军装式紧身制服具有极其良好的伸缩性和易变性，影片《碟中谍》（1996）的标志性橡胶面具被当成是人物主体的另一层人造皮肤。可以说90年代动作片中男性主体身体的最明显特质就是可变性，这种可变不仅指他们洁净完好的肌肤，更指他们身体良好的柔韧性以及自我转变的超强能力，使得他们能够根据所处的位置和环境来进行自我身份及形象的重构，以达到与外界的适应和一致。《再造战士2》一片中，在越战中身亡的士兵鲁克（Luc Deveraux）经过冰冻和基因改造后成了一名没有情感和记忆、只有超绝的战斗技巧和力量的完美战士。作为机械战士的鲁克的身体是用科技手段对人体进行精准复制的产物，有着人类的胡须、眼袋和光滑的皮肤，而且他的皮肤具有超人类的再生功能。

值得注意的是，90年代后期动作片中的反面人物大都被军事化，即便他们可能不是严格意义上的战士，然而他们行动的整齐划一以及对上级命令的绝对服从使其同能够上战场的军队无异。梅尼古奇指出，动作片人物主体的军事化性别建构以及在群体层面的男性气质的彰显表达了对当时克林顿政府大肆削减军费开支的质疑和不满，用最具男性气质的战士形象来建构人物主体的做法是在向“抛洒鲜血的荣光之战”致敬。影片《再造战士 2》中，拉德福德将军（Gen. Radford）（Daniel von Bargen 饰）就对惊恐不已的鲁克（Jean-Claude Van Damme 饰）说道：“士兵一直都是军队的脊梁”，鲁克则表示：“所以，不再让年轻的美国人有机会战死沙场是件憾事。”

20 世纪 90 年代，处于过渡和转变过程中的美国国内政策体系以及国际大环境给这一时期好莱坞动作片中男性主体的身份建构刻画上了浓重的时代色彩。无论是男性主体物质化存在形式的弱化，身份的易变不定和正邪之间的置换转变，还是去政治化解构、人性化重构以及在此过程中的对个体以及人类本性定位的推崇，既是对主流文化及认知体系核心部分的最直接体现，更是通过融入科技发展到全新理念对人物主体性建构和标定的探索和思考，是电影这一流行文化载体源于现实而又高于现实、引导现实的艺术价值的有力体现。

第九章

奥秘榜样

——20 世纪 50 年代好莱坞科幻影片中女性主体的操演性建构

20 世纪 50 年代，受一系列政治、文化和经济变革的影响，美国社会主流意识形态对性别主体的建构以及性别角色设定、性别关系模式做出了极具时代特性的规定和限制。作为主流文化载体的好莱坞电影也改变了类型片对人物塑造的模式以适应变化了的社会认知体系。这一时期的科幻电影塑造出许多符合当时社会主流意识形态对女性性别角色要求的奥秘榜样和与之相悖的反面人物，通过奥秘榜样①的言行及其同反面人物的对比来引导女性回归家庭，让她们接受并认可成为家中的贤妻良母才是实现女性价值最佳方式的社会观念。这些女性角色的主体建构方式体现出性别主体受主流文化和意识形态影响的操演性本质。

20 世纪 50 年代的美国经历了一系列政治、经济和社会方面的剧变：社会经济体制向联合经济体的转变，冷战的继续，核技术的迅速发展，朝鲜战争，民权及妇女运动的大规模开展等。上述科技的进步以及社会的变革带给人们进步和喜悦的同时，也催生了许多忧虑和困惑。受此影响的好莱坞，自 20 世纪 40 年代中期开始到 50 年代的大部分时间里，都被一种新式的保守主义所左右。在“好莱坞十

---

① 奥秘一词源自贝蒂·弗里丹（Betty Friedan，1921-2006，美国当代著名的女权运动家和社会改革家，自由主义女性主义思想代表人物之一。弗里丹推动了美国第二次女权主义运动的发展，她的思想为广大美国女性走入公共空间提供了理论基础，为实现两性权利平等做出了巨大的贡献。她积极支持社会改革以消除对妇女公开或隐蔽的歧视，被誉为“解放所有家庭主妇的家庭主妇”。）发表于 20 世纪 60 年代的一部极具影响力的作品《女性的奥秘》。这部作品被誉为“永久改写了美国等国家的社会结构”，是美国自由主义女性主义的经典著作。该书揭露了 20 世纪 60 年代笼罩在“幸福家庭主妇”假象下的美国妇女的无名痛苦，号召广大妇女勇敢挑战传统性别角色，积极争取平等的妇女权利。该书点燃了美国第二次女权运动，被视为 20 世纪最有影响力的书籍之一。奥秘榜样则是指那些在影视剧中按照当时的主流观念被塑造出来的女性人物形象，作为榜样供其他女性效仿。

君子”和“黑名单”① 事件的影响之下，除了像美国著名剧作家阿瑟·米勒（Arthur Miller）、美国著名男低音歌唱家保罗·罗伯逊（Paul Robeson）和美国著名剧作家莱斯特尔·科尔（Lester Cole）等人敢于站出来加以抵制之外，大部分的好莱坞电影人都指名道姓地检举他人，坦诚自己过去同共产党人的关联并祈求宽恕，这股保守主义之风在罗纳德·里根于50年代初期当选美国演员工会主席后达到顶峰。正如英国历史学家保罗·卡特（Paul Carter）所指出的那样，“面对政治及社会分歧，好莱坞从来都是懦弱怕事的。冷战使得这一情形更为严重”②。对于好莱坞来说，即便不去公开地为冷战思维叫嚣呐喊，最起码也要做到选择“正确”的立场。在这种背景条件之下，50年代的好莱坞

① 1947年，美国众议院非美活动委员会（HUAC）发起了针对左翼导演和编剧的迫害。当年9月，HUAC传召45人出席在华盛顿召开的公开审判，对他们的政治信仰进行“验证”，即要求他们声明与共产主义划清界限。审讯分为两组，第一组是“友好证人”，包括日后成为美国总统的罗纳德·里根和迪士尼公司的创始人沃尔特·迪士尼；第二组是由自由党人和左翼导演、编剧、制片组成的松散联盟，后被称为“不友好的19人”，其中有10人因当庭指出HUAC的行为违反宪法而被捕入狱。随着麦卡锡主义的盛行，被列入左翼黑名单的人数越来越多，他们在出狱后还受到监视和排挤，许多很有才华的电影人因此被迫离开电影行业，是好莱坞历史上的一场灾难。

② Paul A Carter. Another Part of the Fifties [M]. New York: Columbia University Press, 1983: 209.

主流电影并不是社会现实的真实、全面艺术映像，而仅仅是通过被主流意识形态所操控的镜头告诉人们“应该”记住的有关这一时期的人和事。

性别是50年代大众媒体颇为关注的一个话题，英国学者泰勒·梅（Elaine Tyler May）指出，“每当遭遇危机或经历社会剧变时，民众就会产生对性别混乱的恐惧”①，当时的流行文化产品都是在告诫民众男人和女人应该扮演怎样的“正确”角色。美国学者玛丽尼娅·法恩海姆（Marynia F. Farnham）和费迪南德·卢德伯格（Ferdinand Lundberg）在1947年出版的《现代女性：消失的性别》一书中将女权主义和职业女性认作是诸多社会问题的根源：“女性受教育的程度越高，出现危害程度不同的性别混乱的概率就越大。在一个给定的女性群体中，性别混乱的情况越是严重，她们孕育的下一代的数量就越少。令人满意的性别态势同女性孕育下一代的意愿和数量息息相关。”② 在法恩海姆两人看来，选择不要孩子或是单身不婚的女性都是“不正常的”（abnormal），全心扮演妻子和母亲角色的女性才是心理健

① Elaine Tyler May. Homeward Bound: American Families in the Cold War Era [M]. New York: Basic Books, 1988: 93.

② Ferdinand Lundberg and Marynia F. Farnham [M]. Modern Woman: The Lost Sex. New York: Harper & Brothers, 1947: 270-271.

康和符合常理的。如何造就更多的贤妻良母型女性主体以尽可能减少人们对性别身份危机的担忧成为社会性问题。

美国学者怀利（Philip Wylie）将四五十年代的女性划分为两种类型——满心只想嫁给一个富有的英俊男人并从此过上幸福生活的灰姑娘和“母亲”。怀利指出，让美国男性陷入性别危机的混乱局面的罪魁祸首就是蛮横、过度骄纵和宠爱孩子的母亲们。“母权主义”（Momism）的危害和影响是极为深远的：“英俊的男人和漂亮的男孩不是被圈养起来严加看管就是深陷温柔之乡无力自拔，这些新型的奴隶们恰恰成为滋养母权主义的温床，而妈妈们则警醒地竖起脑袋，甚至是架起望远镜，窥探着隔壁的女性，盘算着如何将其领地据为己有，她们都深谙此道。”① 在怀利看来，母权主义造就了一代依赖性强、愚蠢而又情感脆弱的男性，他们很容易受到诸如共产主义和放任自由的性理念等“腐化”势力的侵蚀。美国著名罪案推理小说家米奇·斯皮兰（Mickey Spillane）也警告说，女性的欲望和对自身性别特质的认识如果不加以规制，会将男性引入歧途、破坏家庭，让整个国家都无力抵御共产主义的渗透。美国生

① Philip Wylie. Generation of Vipers［M］. New York：Rinehart & Company，1942：193-194.

化学家保罗·博耶（Paul Delos Boyer）在探究美国向日本的广岛、长崎投放原子弹给美国文化、政治及社会造成的影响时表示，女性的性别特质及取向有着同原子弹一样的巨大破坏力。美国保守派政治评论家、作家本杰明·沙皮罗（Benjamin Shapiro）也提出："将女性的性别化特质等同于原子弹的威力是20世纪50年代美国流行文化中颇为普遍的现象，无怪乎美国投放在比基尼岛上的原子弹就是用蛇蝎美人吉尔达（同名电影中的女主人公）的名字命名的。"①

因此，战后美国所面临的新的全球政治环境和性别角色的变革需要不同于以往的方式来加以应对。这个新应对方案就是乔治·凯南提出的对国内和国外事务都通用的"遏制"政策。美国历史学家戈尔德曼（Eric F. Goldman）认为，"遏制"是用来描述当时正在逐渐形成的杜鲁门政策的最佳语汇②。从社会的角度分析，遏制代表着媒体、政府和商界要将女性逐出职业圈、让女性回归家庭的共同努

① Benjamin Shapiro. Universal Truths: Cultural Myths and Generic Adaptation in 1950s Science Fiction Films [J]. Journal of Popular Film and Television 1990 (18: 3): 103-111, 105.

② Eric F. Goldman. The Crucial Decade And After: America, 1945-1960 [M]. New York: Vintage Books, 1960: 80.

力。比如，1955 年的一期《家务月刊》杂志提道，“一个好妻子总是能找到属于自己的位置”。她应该待在家里，确保她的孩子们长大后都是守法好公民。她的目标就是“尽力让她的家成为安宁、有序、祥和的乐土，是她丈夫身心的补给地”①。遏制政策针对美国国内女性的主要实施途径就是婚姻和在市郊建立所谓的“核心”家庭——在家里，丈夫是上班挣钱养家糊口的一家之主，女人只需要做好家庭主妇和母亲。

一

朱迪斯·巴特勒的“性别操演”理论认为，应该将社会化主体的性别理解成一种操演性行为，而不是同主体的自然性别属性直接关联的固有生理特征。巴特勒指出，性别是经由重复一系列具有连贯性的行为和仪式而组成的操演性主体，性别文本“呈现、制造并保持性别的不连贯性以及对立性”，继而融入公众意识之中成为文化或惩罚性言

---

① Susan A George. Gendering Science Fiction Films：Invaders From the Suburbs ［M］. New York：Palgrave Macmillan，2013：22.

语①。因此，性别，尤其是社会性别，应该被理解成一种意识形态的建构，源自公共和社会话语并不断被后者强化以界定特定时期被认为是标准的男性气质或女性气质。设定社会性别准则的意识诉求就是要维系将男性特质区别于女性特质的所有身体上以及情感上的二元对立。在 20 世纪 50 年代的美国，主流认知体系认为要用以婚姻为目的的男女间恋情和其后的家庭生活来规制女性，让家庭生活的小圈子来固限女性的活动范围，并树立为家庭、丈夫和孩子奉献自身才是其价值体现的最佳甚至是唯一方式的牢固观念，维系在父权统治的文化下，女性是按照男性中心主义而建构的附属化本体存在的体系定位。

弗里丹（Betty Friedan）（前文脚注中有详细的介绍）在其著名的《女性的奥秘》中写道："在所有的专栏、书籍和文章里，专家们都在告诉女性，她们要以妻子和母亲的角色定位来寻求自身的完善和自我价值的体现……专家教她们如何捕获男人的心并让男人留在自己身边，教她们怎么选购洗碗机，怎么烤面包，怎么做法式蜗牛，怎么穿

① Judith Butler. Bodies that Matter: On the Discursive Limits of "Sex" [M]. New York: Routledge, 1993: 94.

衣打扮，怎么让自己看起来更漂亮，行为举止怎么才能更有女人味，如何让婚姻保持新鲜的感觉，如何让自己的丈夫长寿并不让孩子们误入歧途。”① 在二战期间曾以多种不同方式充当美国主流意识形态宣讲者的好莱坞也对战后性别角色的改变做出了迅速的反应。从 40 年代中期开始到整个 50 年代，包括科幻影片在内的许多好莱坞传统类型片都力求通过不同年龄、不同背景的女性角色塑造来反复操演并强化女性应当如何担负起对家庭的责任。科幻影片曾一度被影评界认为是针对青少年的纯娱乐性影片，针对这一类影片的学术研究在深度和广度上都无法与其他类型片相较，故而对科幻影片的相关研究更具代表性，也更能凸显其学术价值。可以说 20 世纪 50 年代科幻片中的女性并不是一个成分复杂的群体，其最为普遍的主体形象就是服饰得体、足蹬高跟鞋的“标准化女性”，她们是需要被保护和救援的温柔弱者。作为社会主导意识形态的映像化呈现，她们中的大多数被塑造成堪称“奥秘榜样”（mystique model）的主体形象：她们竭力宣扬家庭观念，将自己的价值等同于家庭的价值和自己为家庭所做出的贡献。

① Betty Friedan. The Feminine Mystique [M]. New York: W. W. Norton, 1963: 15.

影片《飞碟入侵地球》（1956）中的卡罗尔·马尔维（Carol Marvin）就是榜样之一。影片主人公拉塞尔·马尔维（Russell Marvin）博士载着妻子卡罗尔·马尔维穿越沙漠前往某一军事基地，那里正在准备发射第十一颗用于探索太空的人造卫星。途中，马尔维夫妇偶遇外星人的飞碟，并意外地用录音机录下了外星人发出的一段信息。到达军事基地以后，马尔维博士的岳父，也就是在基地负责卫星发送任务的将军告诉他，先前发送的十颗人造卫星都已经神秘地在地球坠毁。在马尔维博士试图解密那段外星人发送的信息时，飞碟上的外星人找到了他，并让马尔维博士替外星人安排56天后在美国首都华盛顿同人类领导人的见面，其目的就是希望外星人接管地球时，地球人不要那么“恐慌”。危急时刻，马尔维博士必须要在有限的时间里造出反磁性武器，因为这将是挽救地球和人类不被外星人占领和奴役的唯一希望。片中，马尔维夫人一直以妻子的身份竭尽所能地帮助自己的丈夫马尔维博士，但却始终是“站在自己男人身边”的女人，始终扮演着好妻子的角色，并且要不断地去处理“女人的家务”，比如为自己的丈夫和父亲准备晚餐，为进入控制台追踪卫星轨迹的新婚夫妇准备食物和必需品。

影片《宇宙访客》（1953）中的艾伦·菲尔兹（Ellen Fields）也是一个永远站在自己男人身边的奥秘榜样。主人公作家约翰·普特南（John Putnam）是一名天文爱好者，他的妻子艾伦是当地小学的一名教师，这在美国是历来被认作十分适合女性从事的职业。一次两人在观星时，看到一颗陨石坠落到亚利桑那州的一个小镇上。普特南的邻居用私家直升机把夫妻二人带到陨石坠落地点，而当普特南在废墟堆里发现了被掩埋了一半的飞碟和六边形舱门时，他意识到这不是陨石，而是外星人乘坐的宇宙飞船。当普特南把自己的发现告诉小镇的警长和当地报纸时，大家都说他是异想天开。当镇上所有人都反对她的丈夫时，艾伦却始终陪在他身边，坚定不移地支持并帮助普特南同外星人之间的一系列接触。

还有1954年出品的影片《X放射线》中的隆齐（Mrs. Lodge）夫人。尽管她的戏份不多，但同片中要摧毁一切的巨蚁蚁后形成鲜明对比。隆齐夫人出场之前，一个由联邦调查局探员罗伯特·格拉哈姆（Robert Graham）、昆虫学家梅德福德博士（Dr. Medford）和他的女儿昆虫学家帕特·梅德福德（Dr. Pat Medford）博士以及警察本·帕特尔森（Sergeant Ben Peterson）组成的调查小组摧毁了巨蚁位于沙漠的巢穴。然而，他们没能阻止一个刚刚孵化出来的蚁后和她的两个配偶逃往洛杉矶。在洛杉矶，被巨蚁袭击的第一个人类受害者就是隆齐先生，他被发现死在自己的汽车里。和隆齐先生一起驾车外出的还有他的两个儿子，而他们则下落不明。

片中的隆齐夫人是一位瘦高的金发女郎，穿着一条衬衫式、翻着整齐干净白领的连衣裙，带着精致小巧的珍珠耳钉。在对她的审问过程中，泪流不止的隆齐夫人不断地向格拉哈姆探员述说她的丈夫是怎样一个无可挑剔的父亲和家庭支柱。她不清楚自己的丈夫要带孩子们去哪里，因为周日的早晨对于要打两份工来支撑家庭的隆齐先生来说很重要，他可以利用这段时间先带两个儿子去做些“特别”的事情，之后再去打第二份工。隆齐夫人是一位典型的奥秘榜样，是50年代女性作为妻子和母亲的典范：“她全心全意照看家庭，支持自己的丈夫。她做事高效利落，家里收拾得一尘不染，总是能准时为家人准备好丰盛的晚饭。她漂亮迷人又非常乐观，头发永远一丝不乱。”① 在审问过程中，她告诉格拉哈姆探员过去曾抱怨每当孩子们跟隆齐

① David Halberstam. The Fifties [M]. New York: Villard Books, 1993: 590.

先生出去都会弄得一身泥土回家，而清洗他们的外套要花掉她那天余下的所有时间。虽然这是她对隆齐先生唯一有过的抱怨，隆齐夫人也因此感到非常后悔和内疚。

后来，人们发现蚁后躲在洛杉矶的一处暴雨水沟里，隆齐夫人也随救援队赶到现场。当一个搜救员说听到了可能是孩子们发出的声音时，用近距镜头拍摄的隆齐夫人眼里充满了泪水；当救援人员高喊孩子们还活着的时候，另一个近距镜头中的隆齐夫人将头埋在自己的双手之中。从开始的焦虑不安到最后长舒口气的整个过程，隆齐夫人从未歇斯底里，反而一直都表现得相当克制，完好地嵌入了当时社会主流意识形态为冷战时期的女性所勾勒的勇敢无畏的妻子和母亲的形象。搜救场景之后，隆齐夫人再没出现在银幕之上，因为她已经完成了自己的使命，将一位悲伤而又勇敢的好母亲形象完美呈现，这一形象的建构初衷就是要提醒当时的女性：“她们应该以妻子和母亲的角色来寻求自我价值的体现。”①

影片《巨石怪》（1957）中男主人公的女友，小学老师凯西·巴伦特（Cathy Barrett）是又一位奥秘榜样。在整

---

① Betty Friedan. The Feminine Mystique [M]. New York: W. W. Norton, 1963, 15.

部影片中，凯西的主要任务就是像妈妈那样为因巨石怪而成为孤儿的她的学生吉尼·辛普森（Ginny Simpson）的安全担忧焦虑。影片一开始，一块奇怪的陨石落在美国加州沙漠小镇圣安格鲁的郊外并散落成许多碎片。然而，即便是很小的一个碎片，遇水后都会变成一块巨石。在石块变大的过程中，会从周围把包括人在内的一切物质吸收，而人体会在这个过程中石化。凯西刚一出场的几个镜头就将她限定在遏制力很强的异性恋情之中，其儿童守护者的爱心形象也随之树立。在凯西带着她班里的小学生去沙漠野外考察的场景中，吉尼发现了两只形影不离的蜥蜴，于是问凯西它俩是不是夫妻，并问到她同片中男主人公地质学家戴夫·米勒（Dave Miller）之间的关系："你很爱她对吗，他到学校来找你时你看他的表情跟妈妈看爸爸的表情一样，妈妈就很爱爸爸。"随着剧情的推进，当戴夫开始把他同事的死跟陌生石块联系起来的时候，凯西记起看见吉尼在野外考察时也捡了一个石块当作纪念品。当戴夫、凯西和小镇的警长一起赶到辛普森一家的住处时，发现房屋被毁，难以计数的陌生石块散落的到处都是，辛普森夫妇已经被石化，而吉尼也被吓呆了。三人迅速把吉尼带到小镇的医生那里，凯西留下陪伴，而戴夫要返回实验室试图揭开石块之谜。然而很快，医生就打电话给戴夫，要戴夫尽快找人带吉尼赶往位于洛杉矶的加州医疗研究院，因为吉尼的手已经被石化而且范围在不断扩延。在两人的通话即将结束时，一个中距镜头显示凯西站在吉尼的床前俯视着吉尼，并轻轻抚摸吉尼的肩膀。虽然整个诊断过程中凯西都极为克制，没有叫喊，但是，当医生表示对这个他自己都没见过的症状无计可施时她还是感到很伤心和失望。戴夫决定亲自带吉尼前往洛杉矶，凯西陪同。到了洛杉矶之后，凯西决定留在医院陪护吉尼，而戴夫再次返回实验室。吉尼病情好转以后，一直没有休息的凯西又马不停蹄地赶回戴夫身边。当戴夫关心地询问凯西的情况时，凯西答道："不要担心我，吉尼已经脱离危险了，我得回到你身边。"凯西是一个典型的牺牲自我的奉献型女性，按照事情的轻重缓急安排顺序。凯西这样的奥秘榜样将女性预设为一个天生的会照顾关心他人的人，是极为符合冷战时期新城郊生活要求的女性形象。

二

巴特勒将社会性别的建构和维系视为一种策略或"惩

罚性虚构”（regulatory fiction），认为性别的表演性遮蔽甚或是否认了社会性别的真实存在，社会性别表演的最终目的就是要不断强化“男性主体的统治地位以及强制性的异性恋体系”①。朱迪斯·巴特勒和莫德尔斯基都认为，男性气质的操演是与危机不断产生又得以解决的体系循环相吻合的，其最终的目的还是要重置男性连并男性气质在社会层级架构中的主控地位，强化父权体系。如果“危机”的产生恰与男性特质和女性特质的社会性别两分架构的边界瓦解之时，那么女性特质有可能会带给男性特质的任何威胁都要被压制，两分性别架构也必须重建以重置男性的主导地位。

战后美国的经济繁荣带来了房地产业的发达，催生了聚焦于房屋和家庭的新型消费主义，这让许多美国人，尤其是白人中产阶级感到十分兴奋和满意。然而经济的繁荣并没有消除人们对很多问题的担心和忧虑，比如共产主义的渗透，不断升级的军备竞赛，随着市郊范围的不断扩延而不停攀升的青少年犯罪率等。所有这些问题都直接或间接导致了战后性别角色的改变。性别关系和

① Judith Butler. Bodies that Matter: On the Discursive Limits of “Sex” [M]. New York: Routledge, 1993: 101.

现代女性在职场乃至政界的地位也促成了50年代的性别忧虑。美国学者斯戴芬-福勒尔（Nancy Steffen-Fluhr）指出，“虽然有着很多正面积极的社会变革，然而经济发展模式的转变以及民众对于冷战的内心惧怕使得50年代对于很多美国人来说都是尤为忧虑的时期”①。二战期间，由于战争的需要，许多从未工作过的女性被鼓动着走出家庭去谋生。然而战后这一情形则迅速转变，“男人们纷纷返乡，对女性劳动力的需求就此停止，许多女性因此被无情地解雇”②。许多针对美国战后社会文化的研究表明，政府和大众媒体的宣传都在不断地强化传统的女性气质内涵，引导女性为了返乡的男人们奉献自身，也就是将有限的社会资源腾让给在传统父权社会体系中占据主导地位的男性。尽管当时许多女性为了给返乡的退伍兵们“让位”而被迫离开战时待遇丰厚的工作岗位，然而并没有出现当时主流意识形态所期待的那种“返家大潮”，许多女性仍以选择待

---

① Nancy Steffen-Fluhr. Women and the Inner Game of Don Siegel's Invasion of the Body Snatchers [A]. Al La Valley, ed. Invasion of the Body Snatchers: Don Siegel, Director [C]. New Brunswick: Rutgers University Press, 1989: 206-221, 212.

② Nancy Steffen-Fluhr. Women and the Inner Game of Don Siegel's Invasion of the Body Snatchers [A]. Al La Valley, ed. Invasion of the Body Snatchers: Don Siegel, Director [C]. New Brunswick: Rutgers University Press, 1989: 212.

遇微薄的工作的方式来延存其社会职业地位。

在此背景之下，50年代的好莱坞科幻片所塑造的奥秘榜样完全可被视为鲜活的教科书，在手把手地教导职场女性要如何将自己的位置从职场转向家庭以适应新城郊核心家庭的生活模式。《世界之战》（1952）中的西尔维娅·范·布伦（Sylvia Van Buren）就是此类需要“位移”的女性的上佳典范，影片记述了她是怎样由一个受过良好教育的职场女性向奥秘榜样转变的整个操演过程。影片随着一个不明物体在南加州的一个小镇外坠毁而开始。包括西尔维娅和几位在小镇度假的科学家以及小镇居民都纷纷前往坠毁现场。西尔维娅是片中的英雄科学家克雷顿·福莱斯特（Dr. Clayton Forrester）的粉丝，但是她从来没有见过克雷顿本人，因此也没有认出几位科学家中身着休闲钓鱼装、满脸胡子的克雷顿。她告诉这位来休假的“陌生人”有关她知道以及推测的“流星”学说，并预测所有这些疑问在“天文及核物理届的第一人”福莱斯特博士到来后都会迎刃而解。在西尔维娅叙述的过程中，一个中距镜头将她写满崇拜之情的笑脸呈现给观众。当克雷顿表示她似乎很了解这位福莱斯特博士时，西尔维娅回答说自己的硕士论文就是关于当代科学家的，而福莱斯特博士是其中她最喜欢的一位。西尔维娅是美国在二战后到大学接受高等教育的知识女性的代表，然而这些女性中有很多在结婚后不得不辍学来照顾家庭。西尔维娅不但完成了自己的学业，还在自己的研究领域找到了一份工作：在享负盛名的南加州大学担任图书馆学方面的导师。这一成就对于当时的很多女性而言是可望而不可即的。

然而，随着剧情的发展，当西尔维娅认为的流星被证实是一架太空飞船并且其中来自火星的外星人对人类表现出敌意之后，她的教育背景便不再为影片所关注，因为当外星人的威胁越来越迫近时，她的客观性、理智包括智商都开始急剧下降。当军方赶到并接管小镇之后，西尔维娅完全变成了一位家庭式女性：戴着红十字袖章为准备迎战外星人的男人们准备咖啡和甜点。其需要保护的弱者形象在同曼恩（General Mann）将军的对话中得以凸显，她问曼恩将军："将军，给您来点咖啡吗？"在递给将军咖啡后，她随即托着盘子离开。这标志着西尔维娅从一个起初积极参与事件、熟知流星和著名科学家的知识女性向被动驯顺的奥秘榜样的转化。

西尔维娅一直和自己的叔父小镇牧师马修（Matthew）生活在一起，当军方决定展开行动消灭火星人时，马修神父决定先去跟那些外星人进行沟通，并将西尔维娅当作一个交换商品般交付给克雷顿："我在这个小镇已经做完了我该做的。你回去，西尔维娅，我喜欢那个福莱斯特博士，他是个好人。"当马修神父被火星人烧成灰烬，他与西尔维娅父女关系的终结也标志着更为"合适"的、更具强迫性的西尔维娅同克雷顿异性间关系的开始。为了凸显这一主要人物间关系架构的转换，将哭喊着、发疯般要冲出地堡阻止火星人伤害马修神父的人就设置为克雷顿。本杰明·沙皮罗指出，科幻电影中，同外星入侵者的对抗过程往往是与一对异性主人公之间关系的建立同时进行的，"这种伴生关系是如此普遍，以至于我们会认为这就是科幻类型片必不可少的固有成分"①。其原因无外乎异性间关系模式被当时主流意识形态体系认作能够遏制女性职业化和独立自主取向的最有效方式。当面对危险时，女性的教育背景以及因由而来的自主思考、分析辨别的能力被弱化甚至抹杀，她们只有依循传统的性别角色路径，将自己安置在异性关系架构之中才可以被照顾、被保护，而这种关系架构

① Benjamin Shapiro. Universal Truths: Cultural Myths and Generic Adaptation in 1950s Science Fiction Films [J]. Journal of Popular Film and Television, 1990 (18: 3): 103-111, 109.

也能够给予她们更好地实现自己“原本价值”的场所和环境。

马修神父被火星人烧成灰烬后，军方开始向火星人开战，然而人类的反击毫无效果，根本抵挡不住火星人前进的步伐。人们纷纷逃命，西尔维娅跟着克雷顿开着一辆小型飞机也成功逃离。他们在迫降后，逃到一个废弃的农舍。此时，用来呈现奔跑场面的远景镜头突然切换成近距镜头的画面，画面中是一个正在煎炒鸡蛋的铁锅，随着镜头的后移，西尔维娅也出现在镜头之中。危机之中的她仍不忘自己“好妻子”的职责，或者可以说正是这场危机让她意识到了在冷战期间，一个好女人好妻子要准备好面对任何突发情况，无论情形如何危险，也要用自己的力量为家人备好衣食。当两人坐下吃早饭时，西尔维娅说起马修叔叔，顿感悲痛万分，表示想一头撞死，而克雷顿则说道：“你不会做那种傻事的，你不是那种人。你肯定很累了，一夜没睡，你在飞机上就已经累得不行了，迫降时你都不知道。但是你知道吗，从你身上一点看不出来疲倦的样子。”作为奥秘榜样典范的西尔维娅，“不是那种”会在危机面前崩溃的没用女人，她和隆齐夫人一样，都是50年代办事高效、时刻准备应对突发事件的贤妻良母，她精通厨艺，知道如何根据场合搭配着装，能让自己在最糟糕的环境里依然看起来漂亮迷人。她受过的教育能让她跟他所爱的人志同道合、有共同语言，而且这种教育丝毫不会阻挠她对家庭生活、家人和宗教的归顺。西尔维娅是为当时所有念过大学的女性树立的榜样，这个榜样告诉人们知识女性和职业女性可以也应该回归“更能体现”女性自我价值的家庭生活。哈尔维在解读西尔维娅和凯西从知识女性“提升”为居家女性的过程时表示，“类型片对女性的表呈一直以来都是同家庭这个核心观念体系密不可分的。女性的社会交换价值在很大程度上是由女性在家庭结构中的地位来决定的。”①

在早餐这幕场景刚开始的时候，克雷顿的注意力并没有在西尔维娅身上，而是因为在这个农舍可以近距离观察火星人感到十分兴奋，所以当西尔维娅在谈及自己的儿时经历并开始因此而黯然神伤时克雷顿并未注意到。随着西尔维娅的情绪变得激动，克雷顿才开始将注意力转向她，摘掉自己的远视眼镜，全神贯注地倾听。克雷顿专注的凝

① Sylvia Harvey. Woman's Place: The Absent Family of Film Noir [A]. E. Ann Kaplan, ed. Women in Film Noir [C]. London: British Film Institute, 1980: 22-34, 23.

视使得西尔维娅在传统语境中女性主体的价值得到完整的展现，按照当时的主流意识形态，成功获得了穆尔维所谓的“男性凝视”① 的女性其性别主体魅力毋庸置疑，更重要的是她通过获取男性的关注而表明了自己是被认可的主流价值观念的载体以及自身具有成为奥秘榜样的能力。一个火星人的入侵终止了这幕场景，镜头随即切换至西尔维娅挺身保护尚未回过神的克雷顿，奥秘榜样们“时刻准备着应付突发事件”的本领派上了用场。在家中做好应对事件发生的一切准备被认为是冷战时期女性能够向家人提供帮助的最佳方式，这也是联邦民防管理局发起的诸如“祖母的厨房”之类活动所宣讲的口号，要求像西尔维娅这样的女性在家中准备好应对任何事件发生。当然，西尔维娅的厨房储备充足，能够应对任何突发事件，因为她就是“这种”女性。

---

① 劳拉·穆尔维发现了主流电影制造过程中男性中心主义的事实，并在其对“视觉快感”的研究中指出电影的观看者是男性，因而“视觉快感”也是男性化的：“主流电影中展现给观众看的主体通常是女性。观众要么通过男主人公的视线和他一起观看、占有女主人公，要么就通过银幕展示的女性脸部、腿部等特写镜头直接观赏女性。在观看中，观众（男性）力比多得到释放，从而获得‘视觉快感’。” Laura Mulvey. Visual Pleasure and Narrative Cinema (1975) [A]. Reprinted in J. Caughie, A. Kuhn, M. Merck & B. Creed, eds. The Sexual Subject: A Screen Reader in Sexuality [C]. London and New York: Routledge, 1992: 22-34.

由于美国和世界各国军方都无法用常规武器抵挡住火星人的进攻，于是美国决定使用原子弹。在为爆炸做准备时，克雷顿和他的同事们以及西尔维娅开始商讨如果原子弹也无法抵挡火星人该怎么办。其中一位科学家猜测火星人将在六天之内控制整个地球，西尔维娅马上说“这也正是上帝创造地球时使用的天数”，其对宗教的虔诚信仰可见一斑。当原子弹的攻击被证明不起作用之后，人们纷纷逃离洛杉矶。混乱不堪之中，克雷顿却在焦急地寻找西尔维娅，他认为西尔维娅最有可能去的地方就是教堂。果然，在找了几间教堂之后，克雷顿发现了西尔维娅。两人相拥在一起，等待着火星人的杀戮。这时，奇迹发生了，火星人的飞船开始自行解体。克雷顿的一段台词表明了原因：“我们都祈祷会有奇迹发生。当人类想尽一切办法都无济于事时，消灭火星人、拯救人类的却是造物主用他那无上的智慧留给地球的最微小生命（细菌）。”可以说这部影片巧妙地将对女性的遏制、宗教信仰、家庭观念和对突发事件的准备等一系列主题融合在西尔维娅这个主体人物之中。她决然不是一个被动的、固化的形象，而是一个将恰当的性别角色完好地操演出来的榜样典范。她非但不会触碰父权体系和男性的主导地位，还是一个在新的世界格局中清楚自己位置和角色的“优秀”女性。

三

在塑造奥秘榜样的同时，50 年代的科幻片中还不乏一些作为“反面典型”的女性角色，除了从另一个角度映衬奥秘榜样的恰当性之外，反面主体性别角色的模板化操演还在警告大家，如果女性的性别特质及其本身的欲望得不到巴特勒所说的压制会有怎样不堪设想的结果。反面典型的身体呈现是彰显她们不被遏制的欲望及性征不断膨胀的物质化载体，因此她们不是天生就令人惊恐不已的怪物，就是逐渐转变而成的危害性极强的畸形体。美国性别研究学者斯坦格尔（Janet Staiger）指出，这些怪物形象的塑造是与当时的时代特性密切相关的，人们将对当时核武器的研发和使用及其对生态环境影响感到无比的困惑、担忧和惧怕，而女性又历来是传统性别架构中用来呈现极具潜在威胁的“他者”（other）的主要载体，因此科幻类型片将“有悖”社会主流意识形态的女性以怪物的形式呈现恰表明了“经历剧变的社会动荡之情形以及男性对此和对女性的惧怕及担忧”①。美国文化历史学家布瓦耶（Paul Samuel Boyer）认为，50年代科幻片“笼罩在担心核辐射会给人类遗传基因带来毁灭性影响的心理阴影之下”②，影片《X放射线》中变种的巨型蚂蚁就来自新墨西哥州的一处核试验基地。一方面，巨蚁象征着对核辐射这个未知敌人的忧虑，而另一方面，蚁后可以孕育后代的女性特质不但是威胁到传统父权体系的性别架构，更危及人类的生命安全。在50年代的科幻片中，女性的性别特征同核辐射之间的类比是极为普遍的现象。如果说战后的舆论导向是要让女性回归家庭，而对男性的要求则是像个真正的男子汉，“整个国家的力量都源自身心强健、男性化十足的男人们站起来抵御共产主义威胁的能力，不管这种威胁是不是以女性化的方式呈现”③。麦卡锡主义也认为，男性任何形式的软弱或脆弱都会让美国面临共产主义演变和性别错乱的威胁。变种蚁后就是对男性身体政治的威胁，因为影片中她的所有受

① Janet Staiger. Bad Women：Regulating Sexuality in Early American Cinema [M]. Minneapolis：University of Minnesota Press，1995：156.

② Paul Boyer. By the Bomb's Early Light：American Thought and Culture at the Dawn of the Atomic Age [M]. Chapel Hill：University of North Carolina Press，1994：354.

③ Janet Staiger. Bad Women：Regulating Sexuality in Early American Cinema [M]. Minneapolis：University of Minnesota Press，1995：94.

害者都是男性，她就是核武器时代女性性别特质的具象化表征，是意图取代男性作为社会架构主导性别地位的危险他者。

还有一些身为人类的女性，因为受追求青春美貌、男性关注、财富地位而“过分膨胀”的欲望和野心的驱使而逐渐变成怪物。影片《狠心女人》（1959）的女主人公斯达琳（Janice Starlin）小姐，41 岁“高龄”仍然单身，为了事业成功而奔忙奋斗，拒绝家庭束缚的她显然不符合 50 年代的性别角色定位。在听从一位男性下属认为挽救她一手创建的化妆品公司经营惨淡局面的唯一方法就是还用她本人作为公司形象大使的建议后，为了能够焕发青春、使自己的容貌回到自己 23 岁创办公司时的样子，她决定注射一种从黄蜂蜂后身上提取的蜂胶，而且为了加快恢复青春容貌的速度，私自加大注射量，结果虽然短暂恢复了其年轻时的美貌，却最终以其自己变成一个变种蜂后告终。贝尔斯指出，在由于战争原因而需要大量女性劳动力的 40 年代，独立的职业女性往往被塑造成为活力充沛、积极向上的形象，但是在对女性劳动力需求不再而冷战却愈演愈烈的 50 年代，昔日的职业女性都沦为绝望失落、痛苦神经的不正常人①。片中，斯达琳小姐屡次置其白人男性下属的警告和建议于不顾，这非但是对当时主流社会意识形态的挑战，更是强化了西方传统认知体系中将男性气质等同于科学、逻辑和理智而将女性气质等同于缺乏理智、情绪化和人类本性的二元对立架构。

和斯达琳小姐有着类似遭遇的是影片《吸血女子》(1960) 中衰老丑陋的女主人公琼 (June)，她和比自己小的丈夫、内分泌学家塔尔博特 (Dr. Paul Talbot) 博士勉强维持一桩无爱婚姻。备受丈夫嫌弃和厌恶的琼为了支持丈夫的研究，同时也是为了让自己青春焕发来挽救婚姻，决定使用一种混合了松果腺分泌物的兰花花粉。而这种药物换来的青春只能维持很短的时间，为了能让药物连续作用，她必须不断地寻找新的松果腺分泌物，而这种分泌物只有在男性身上才能够找到。于是，已然美貌如花的琼成了一个可怕的杀人犯，她的第一个猎物就是她又爱又恨的丈夫，而这个猎物既能够让琼获得美貌，又可以让琼一报多年自己对丈夫的宿怨。当然，这样“蛇蝎心肠”、胆敢挑战男性主导权威的女性不会有任何好下场。

---

① Jackie Byars. All the Hollywood Allows: Re-reading Gender in 1950s Melodrama [M]. Chapel Hill: University of North Carolina Press, 1991: 75.

应该说当时科幻片中的这些反面典型不单是告诫女性要遵从奥秘榜样的正确道路，还时刻在警醒女性，务必恪守本分，以男性为自己的主导。影片《50英尺高的女人》(1958) 中的女主人公南希（Nancy）是个“整日缠着丈夫、不断向丈夫提各种无理要求”的酗酒女人，这样的女人注定没有好下场，在受到外星飞船的辐射后，变成了一个50英尺高的巨人，而最终曝尸荒野。美国学者贝尔斯(Jackie Byars) 指出，50年代时性别歧视现象极为严重，当时世界范围内几乎都无人关注妇女权益，性别刻板印象和歧视是当时男性主体社会化活动时的主要谈资①。

20世纪50年代好莱坞科幻片中塑造的奥秘榜样从各个角度表现出当时主流意识形态及文化理念对于女性应该具有的所谓“恰当”的观念态度、行为方式及角色定位等，将类型片潜在的社会引导、教化作用很好地表现出来，用最为直接的声音影像来告知民众符合社会主流观念的性别角色的正确性、合理性。美国社会研究学者詹妮·普雷斯(Janey Place) 指出，流行文化对于社会而言有着深不可知的影响力，“流行文化本身就是一个神话，它对社会需求的

---

① Jackie Byars. All the Hollywood Allows: Re-reading Gender in 1950s Melodrama [M]. Chapel Hill: University of North Carolina Press, 1991: 39.

改变反应迅速”①。以性别角色的操演为例，流行文化既可以在需要妇女做工以为战争服务的二战时期说服女性步入社会，也能够在需要女性为男性腾让社会资源和权力空间时告诉女性她们理应回归家庭。50年代好莱坞科幻影片中的奥秘榜样是当时的主流意识形态反复浸染的产物，绝对又纯粹，以至于观众丝毫感觉不出电影制作者的有意为之。这些榜样们不仅用自己在银幕上的言行操演出当时美国文化对于家庭问题和女性价值及性别角色定位的规限性看法，更是对所有女性的言传身教，尤其是那些受过良好教育的、存有“反叛意向”的知识女性。仿效西尔维娅，这些知识女性就不会成为法恩海姆和伦德博格所说的另类，也不会再有引发“性别混乱”的危险，否则，就难免沦为欲望膨胀的怪物，最终难逃死无其所的厄运。可以说这些影片不但成功地塑造出了奥秘榜样，还将社会性别主体的操演性本质表现得淋漓尽致。

---

① Janey Place. Women in Film Noir [A]. E. Ann Kaplan, ed. Women in Film Noir [C]. London: British Film Institute, 1980: 35-67, 35.

第十章

热辣与能力的平衡

——超级女英雄主体身份的建构与解构

20 世纪 70 年代末，华纳兄弟推出的，改编自 DC 漫画以超级英雄克拉克·肯特（Clark Kent）为主要人物的影片《超人》获得了巨大的成功。其后，此类超级英雄影片越来越多地进入观众的视野。值得关注的是，近年来这些超级英雄影片中还出现了不少拥有超能力和火爆身材的女性超级英雄。探究这些“热辣”女性的主体身份建构及内涵成为女性主义影视研究的新热点。

超级女英雄主体地位的提升在很大程度上是受益于传统的男性主体的主导地位，更为确切地说，就是女性主体地位的提升源自其对异性的吸引能力，即“热辣性感”的女性性别特质的展现。荧幕上那些让男性感到性感撩人却又一言不合即开打的超级女英雄成为既早已获得大众认可的超级英雄之后，以自身的主体身份建构来彰显传统的性别、性取向、种族、民族以及阶级标准划分的典范。同那些男性超级英雄一样，超级女英雄大都是中产阶级的白人异性恋女性。并且，这些有能力的女性不再是只能完全依靠男性方能存活的弱势群体，无须再扮演自己无能为力只能苦苦等求男性在最后时刻出手相救的受害者。然而，正如美国记者曼斯梅尔（Stephanie Mencimer）所说，男性不喜欢电影里那些太过暴力，过于强硬，或者过度男性化的女性主体，“出于票房的考虑，这些新型的动作女侠们要尽量在不让男性感到威胁甚或是不悦的前提条件下展现自身的超强能力”①。曼斯梅尔的言论也引出了许多关于超级女英雄吸引男性的能力对于其主体身份的建构起到何种重要作用的疑问：这些超级女英雄是否就是专为满足男性观众喜好而打造的超能性感尤物；她们过于彰显女性性别特质的热辣外表对于其自身的超能力而言，是一种增益还是一种折损；通过女性主体的外形而表呈的自身性特征

① Stephanie Mencimer. Violent Femmes [J]. Washington Monthly, September 2001 (15).

以及对男性的吸引力是否会再次将女性“定格”为表征性成熟度的固化模板，继而成为人们争相要求变革的诟病对象。对此，本文将在分析近年来上映的几部关于超级女英雄的经典影片的基础之上，予以全面的深度分析、探讨。

20世纪60年代的女性主义运动无疑是探析女性主体身份建构的重要考量指标之一。被认为是美国“第二波”女权运动①的这次风潮，矛头直指女性受到的官方和非官方层面的不公正待遇，以及女性的性取向、在家庭中扮演的角色，女性就业及生育权等问题。贝蒂·弗里丹颇受争议的著作《女性的奥秘》就发表于同一时期，该书被认为是“引燃了1963年的女权运动，并最终改变了包括美国在内的世界上许多国家的社会组织架构”，“是20世纪最有影响

① 第二波女性主义（Second-wave feminism）是一段女性主义工作者的一场运动，最早开始于20世纪60代初的美国，最终波及至整个西方世界和其他地区。第二波女权运动强调妇女的解放，要在一切社会领域中争取男女平等。由于女权主义者们认识到社会的主流意识把女性限制在家庭这个私人领域内，排斥女性进入公共领域，从而造成了女性社会地位的低下，因而积极地争取妇女在公共领域内全方面的权利成为这次运动的主要目标。尽管在美国的运动持续到20世纪80年代初，但是该波思潮后来在欧洲和亚洲部分地区持续造成种种影响。并且自80年代开始成为世界规模的运动，影响包括土耳其、以色列等等国家。

力的著作之一"①。书中，弗里丹指出，美国的女性是一种谬误的信念体系的受害者。按这一体系的要求，女性理应在家庭生活的域界之内找寻自我和生命的意义所在，其结果就是她们个体身份的缺失。尽管弗里丹的说法饱受质疑，然其观点对于超级女英雄主体身份建构演变的影响是毋庸置疑的。

在第二波女性主义运动的基础之上，20 世纪 90 年代成型的荧幕上超级女英雄主体形象的演变被认为是第三波女权运动的初始，历经十多年的发展演变，时至今日已以进入全面兴盛时期。1995 年时，漫威漫画已经发行了四期关于超级女英雄罗刹女的短剧，成就了后来《X 战警》中那位让人无法近其身的性感女成员罗格（Rogue）。美国学者特里娜·罗宾斯（Terina Robbins）指出，那些描写身材热辣的超级女英雄的漫画书不仅仅是男孩子们的挚爱，更是花花公子们竞相追逐的对象②。男性观众们都乐意在荧幕上找寻 20 世纪 30 年代海报女郎的电影版化身。因此，漫

① Richard J. Gary and Betty Kaklamanidou. The 21st Century Superhero: Essays on Gender Genre and Globalization in Film [M]. Jefferson, North Carolina: McFarland Inc. Publishers, 2011: 77.

② James Kakalios. The Physics of Superheroes [M]. New York: Gotham Books, 2005: 123.

画家们在刻画人物角色时，十分强调男性超级英雄的行动力和打斗能力，而对于女性超级英雄而言，身型的完美展现似乎是他们唯一追求的目标。作为性关注对象的女主角，为了能够吸引大批男性主体的眼球，就必须拥有极具女性性特征的外形：不盈一握的纤腰，丰满硕大的胸部，勾人心魄的外表。可以说，作为超级英雄，女性必须和她们的男性同伴一样拥有无可挑剔的身型，只不过男性要着力彰显身体的健壮有力，而女性则要尽可能地性感外露。超级英雄能够风驰电掣、巧捷万端，能够拔山扛鼎、力挽狂澜，还能飞檐走壁、日行千里。那些拥有超速位移能力的超级英雄，其移动速度之快，简直违背物理学原理。然而，即便是移动速度最快的女超级英雄，尽管她能够将绝大多数对手远远落在身后，但她却绝无可能战胜拥有同样超能力的男性超级英雄。这个不争的事实在某种程度上也表明，超级女英雄真正的“天赋”，至少从男性的视角来定夺，不在于其拥有怎样试图与男性比争的超能力，而在于其身为女性对异性的吸引能力。因此，当漫画书的超级女英雄被搬上荧幕时，如果制片方足够关注能把大批男性带到影院观影的男性欲望，那么他们自然就会据此来呈现符合男性观众性别凝视要求的超级女英雄：裸露的肌肤，紧绷的连体衣，撩人的网眼裤袜，尖细的高跟鞋。当然，影片的制作人非常清楚，男性不愿意自身在体力方面的优势受到女性或者是超级女英雄的挑战和威胁，因此，荧幕上的超级女英雄，不管是否能被男性俘获芳心，但至少不能拒男性于千里之外。

拥有热辣身材和性格的超级女英雄并不是21世纪的专属，但却是超级女英雄荧幕形象演变过程中值得一提的关键点。胸部丰满、身材窈窕、大腿修长、衣着暴露的女性形象在20世纪40年代神奇女侠一经问世即广受欢迎之后便兴盛起来。二战之后，超级女英雄成了“男性性幻想的对象：身着胸衣、短裤和高跟长靴，一水儿的白色”。现如今，无论是西方社会还是超级英雄的“领地”里，女性被赋予越来越明显甚至夸张的性别特征。正如美国学者琼斯（Jones）和雅各布斯（Jabcobs）所说，“一直弯着腰、弓着背，把她们那不受万有引力定律束缚的丰满胸部挺到读者面前的女性，是推翻所有物理定律的最佳例证；维多利亚秘密从而成了所有超级英雄创作画家的不二宝典”①。虽然有些评论家提出，性格热辣、身材惹火的描画正体现出女

① Harry Jones and Sean Jabcobs. America on Film [M]. Oxford: Blackwell, 2008, 123.

性主体自身的力量和特质所在，但是在更多的评论家看来，对女性超级英雄的此种主体建构是女性受到性别歧视甚至剥削的力证。

从理论的层面来分析，超级女英雄被刻意凸显女性性别特质的主体呈现方式是“男性凝视”的需要和结果。该理论最早是由影视理论家劳拉·穆尔维在其著作《视觉快感与叙事电影》中提出的。穆尔维称凝视为“权利不对等的症结所在”，即男性凝视“否决了女性主体的能动性，使之沦为被凝视的客体”①。这一说法同拉康的镜像理论有着明显的关联。拉康称他的“镜像阶段”为婴儿在照镜子时开始意识到镜子中的人就是自己的时刻，这在“自我”意识及认知的形成过程中至关重要。将镜像阶段说应用于超级英雄的形象建构分析，则可以认为，女性超级英雄恰是按照男性希望看到的女性形象加以建构和表呈的。由此，女性成了男性欲望的某种畸变式反映。与此同时，这些因由男性欲望而来的畸变女性形象被以更具强制性的方式呈现给女性，以让女性信服，只有以此方可获得男性青睐。

更为具象的表述就是，一方面，像神奇女侠那样的女

---

① Laura Mulvey. Visual Pleasure and Narrative Cinema. Issues in Feminist Film Criticism [M]. Bloomington: Indiana University Press, 1990: 9.

性，其所拥有的超凡能力以及对男性的掌控力毋庸置疑；另一方面，这种人为建构的能力和掌控力从一开始就是由男性给予的。在这个被预设的两分架构中，女性实际上不具备什么真正意义上的超能力，因为构建出荧幕上那些受到普遍认可和接受的理想女性形象的影视工作者们基本上都是男性。以《X战警》系列影片（2000，2003，2006），《蝙蝠侠：侠影之谜》（2005），《超人归来》（2006），《蜘蛛侠》系列影片（2002，2004，2007）为例。这些影片不仅在票房上获得了巨大的成功，而且在影评界也有着不错的口碑。片中那些强大健壮的男性超级英雄的完美呈现在很大程度上也成为影片表现不俗的重要原因。反观那些主要人物是女性的超级英雄影片，比如《猫女》（2004），《艾丽卡》（2005），《魔力女战士》（2005）等，都遭遇了票房和评论的滑铁卢。虽然《X战警》系列影片塑造了若干拥有诸如可以运用意念移动物品、控制天气变化、穿墙而过等超能力的女性超级英雄形象，然而，她们的男性同伴，拥有坚不可摧的身体和金刚爪的金刚狼，拥有强大心灵感应和精神控制能力的富豪X教授，能够控制地球磁场的大反派万磁王，才是影片无可辩驳的核心人物。由此不难发现，对于女性的性别特质呈现而言，其在吸引男性观影者方面发挥的作用要远大于其以自身为依托在铺设剧情讲述故事方面的表现力。也正因为如此，穆尔维的“男性凝视”理论同超级英雄影片中女性主体的建构与呈现的契合度颇高。

影视理论家们提出，电影能够吸引并打动观众的无非就是两条：一是叙事；二是影像。据此分析，流行电影在表呈女性人物主体时基本上都是遵循传统的凸显影像效果的方式，最典型的例子莫过于常常出现在荧幕上的舞蹈和漂亮的歌舞女郎。电影中女性主体的呈现几乎全是充斥于整个荧幕的对其身体的描画，而且基本上都是与性场景相关，虽然这种描画对于剧情的表现有时候没有任何辅助作用。女性主体被如此客体化的最主要目的就是满足男性观众的凝视需要。若再从叙事的角度分析，当女性主体被呈现为客体对象时，观影者就会有种能够掌控影片情节发展的感觉。此外，窥视症或者窥阴癖的说法也可用于此处的分析。弗洛伊德提出，窥视癖指的就是性冲动和视觉刺激物之间存在的关系。简言之，就是单纯的窥视就可以给凝视主体带来与身体触摸同样的性满足感。由此言之，对电影中女性主体的注视在一定程度上就是受到某种窥视欲望的驱动。因此，当异性恋的男性观影者通过凝视荧幕上的女性主体获得快感和满足时，会不自觉地将女性主体当成是被自己控制的凝视对象。应该说电影为上述的这种男性凝视提供了一个绝对理想的环境：因为拍摄影片的摄像机在增强男性观影者“窥探”女性主体隐秘世界能力的同时，还绝不会允许片中被注视的女性反抗或拒绝此种凝视。男性凝视同被窥探女性客体之间的这种二元对立关系是普遍存在的，而且很难加以扭转或改变。

穆尔维在《视觉快感与叙事电影》中专门阐释了为何“最终，女性的意义就是两性差异，她没有阳具这是可以看见的；而以此物质证据为基础的阉割情结对于组织进入象征界和父法是极其重要的。因此，女性作为影像，是为男性——主动的观看者观看和享受而展示的，她始终威胁着要引起她原来指代的焦虑”①。在电影的主体呈现方面，女性就是“因阉割导致的血淋淋伤口的代言人，是阳具缺乏的外在表呈”②。穆尔维还表示，“在一个由性失衡安排的世界里，观看的快感分为主动的/男性的和被动的/女性的。发挥决定性作用的男性凝视把他的幻想投射到按此而被风

---

① Laura Mulvey. Visual and Other Pleasures [M]. London: Macmillan, 1989: 35.

② Laura Mulvey. Visual and Other Pleasures [M]. London: Macmillan, 1989: 35.

格化了的女性形体上”①。据此推而广之，电影就成了那个男性欲望得以在被自主建构的同时又通过被此欲望风格化的女性主体展现出来的直接平台。法国著名文化理论家、评论家、女性主义研究学者茱莉亚·克里斯蒂娃（Julia Kristeva）也指出，西方文化中四溢的男性凝视似乎总在用一种性别敌对的方式来勾勒女性主体的物质化表现形式：是偷窥欲的投射客体，象征生死的神秘符号并有着高冷的美艳，是男性言说主体能够用之反衬自身的危险客体②。

在21世纪头十年的时间里，许多以女性超级英雄作为主要人物角色的影片中都包含着对科技、视觉快感和性的呈现，比如《X战警》系列影片，《古墓丽影》（2001），《古墓丽影之风起云涌》（2003），《超胆侠》（2003），《猫女》（2004），《艾丽卡》（2005），《神奇四侠》（2005），《魔力女战士》（2005）。先是2000年《X战警》的问世，拉开了该系列电影的帷幕。次年，《古墓丽影》创下票房纪录。这些影片中的女英雄非但战无不胜，还十分的热辣性感。

---

① Laura Mulvey. Visual and Other Pleasures [M]. London: Macmillan, 1989: 33.

② Julia Kristeva. The Kristeva Reader [M]. Oxford: Basil Blackwell, 1986: 9.

虽然很多人认为男性能够接受漂亮女人的所有作为，不管是泥地摔跤还是内衣足球赛，就好比视觉快感是男性观影者观看《古墓丽影》的最初原因，因为“男性总是想追求那些他们得不到的”。然而，这曼斯梅尔表示，“现在的女性似乎无所不能，但是男性并不介意，认为这是情理之中的”①。“情理之中”几个字看似云淡风轻，把握起来却实属不易。如果女性超级英雄表现的过于刚猛，男性势必会离她而去，这就是《X战警：背水一战》中的格雷（Grey）变成凤凰女之后的下场。于是，“热辣性感”就成了当下对女性超级英雄进行表呈时实现性感与力量之间微妙平衡的关键所在。更为重要的是，这些彰显女性特质的性感因素的添加并不会影响到男性对女性的掌控力。因此，一旦实现了热辣性感与无所不能之间的平衡，超级女英雄就给男性主体们提供了一个“两全其美”的情境：这些既健壮能干又热辣迷人的女性满足了包括男性“偷窥欲”在内的所有需求。

朱迪斯·巴特勒曾提出，性别（gender）是一社会性建构，这或许能够解释为何一直以来都要通过性特征彰显

---

① Stephanie Mencimer. Violent Femmes [J]. Washington Monthly. September 2001 (15).

的身体来表现女性的性别属性。当“美丽迷人”和“热辣劲爆”成为勾勒超级女英雄的不二标准的同时，在女性主体形象的呈现方面还要竭力避免过于刚劲有力，因为肌肉叠加的女性身体“能够消除性别差异，会让本来有着明显差异的女性身体变得同男性躯体没有区别”①。正如朱迪斯·巴特勒所说，“越是夸张呈现女性身体构造的性特征，就越能揭露其被人为虚构的本质所在”②。可以把超级女英雄的身体看成是一种伪装：“这一伪装对于父权性的两性主体定位的抵拒源于其对将女性主义当作是某种密切关系，只为其本身而存在，尤其是纯意象化的产物。”③ 有必要指出的是，尽管男性凝视者都认为女性超级英雄完全在自己的掌控之中，然而相比于男性身体的真切表呈，女性超级英雄的身体呈现依旧是虚幻夸张的成分居多。

---

① Laurie Schulze. On the Muscle. Fabrications：Costume and the Female Body [M]. London：Routledge，1990：59-78，78.

② Judith Butler. Performative Acts and Gender Constitution. Writing on the Body [M]. New York：Columbia University Press，1887：401-17，405.

③ Mary Ann Doane. Film and the Masquerade：Theorizing the Female Spectator 1982. Issues in Feminist Film Criticism [M]. Bloomington：Indiana University Press，1990：41-57，49.

劳拉·克劳馥（Lara Croft）就是一个上佳的例证，劳拉是根据当时最火的同名网游改编的电影《古墓丽影》一片的女主人公。由好莱坞著名影星安吉丽娜·朱莉（Angelina Jolie）饰演的劳拉是典型的“被窥视”的超级女英雄。影片开始部分对劳拉的呈现没有任何的台词对话。就同网络游戏中这个角色的出场一样，镜头中的劳拉一身素黑——能够凸显其胸部轮廓的黑色紧身上衣搭配一条黑色紧身短裤，双腿外侧都别着手枪。这个暴力十足的女性角色从内到外都散发着逼人的性感。可以说在相当程度上，劳拉的外形体现出这个角色能够直指男性观众内心的窥视欲望。影片中劳拉沙漏式的体形虽不像游戏中那般夸张，却也充分表现出她对自己完美身材的自信与骄傲：她总是笔直地站立，双腿叉开，高傲地挺着自己丰满的胸部。影片开头部分，劳拉先是跟一个机器人打斗，在制伏了机器人之后，她来到电脑旁，将一个磁盘从电脑中取出，表明她其实就是刚才实施墓穴袭击的机器人的主人。劳拉用机器人而不是人类来训练自己身手的目的是要借此拥有“机器般”的能力技巧，这便清楚地表明劳拉是能够被长久以来同机器有着密切关系的男性主体①所驯服的客体。在同机器人的搏斗之后，劳拉到浴室沐浴，她裸露的身体成为摄像机拍摄的焦点。接着，她在男管家的面前扯掉包裹住身体的浴巾，使得观众可以窥视到其完美的裸露身躯。只是此时的摄像机是从劳拉的身后拍摄，因此观众能够窥视到的大都是劳拉身体的背面和从侧面看若隐若现的胸部。她的管家说道："淑女应该含蓄一些"，而劳拉则用自嘲的口吻答道："是的，那是淑女应该做的。"言下之意就是，她绝非含蓄而又矜持的淑女。可以说影片的开头部分与同名电子游戏的开头设置吻合度很高，因为在游戏中，劳拉，这名可以被基本上都是男性的玩家所操控的女性主人公的出场为"男性凝视"带来了全新的内涵。

《X 档案》里先后出场四位女性超级英雄，远远多于同时期其他超级英雄影片。罗格（Rogue）（罗刹女）、琴·葛雷（Jean Grey）、风暴女（Storm）和幻影猫凯蒂·普莱德（Kitty Pryde）这四位女性超级英雄极大地延伸了女性力

---

① 西方社会学中有一种说法，认为女性在科技方面是"先天不足"的，男性（masculinity）和技术（technology）是分不开的。参见［美］凯斯·格林特，罗莎琳德·吉尔．性别与技术：当代理论及研究．伦敦：泰勒 & 弗朗西斯出版社．1995。这种观念的形成有生理构造方面的原因，但更多的是源自西方文化中对女性的歧视。

量和性感魅力的极限。《X战警》的第一部介绍了一批变种人，他们因为各自的特异功能而成为整个世界最新，同时也是遭迫害最多的少数派群体。该群体中不乏女性变种人，随着剧情的发展，这些女超级英雄能够越来越好地控制自己的超能力的同时，也变得越发性感逼人。对于她们而言，掌控自己的超能力就是将自己的性感充分发挥。美国文化理论家、斯坦福大学影视与媒介学院教授斯科特·布卡特曼（Scott Bukatman）指出，漫画书中的超级女英雄不仅仅具有隐身或心灵感应等“三脚猫本领”，愈发强大和危险的她们还和男性同伴一起并肩作战，《X战警》就是一个很好的例证。然而，当这些漫画书中的超级女英雄被搬上荧幕之后，虽然她们的确跟男性同伴一起战斗，但是她们的能力却永远无法与男性比肩。不仅如此，如果把电影同漫画作对比就可以发现，“从漫画到电影的跨媒介差异可以从电影通过对女性超级英雄身体的呈现而向女性主义致敬这一点充分表现出来”①。影片赋予女性超级英雄身体的能力都是传统认知体系中女性“特有”的能力，比如操控，性感，

① Scott Bukatman. X-Bodies：The Torment of the Mutant Superhero. Matters of Gravity：Special Effects and Superman in the 20th Century［M］. Durham：Duke University Press，2003：48-78，69.

以及伪装，比如身穿皮质紧身衣，裤袜等。对她们“体能”的强调大多是模式化的身体摆位或造型设置，其目的就是为了捕捉某些偷窥式的“镜头”，比如充斥荧屏的对女性胸部的特写，在很多人看来，只有凸显女性特征才能塑造理想的女性形象。在这种呈现方式里，女性超级英雄的超能力被大打折扣，根本不是观影者关注的对象。

拥有特异功能的女性“变种人”是目前超级英雄影片中不可或缺的一类角色。然而，从原著漫画到影视呈现的媒体转换却常常让这些女超级英雄变了味道。以《X 战警》系列影片中的罗格为例。在漫画书中，她是一个自信不凡、能力超群的人；而影片却把她塑造成了一个无法控制自己的超能力，内心充满恐惧而又无助的少女。布朗指出，漫画书将其描画成能够通过触摸或亲吻而偷走男性力量的主体呈现方式颇有盲目夸大之嫌，很容易让读者联想到一个凶狠的母夜叉形象①。然而，系列影片却着重表现的是罗格的年轻、缺乏经验。尽管她也在一定程度上变得越来越成熟，但在整个系列片中，她都是保持着最初与观众见面

---

① Jeffrey Brown. Gender, Sexuality, and Toughness: The Bad Girls of Action Film and Comic Books. Action Chicks: New Images of Tough Women in Popular Culture [M]. New York: Palgrave Macmillan, 2004: 66.

时的 17 岁女孩而形象。在影片《X 战警：背水一战》中，罗格注射了能够“去除”变种人痛苦的解药。这一剧情设置绝非仅仅限制了她的超能力，还把昔日的“小淘气”变成了一名无助的受害者：她失去了自己与生俱来的“女性能力”，只剩下一具用 X 教授的话来说可能“此生都无法与人接触”的躯壳。但若从穆尔维的“男性凝视”角度分析，罗格却又是神秘而令人向往的：她总是穿着黑色的披风，让人不禁好奇披风里面有什么。她虽然渴望同别人的肢体接触，但是她却意识不到那是自己的生理欲望，这再次表现出她在年幼时经历的性压抑。在影片《X 战警 2》(2003) 中，罗格拥有了通过皮肤接触就能获取普通人的记忆和变种人能力的本领。由于依旧无法很好地控制自己的这项超能力，罗格在接触别人时经常置人于死地，因此她必须远离他人。因此，到了《X 战警：背水一战》时，罗格的头发有些已经变白了，还穿上了皮质的连衣裤。可以说此时的罗格马上就要出落成“热辣”女郎，但是她永远无法掌控自己超能力的缺陷使得她终究无法变成达到“热辣又迷人”的程度。

琴·葛雷的情况同小淘气十分类似。在《X 战警》中，琴是变种人学校的一名医生。那时琴的念力移物和心电感应能力都很弱。然而，恰恰是她在初学如何掌控自己超能力时的笨拙意外赋予了这个人物角色某种“性感”特质。和罗格一样，琴超自然能力的提升与其对自身性别魅力的挖掘及展现是平行同步的，她从一个戴着厚厚眼镜、成天一副图书管理员模样的刻板，并且是近乎无助的女人逐渐成长为一个浑身散发自信气息的魅力女郎。琴第一次同观众见面时身穿红衣，这是一个“象征活力、激情，而且其色彩度同观者感受到的能力直接相关的颜色。红色十分引人注意，刻意挑选的红色就如同说话时的口音一样，能让人立即将注意力集中到某个点上”①。镜头中琴身上的这个“点”就是她丰满挺拔的胸部。琴第二次出现在观众视线里时身穿白色实验室工作服，但里面的红色紧身衣还是能将她的胸部凸显无遗。她第一次进入 X 教授办公室的场景中，她的胸部仍是摄像机的关注焦点。这样一个身材诱人又智慧能干的女性，自然吸引了大批男性观影者的目光。当然，随着剧情的发展，琴后来成了一个拥有超凡能力的女魔头，任何一个正常男性都不会再对她青睐有加。

---

① Alyssa Rosenberg. The Invisible Woman: After a Summer of Blockbuster Comic-Book Flicks and Record Ticket Sales to Women, Why Have We Yet to See a Superheroine Movies [J]. The American Prospect, September 2008 (19.9): 40.

在第一部《X 战警》中略显弱势，后经《X 战警 2》和《X 战警：背水一战》而逐渐壮大的琴·葛雷博士，在《背水一战》中已然拥有无边的念力移物和心电感应能力，就连万磁王和 X 博士都不是她的对手。在原著漫画中，琴·葛雷/凤凰这个角色是外星生物体凤凰和受凤凰强大的意志力吸引的琴两者结合的产物。在影片《X 战警：背水一战》中，凤凰代表着琴·葛雷性格中的阴暗面，而且影片在情节设置上十分注意表现，琴本身情绪和心理状态方面的不稳定是其施展超能力的主要原因。比如，当她生气或感到沮丧时，会在不经意间使房间里的物体飘浮到空中。在影片的最后一场战役中，正是琴/凤凰停住了所有射向变种人的解药才保住了变种人。但是，由于无法自控，琴/凤凰又以同样的力道来摧毁整个恶魔岛。

比照女性主体的标准呈现范式，琴·葛雷博士在“热辣”方面近乎完美，但只有到她具备并能充分展现自己能力的《背水一战》时，才成为真正意义上的性感与能力兼备的超级女英雄。片中，当琴逾越了底线想和金刚狼亲近的举动让她的“热辣”程度大打折扣，因为金刚狼看出是琴体内邪恶的一面在作祟。X 教授也提醒琴，她自己个性中的软弱才是她无法控制自己能力的原因，而且这种失控会让琴周围的人陷入危险境地："想想斯科特吧。你亲手杀了这个你爱的男人，就因为你控制不了自己的超能力。"

好莱坞影星哈利·贝瑞（Halle Berry）饰演的风暴女成为一名热辣果敢的超级女英雄的道路也很相似。她是变种人学校的老师，拥有操控天气的超能力。同琴·葛雷博士一样，最初的风暴女虽身材性感火辣，但个性软弱。在系列影片第一部《X 战警》中，她头戴白色假发，这同演员本身淡褐色的肤色形成强烈反差。风暴女身着将其胸部轮廓凸显出来的低胸白色背心，戴着一条项链，在好多场景中，她还戴着一个"颈圈"似的东西，不由使人感觉她可以像宠物那样被管控。电影结尾部分，琴·葛雷和风暴女都穿着能够勾勒她们女性曲线美的黑色皮质连体衣。其实，不单单是她们两人，对于其他许多身着连体衣的超级女英雄而言，无论其材质是皮子或弹性纤维，连体衣都发挥着双重功效。首先，这是穿着者的"第二层皮肤"，从观影者的角度来看，连体衣能够尽显女性身材的凹凸有致。其次，连体衣的穿着代表着某种性压抑。穿着连体紧身衣的风暴女可以在空气中飘浮；她能操控风和闪电。在风暴女操控天气的时候，她的双眼会发出银白色的光，头发不但变成金色，还因静电的作用而飘动，其内在隐藏的超级性感表现无疑。可以说风暴女做到了美丽性感和超强体能两方面的细致平衡。也正因如此，她才变得更加“热辣逼人”。即便是这样一个看似完美的超级女英雄，也难逃预设的主体呈现范式的固限。影片《背水一战》中有个场景，金刚狼对风暴女说“不要把你的内衣都拧在一起”，这句话的意思是不要因为小事不开心，但是金刚狼的用词中透露着显而易见的性影射。无论风暴女拥有怎样的超能力，无论她对自己超能力的驾驭有多么完好，无论她有多么的有魅力，在男性的心目中，她就是一个能够吸引男性目光的“热辣”宝贝。

《X 战警》中还有一位超级女英雄，就是由好莱坞女演员苏米拉·凯（Sumela Kay）扮演的凯瑟琳·“凯蒂”·普莱德（Katherine “Kitty” Pride），外号幻影猫。最初，这个角色并不起眼，参议员凯利提及她时只不过用“那个能穿墙而过的女孩”来形容。凯蒂在片中首次露面是在变种人学校 X 教授授课的教室里，她回到教室拿刚才落下的书本，然后直接穿越教室大门而出。对此，X 教授的回应是一声轻快的“回见，凯蒂”，而金刚狼则对她能够穿越固体事物的能力颇为惊叹。在《X 战警 2》一片，由凯蒂·斯图尔特扮演的“凯蒂”充其量就是惊鸿一现。依旧拥有穿越物体的超能力的凯蒂第一个出镜画面是她穿越墙壁和人群来躲避由威廉·史崔克（William Stryker）指挥的对变种人学校的攻击。另一个场景是凯蒂穿越她的床来躲避对她的欺辱。在《X 战警：背水一战》中，凯蒂的扮演者是好莱坞著名女演员艾伦·佩吉（Ellen Page）。从演员的人选也不难看出，直到这部影片，凯蒂这个角色才成为能够同琴·葛雷以及风暴女比肩的人物设定。片中，凯蒂因同冰人（Shawn Ashmore 饰）之间亲密的关系而遭到罗格的嫉妒，两人成了情敌。凯蒂加入了变种人保卫恶魔岛的战役，并从红坦克手里救下了里奇（Leech）（水蛭）。水蛭也是一个变种人，他能抑制周围变种人的超能力，因此他的 DNA 被用来研制化解变种人能力的“解药”。在影片《X 战警：背水一战》中，凯蒂还同钢力士有很密切的交往。如果说大部分观众对头两部影片中的凯蒂一角没什么印象的话，那么换掉过时的棕色棉大衣，穿上黑色紧身衣的艾伦·佩吉版凯蒂恐怕会让所有人都眼前一亮。片中，娇小灵活的凯蒂穿墙越壁来逃脱红坦克追击的场景被认为是尽显其性感特质。红坦克一面追赶，一面大喊：“难道你不知道我是谁吗？我是红坦克，小贱人”，而最终凯蒂借用水蛭的超能力打败了红坦克。在误认为已经抓到凯蒂和里奇时，红坦克狂呼："想跟我玩捉迷藏？你找错人了。"凯蒂回答道："到底是谁在躲藏，白痴？"接着，便和里奇从刚才红坦克为了追赶他俩而砸碎的建筑物的缝隙中离开。

尽管凯蒂在《X战警：背水一战》中的出镜时间有限，但她依旧是整部影片中值得关注的一个角色。同其他的女变种人不同，她身上自带某种天然的"性感"色彩。在课堂上，她敢于质疑X教授，从这个微小的细节中不难看出她的智慧与自信。她的言语也很犀利新潮，没有哪个女变种人会用"白痴"一类的语汇。当红坦克叫她"小贱人"的时候，她用自己的超能力把红坦克弄得晕头转向找不着北着实出了红坦克的丑。她名字中与日本经典漫画形象凯蒂猫相同的"凯蒂"也展现出这个角色顽皮可爱的一面。她的头发也总是乱蓬蓬的，似乎刚经历过激情的洗礼。这个身形娇小的女孩儿，介于青春期少女的清纯美丽和成熟女性的优雅性感之间。同风暴女一样，凯蒂对自我的主体发掘和认知也在成功获得性感外表以及驾驭自身超能力的精妙平衡后得以完满。

毫无疑问，超级女英雄中最性感的"凯蒂猫"当属哈里·贝瑞主演的《猫女》（2004）中因重生而获得超能力的猫女。美国电影评论家欧文·格雷伯尔曼（Owen

Gleiberman）形容猫女是“一个好时光里的坏女孩，她誓要破除一切罪恶和令人恐惧势力的怪异能力让人觉得她十分疯狂”①。涂着鲜红的唇彩，穿着霸气外露的皮质紧身衣，戴着猫耳高高竖起的黑色面具，贝利扮演的猫女看上去“热辣”又邪恶，而且她的行为举止同猫极为相像。影片开始时，贝利扮演的角色名叫佩欣丝·菲利普（Patience Philips），害羞而温柔，是一家大型化妆品公司的平面设计师。佩欣丝无意间得知公司即将推出的护肤品含有毒制剂，便遭杀人灭口。幸而一只曾被佩欣丝救过的埃及猫出现。为了报恩，它施展法力使佩欣丝获得重生。同时，复活后的佩欣丝被一股神秘且强大的力量所笼罩，动作敏捷，身怀绝技且具备了同猫一般超凡的洞察力和直觉，神奇的猫女由此诞生。由于被贴上“坏女孩”的标签，猫女在很多人看来就只是一个性感指数爆棚的超级女英雄。哈利·贝瑞自己曾说过：“如果人们去电影院看这部电影，就会知道我绝不仅仅是个性感尤物。当然，猫女是个性感的人设。对于我而言，一定程度的性感没有问题，这也是我作为一个女人该有的特质。而且，我也十分愿意在我的工作中把

① Owen Gleiberman. Aeon Flux：When Good Actresses Do Bad Movies of Good Cartoons [J]. Entertainment Weekly, December 16, 2005：63.

我的性感表现出来。”[1] 美国南加州大学媒介与传播学院教授、影视评论家博伊德（Todd Boyd）认为，“人们一旦说起哈利·贝瑞，就一定是关于她的性感”，“近年来她的走红在很大程度上是因为其在镜头里热辣性感的演出，在我看来，这种演出吸引了人们本该给予她演技的关注”[2]。一位不愿意透露姓名的好莱坞制片商也私下表示，哈利·贝瑞完美性感的身材虽然对于女人而言令人羡慕嫉妒恨，但绝对是男人目不转睛的凝视对象。

美国学者施瓦兹（Missy Schwartz）曾援引影片《猫女》制片人丹尼斯·蒂·诺威（Denise Di Novieven）的话语来形容超级英雄类影片面临的现状：以男性为主要叙事对象的漫画改编电影对人物主体的成功塑造已然成了后世可以仿效的范本，比如美国导演理查德·唐纳（Richard Donner）1978年执导的影片《超人》，美国著名导演蒂姆·伯顿（Tim Burton）1989年执导的影片《蝙蝠侠》，还有布莱恩·辛格执导的影片《X战警》等。然而同类型的

---

① Sharon Waxman. Halle Berry Mixes Sexiness with Strength [N]. New York Times, July 21, 2004: E1.

② Richard J. Gary and Betty Kaklamanidou. The 21st Century Superhero: Essays on Gender Genre and Globalization in Film [M]. Jefferson, North Carolina: McFarland Inc. Publishers, 2011: 89.

讲述女性超级英雄的影片却一个都没有。美国人似乎无法想象一个由女性担当主角的超级英雄影片会是什么样子。① 其实，更为确切地说是美国的男性观众不愿意看到此类影片。尽管近年来女性超级英雄担当辅助角色的影片有着不错的票房和接受度，编剧约翰·奥古斯塔（John August）的言论还是很明晰地指出为何美国观众不愿意看见一部专门描画女超级英雄的影片：制片公司很清楚，处于青春期的男孩子们都对异性很好奇和向往，因此他们想在荧幕上看到既漂亮又能干的女性。但与此同时，这些男孩子们还有些惧怕女性，很有可能会被夸张的女性特质吓跑。②《娱乐周刊》曾刊登过对漫威公司首席执行官阿维·阿拉德（Avi Arad）的采访，阿拉德表示，“在荧幕上塑造一个女超级英雄是个很大的挑战”③，暗示观众大都倾向于接受男性超级英雄。上述业内人士的言论可以看作是对前文所述内容的印证，即对于女性超级英雄而言，平衡好她们的性别特质和她们所拥有的超能量是至关重要的，只有这样她

---

① Missy Schwartz. Electrocute: Does Jennifer Garner's Dud Opening Doom Superchick Flicks? [J]. Entertainment Weekly, January 28, 2005: 17-34, 20.

② Missy Schwartz. Electrocute: Does Jennifer Garner's Dud Opening Doom Superchick Flicks? [J]. Entertainment Weekly, January 28, 2005: 20.

③ Missy Schwartz. Electrocute: Does Jennifer Garner's Dud Opening Doom Superchick Flicks? [J]. Entertainment Weekly, January 28, 2005: 20.

们才不至于凌驾于男性超级英雄之上，或者让男性观影者排斥甚至拒绝。以女性超级英雄作为叙事主线的电影更应掌握好这一平衡，影片《猫女》和《艾丽卡》就是很好的例证。

20世纪福克斯2003年出品的，改编自漫威漫画的影片《超胆侠》是一部无论在票房、口碑还是在选角方面都不尽如人意的影片。由好莱坞巨星本·阿弗莱克（Ben Affleck）饰演的男主并没有给这部影片增色多少，幸而片中的女主，由在ABC历史上最热播的电视剧《双面女间谍》中大放异彩的詹妮弗·加纳（Jennifer Garner）饰演的艾丽卡还“能带给观众一丝欣慰”。借此东风，詹妮弗·加纳接着出演了本片的续集《艾丽卡》，饰演一位在其母亲遇害后就被训练成忍者的女杀手。片中，正在执行任务的艾丽卡一出场便英气逼人，性感无比：有着闪电一般的速度，下身穿红色皮质紧身裤，上身穿紧身露脐装，手拿一副三叉铁尺。从若干倒叙镜头中观众得以得知，艾丽卡的童年很不幸，被她强悍无比的父亲逼着每件事都要做到最好，以至于成年后患上了极度的强迫症。她最新的任务是杀死一名年仅13岁的女孩和女孩的父亲。不忍下手的艾丽卡下决心保护小女孩，并开始同把她培养成一名精英武士的杀手组织对抗。

在《超胆侠》和《艾丽卡》两部影片中，艾丽卡这个人物最主要的技能都是武艺极为高强，并且精通十八般兵器。在原著漫画中，她还拥有能让人产生幻觉和心电感应等异能，虽然其能量远不如《X 战警》中的琴·葛蕾。但是，影片《艾丽卡》最大限度地弱化了漫画书中人物拥有的上述超能力，因为这部影片是要把艾丽卡塑造成为一名动作女英雄，而不是《X 战警》中的那些超级女英雄。另一个艾丽卡在原著漫画中拥有，但在电影中被略去的异能就是“心灵感应”，她能凭借这个超能力准确知道别人的位置所在。从某种程度而言，这个超能力使得艾丽卡不但能够进入别人的大脑来获悉他人的想法，还能了解产生这些想法的过程。而在略去所有这些超能力的影片中，除了平淡无奇的对白之外，艾丽卡存在的价值就是一个总是穿着亮红紧身衣的性感女性。可以说艾丽卡这个角色也没有突破模式化的，强调呼之欲出的肉感身材的漫画书中女性人物的呈现模板。最有力的证据莫过于詹妮弗·加纳（前文加过英文名了）因在《超胆侠》中饰演艾丽卡而获得 2004 年的 FLEXY 奖，这个奖项是颁给当年荧幕上最性感的男/女演员。这个奖项无不表明，艾丽卡这个人物角色就是男性观众心目中性感的代言人。对于绝大多数男性观众而言，艾丽卡并不构成什么威胁，因为除了长得好、身手好之外，他们对艾丽卡没有任何其他的要求或预期。从这个角度而言，艾丽卡倒是一个完好地实现了性感外表与强健体能之间微妙平衡的佳例。

影片《艾丽卡》上映的同一年，影星杰西卡·阿尔巴（Jessica Alba）在影片《神奇四侠》中饰演隐形女侠苏·斯托姆·理查兹（Susan Strom Richards）。片中，苏是亿万富翁维克多·冯·杜姆（Victor Van Doom）博士基因实验室的领头人。在一次前往宇宙风暴中心的航行中，由于计算错误，飞船瞬间之内被狂暴的宇宙射线吞没，这些强辐射瞬间改变了队员的DNA，苏于是拥有了操控光线的异能，可以随意隐形，还能控制和发动强大的力场。与原著漫画不同的是，影片中苏没有使得普通衣物隐形的能力，因此常常会陷入窘境之中。比如，苏必须脱掉衣服才得以潜入人群中不被发现，而这样做的结果却是当她重新现身时，只能身着内衣立于观众面前。其好身材也通过这种巧妙的方式得以呈现。同别的超级女英雄类似，苏的超能力在很大程度上受她情绪的影响，因此她必须花很大力气学会如何掌控自己的超能力，才能做到不会因自己情绪失控而无故伤人。在电影快要结束的时候，苏接受了里德（神奇先生）的求婚，这不仅从法律上框定了她从属于男性的主体位置，还保全了父权体系框架的稳固。

在许多场景中，苏戴着厚厚的眼镜，这种用象征“老古板”的眼镜来表现主体性压抑的手法同《X战警》中琴·葛蕾博士的形象刻画如出一辙。此外，苏也有超级女英雄的标志性服饰——紧身连体衣，很好地勾勒出她的身体曲线。和大多数超级女英雄的黑色紧身衣一样，紧紧包裹着苏身体的蓝色连体衣是某种固有的二元对立的标识：一方面，连体衣将苏身体本应最为私密的样貌展露在众人面前；另一方面，这件紧身衣恰恰又表征着人物角色对要将自身性欲望“包裹”起来必要性的主体认同。苏·斯托姆这个角色能够以坚定、自信的面貌登上荧幕并成为团队的领导者之一的幕后功臣是漫画家约翰·伯恩（John Boyne）。在谈及是如何将苏成功地从漫画向荧幕进行转变时，伯恩说道：“最重要的就是如何让那些漫画书的铁杆粉丝们（主要是年轻男性）接受这种转变，要让他们意识到，苏不但有强大的超能力，还是一个热辣性感的女性。能力和性感的结合无疑是具有震感效果的，毕竟一直以来苏都是漫威的麦当娜——一位超级母亲/全能妻子，是同唐纳·里德（Donna Reed）或弗洛伦斯·汉德森（Florence

Henderson）那样的形象更贴合的人设——但能力和热辣性感绝不是互相排斥的，两者完全可以兼而有之。”①

在影片中，演员阿尔芭赋予苏·斯托姆这个角色的并不仅仅是美丽性感。原著漫画中，苏·斯托姆是整个团队唯一的领导者，她也用实际行动证明了自己优秀的领导能力。然而电影中苏表现出来的对另一位领导者里德的顺从再一次印证了荧幕上超级女英雄主体呈现的不二规则：电影中她们的能力，无论是自身实力还是特殊异能，都要比原著漫画降低若干层级。演员杰西卡·阿尔巴被认为是一位“善良与力量兼备”的演员，“是年轻人，尤其是年轻女性的好榜样，因而非常适合出演超级女英雄”。事实证明，的确如此。苏做到了很好地掌控迷人性感和强大力量之间的微妙平衡，故而这个角色堪称“热辣能干的典范”。

《艾丽卡》和《神奇四侠》上映的同一年，美国 MTV 电影公司推出了影片《魔力女战士》（2005），好莱坞著名影星查理兹·塞隆（Charlize Theron）担纲主演。影片讲述 400 年后的 25 世纪，在一个高墙深围，由极权统治的城邦

---

① Richard J. Gary and Betty Kaklamanidou. The 21st Century Superhero：Essays on Gender Genre and Globalization in Film［M］. Jefferson，North Carolina：McFarland Inc. Publishers，2011：89.

“布列尼亚”里，查理兹·塞隆扮演的伊恩·弗莱克斯（Aeon Flux）是一个地下反抗组织的杀手，具有特殊的超能力。一天，回到家中的伊恩发现自己的妹妹尤娜（Una）遭人杀害。后来，在伊恩执行暗杀政府领导人特雷弗·古德乔尔德（Trevor Goodchild）时发现自己竟然参与了一场秘密政变，而伊恩对此毫不知情。片中有一个场景用慢镜头呈现伊恩·弗莱克斯不断跳跃的动作，被黑色紧身衣包裹的性感身体一览无余。伊恩·弗莱克斯在片中出场时，身着一件左侧开衩的黑色连衣裙，观众可以清楚看到她裸露的大腿和性感的黑色袜带。走在山墙下面的伊恩遇到了一个同样一身黑衣的男人。两个人随即亲吻起来，但这不是普通意义上的亲吻，黑衣男人在亲吻时把一个可以通过心灵感应传递情报的药片递送到伊恩的口中。接下来的场景中，伊恩梳在脑后的黑发和紫色的衣领不由使人联想到猫女。在另一个场景中，伊恩被困在一个大理石的牢房中，她身上穿着前后都开衩的紧身衣，而且她在这个透明牢房里的一举一动都受人监视，这一刻的伊恩好似一个正在表演的脱衣舞者。此外，片中还有几个场景中的伊恩几乎是一丝不挂的，她的胸部自然成了镜头捕捉的重点。伊恩同特雷弗亲热时也表现得十分顺从和被动，男权社会认为的女性理应对男性表现出来的服从再次得到清晰展现。

从上述对剧情的分析和描述不难看出，同斯托姆、凯蒂·普莱德或苏不同，伊恩作为一个女性，其对于自身的性别特质几乎没有什么主动的管控能力，在绝大多数情况下，都只是被利用或欣赏的客体。正因为如此，伊恩的超能力也仅限于最普通意义上的“身手不错”。若从演员的角度来剖析，查理兹·塞隆的表演完全未能在角色深度上予以突破。“在这部影片中，塞隆依旧表现出了对画面良好的控制能力，她甚至做到在完成一系列的高难度动作之后，还能让刘海迷人地飘动在她的额前。就像之前安吉丽娜·朱莉在《古墓丽影》中的演出一样，塞隆把打斗变成了终极的时尚秀。”① 然而，尽管塞隆把伊恩这个角色诠释的十分性感迷人，但其“表演”的痕迹依旧清晰可辨。影评人乔治·伊巴密浓达（George Epaminondas）把这个角色说成是“一个痴迷于紧身衣、皮质胸衣和象征堕落的露易丝·布鲁克斯童花头的叛乱分子”②。这样一个充其量就是未来版母夜叉的伊恩·弗莱克斯，其热辣程度很难同前述超级女英雄相

① Justin Chang. Aeon Flux [J]. Variety, 2005 (401.4): 48.

② George Epaminondas. 25th-Century Style: Are You Ready for It? [J]. Style, September 1, 2005: 367.

提并论，毕竟她没有做到有效平衡自身的性感与力量。

可以说在目前阶段，好莱坞塑造的超级女英雄人物主体基本都属于本章论述的，彰显其性别特质的“热辣”类型，而主体形象的呈现是否能够长久地立足于荧幕之上，或者更确切地说，是否能够得到以男性为主的受众群体的接受，其关键在于该女性主体能否实现迷人性感同身体能量以及能力的平衡。如果人物主体太过性感，比如猫女和伊恩·弗莱克斯，那么她终将成为高科技版的母夜叉，其最初吸引观众的特质也会逐渐消失殆尽。如果太过强悍，比如小淘气或琴·葛蕾博士，则最后难逃无法善终的女魔头的路数安排。过于性感，太有本事，都会吓跑男性观众。如果“男性凝视”的其中一个核心功用是抑制女人的能动性（agency），那么这种凝视必将长久地发挥作用。因为一旦女性主义拥有能动性，她们就不会再“臣服”于男性的掌控，而会像琴·葛蕾/凤凰那样危险又深不可测，让身处她们周围的人无不感到岌岌可危。

2010 年之后，又有大批关于超级英雄的影片陆续发行，比如《青蜂侠》（2011）、《雷神》（2011）、《X 战警：第一战》（2011）、《绿灯侠》（2011）、《美国队长：复仇者先锋》（2011）、《蝙蝠侠前传 3：黑暗骑士崛起》（2012）、

《金刚狼 2》(2013)、《海扁王 2》(2013)、《复仇者联盟》(2012, 2015)、《蜘蛛侠：英雄归来》(2017) 等。这股方兴未艾的潮流表明，超级英雄影片不但拥有强大的票房号召力，还已然成为一种被观众广为接受的颇有特点的表现形式而成功地在类型电影中拼得了一席之地。诚然，在上述影片中不难觅得超级女英雄的身影，比如《X 战警：第一战》中能变成钻石形状、拥有超强心灵感应能力的白皇后艾玛·弗罗斯特（Emma Frost），在原著漫画中拥有同绿灯侠同样强大超能力、在改编影片中也是一直支持绿灯侠的女试飞员卡罗尔·菲利斯（Carol Ferris），《黑暗骑士崛起》中让男主角布鲁斯·韦恩（Bruce Wayne）既尊敬又喜爱的高智商富有慈善家米兰达·泰特（Miranda Tate）(Marion Cotillard 饰）以及性感逼人、身手敏捷的大反派猫女（Anne Hathaway 饰）然而影片对这些女性主体形象的表呈在相当程度上依旧沿袭了之前影片着力刻画的“微妙平衡”，因为，只有做到平衡自身女性特质和过人能力的女性主体才能称得上是真正的“性感热辣，能力超强”，才能获得以男性占主导的主流认知体系的接纳和认可。

参考文献

Alexander, Bryant Keith. Performing Black Masculinity: Race, Culture, and Queer Identity [M]. Lanham, Md.: AltaMira Press, 2006.

Baker, B. Masculinity in Fiction and Film: Presenting Men in Popular Genres 1945-2000 [M]. London and New York: Continuum, 2006.

Balsamo, Anne. Forms of Technological Embodiment: Reading the Body in Contemporary Culture [A]. Mike Featherstone & Roger Burrow, eds. Cyberspace/Cyberbodies/Cyberpunk: Cultures of Technological Embodiment [C]. London: Sage, 1995.

Butler, J. Gender Trouble: Feminism and the Subversion of Identity [M]. London and New York: Routledge, 1990.

Boyer, Paul. By the Bomb's Early Light: American Thought and Culture at the Dawn of the Atomic Age [M]. Chapel Hill: University of

North Carolina Press, 1994.

Buchbinder D. Performance Anxieties: Re-Producing Masculinity [M]. St. Leonards, NSW: Allen and Unwin, 1998.

S. Bukatman. The Artificial Infinite: On Special Effects and the Sublime [A]. C. Springer, ed. Aline Zone Ⅱ: The Spaces of Science-Fiction Cinema [C]. London: Verso, 1999.

Braidotti, Rosi. Cyberfeminism with a Difference [A]. Sandra Kemp & Judith Squires, eds. Feminisms [C]. Oxford: Oxford University Press, 1997.

Brokeman, C. American Culture and Society since the 1930s [M]. London and Basingstoke: Macmillan, 1984.

Byars, Jackie. All the Hollywood Allows: Re-reading Gender in 1950s Melodrama [M]. Chapel Hill: University of North Carolina Press, 1991.

Carter, Paul A. Another Part of the Fifties [M]. New York: Columbia University Press, 1983.

Chopra-Gant, M. Hollywood Genres and Postwar America: Masculinity, Family and Nation in Popular Movies and Film Noir [M]. London and New York: I. B. Tauris Publishers, 2006.

Clark, Nigel. Rear-view Mirrorshades: The Recursive Generation of the Cyberbody [A]. Mike Featherstone & Roger Burrow, eds. Cyberspace/

Cyberbodies/Cyberpunk: Cultures of Technological Embodiment [C]. London: Sage, 1995.

Cohan, S. Masked Men. Masculinity and Movies in the Fifties [M]. Bloomington and Indianapolis: Indiana University Press, 1997.

Cohen E A. Twilight of the Citizen Soldier [J]. Parameters, 2001 (Summer).

Connell, R. W. and G. W. Dowsett. Rethinking Sex: Social Theory and Sexuality Research [M]. Philadelphia: Temple University Press, 1992: 49–75.

Cooper, Frank Rudy. Our First Unisex President? Black Masculinity and Obama's Feminine Side [J]. Denver University Law Review, 2009 (86): 633–661.

Davies, J. and C. R. Smith: Gender, Ethnicity and Sexuality in Contemporary American Film [M]. Edinburgh: Keele University Press, 1997.

Deleyto, C. Between Friends: Love and Friendship in Contemporary Hollywood Romantic Comedies [J]. Screen, 2003 (44. 2): 167–182.

Ehrenreic, B. The Hearts of Men: American Dreams and the Flight from Commitment [M]. London: Pluto Press, 1983.

Erlich, R. D. A Womb with a View: Domesticating the Fantastic in Pohl and Kornbluth's Gladiator-at-Law [J]. Foundation, October

23, 1981: 31-39.

Fiedler, L. Love and Death in the American Novel [M]. London: Jonathan Cape, 1967.

Filene, P. Him/Her/Self: Gender Identities in Modern America [C]. Baltimore and London: Johns Hopkins University Press, 1998.

Fischer. L. Mama's Boy: Filial Hysteria In White Heat [A]. S. Cohan & I. R. Hark, eds. Screening the Male: Exploring Masculinities in Hollywood Cinema [C]. London and New York: Routledge, 1993.

Forbes, Edith. Exit to Reality [M]. Seattle: Seal Press, 1997.

Foster, Thomas. "The Postproduction of the Human Heart": Desire, Identification, and Virtual Embodiment in Feminist Narratives of Cyberspace [A]. Mary Flanagan & Austin Booth, eds. Reload: Rethinking Women + Cyberculture [C]. Cambirdge: MIT Press, 2000.

Foucault, Michel. Discipline and Punish: The Birth of the Prison [M]. Trans. Alan Sheridan. New York: Vintage, 1995.

Friedan, Betty. The Feminine Mystique [M]. New York: W. W. Norton, 1963.

George, Susan A. Gendering Science Fiction Films: Invaders From the Suburbs [M]. New York: Palgrave Macmillan, 2013.

Gleiberman, Owen. Aeon Flux: When Good Actresses Do Bad Movies of Good Cartoons [J]. Entertainment Weekly, December 16,

2005: 61-67.

Gibson, William. Neuromancer [M]. New York: Ace Books, 1984.

Goldman, Eric F. The Crucial Decade And After: America, 1945-1960 [M]. New York: Vintage Books, 1960.

Gorer, G. The Americans: A Study in National Character [M]. London: The Cresset Press, 1948.

Graham, Elanie. Cyborgs or Goddesses? Becoming Divine in a Cyberfeminist Age [A]. Alison Adam & Eileen Green, eds. Virtual Gender: Technology, Consumption and Identity Matters [C]. New York: Routledge, 2001.

Halberstam, David. The Fifties [M]. New York: Villard Books, 1993.

Harvey, Sylvia. Woman's Place: The Absent Family of Film Noir [A]. E. Ann Kaplan, ed. Women in Film Noir [C]. London: British Film Institute, 1980: 22-34.

Heinlein R A. Starship Troopers (1959) [M]. London: New English Library, 1970.

C. Jenks. Hetero-Architecture and the L. A. School [A]. A. J. Scott & E. Soja, eds. The City: Los Angeles and Urban Theory at the End of the Twentieth Century [C]. Berkeley: University of California

Press, 1996.

Jones, Harry and Sean Jabcobs. America on Film [M]. Oxford: Blackwell, 2008, 123.

Kakalios, James. The Physics of Superheroes [M]. New York: Gotham Books, 2005.

Karsten P. The American Democratic Citizen Soldier: Triumph or Disaster? [J]. Military Affairs, 1966 (30): 29-38.

King, Geoff. Spectacular Narratives: Hollywood in the Age of the Blockbuster [M]. London: I. B. Tauris, 2000: 96.

Kinkead E. In Every War But One [M]. New York: Norton, 1959.

Krutnick, F. In a Lonely Street: Film Noir, Genre, Masculinity [M]. London and New York: Routledge, 1991.

Kupper, H. I. Back to Life: The Emotional Adjustment of Our Veterans [M]. New York: L. B. Fischer, 1945.

Lundberg, Ferdinand and Marynia F. Farnham. Modern Woman: The Lost Sex [M]. New York: Harper & Brothers, 1947.

McCaffery, Larry. Introduction: The Desert of the Real [A]. Larry McCaffery, ed. Storming the Reality Studio [C]. Durham & London: Duke University Press, 1991.

McCracken S. Pulp. Reading Popular Fiction [M]. Manchester:

Manchester University Press, 1998.

Mellstrom U. Machines and Masculine Subjectivity: Technology as an Integral Part of Men's Life Experiences [J]. Men and Masculinities, 2004 (6).

Melzer P. Alien Construction: Science Fiction and Feminist Thought [M]. Austin: University of Texas Press, 2006.

Mencimer, Stephanie. Violent Femmes [J]. Washington Monthly, September 2001 (15).

Mercer, Kobena: Welcome to the Jungle [M]. New York: Routledge, 1994.

Mills C W. The Power Elite [M]. Oxford and New York: Oxford University Press, 1956.

Mixon, Laura. Proxies [M]. New York: Tor Books, 1998.

Moylan, T. Gladiator-at-Law [C]. F. N. Magill, ed. Survey of Science Fiction Literature. Vol. 2. Englewood Cliffs: Salem Press, 1979.

Mosley, W. The Walter Mosley Omnibus: Devil in a Blue Dress, a Red Death, White Butterfly [M]. London: Picador, 1996.

Murphet, J. Literature and Race in Los Angeles [M]. Cambridge: Cambridge University Press, 2001.

Piercy, Marge. He, She and It [M]. New York: Ballantine, 1991.

Place, Janey. Women in Film Noir [A]. E. Ann Kaplan, ed. Women in Film Noir [C]. London: British Film Institute, 1980: 35–67.

Pohl, F. and Kronbluth. Gladiator-at-Law [M]. London: Gollancz, 1973.

Marlon Riggs. Black Macho Revisited: Reflections of a Snap! Queen [A]. Corey K. Creekmur & Alexander Doty, eds. Out in Culture: Gay, Lesbian and Queer Essays on Popular Cultrue [C]. Durham, N. C.: Duke University Press, 1995.

Rosenberg, Alyssa. The Invisible Woman: After a Summer of Blockbuster Comic-Book Flicks and Record Ticket Sales to Women, Why Have We Yet to See a Superheroine Movies [J]. The American Prospect, September 2008 (19. 9): 39–41.

Ross, Andrew. Strange Weather [M]. New York: Verso, 1991.

G. Rubin. The Traffic in Women: Notes on the "Political Economy" of Sex [A]. P. R. Reiter, ed. Toward an Anthropology of Women [C]. New York and London: Monthly Review Press, 1975.

Scott, Melissa. Trouble and Her Friends [M]. New York: Tor Books, 1994.

Sedgwick, E. K. Between Men: English Literature and Male Homosocial Desire [M]. New York: Columbia University Press, 1985.

Segal L. Slow Motion: Changing Masculinities, Changing Men

[M]. London: Virago, 1997.

Shapiro, Benjamin. Universal Truths: Cultural Myths and Generic Adaptation in 1950s Science Fiction Films [J]. Journal of Popular Film and Television, 1990 (18): 3, 103-111.

E. Soja. and A. C. Scott. Introduction to Los Angeles: City and Region [A]. A. J. Scott & E. Soja, eds. The City: Los Angeles and Urban Theory at the End of the Twentieth Century [C]. Berkeley: University of California Press, 1996.

Staiger, Janet. Bad Women: Regulating Sexuality in Early American Cinema [M]. Minneapolis: University of Minnesota Press, 1995.

Nancy Steffen-Fluhr. Women and the Inner Game of Don Siegel's Invasion of the Body Snatchers [A]. Al La Valley, ed. Invasion of the Body Snatchers: Don Siegel, Director [C]. New Brunswick: Rutgers University Press, 1989.

Strecker, E. A. Their Mother's Sons: The Psychiatrist Examines an American Problem [M]. Philadelphia and New York: J. B. Lippincott Co, 1946.

Thomas, Amy. Virtual Girl [M]. New York: Ace Books, 1993.

Tyler May, Elaine. Homeward Bound: American Families in the Cold War Era [M]. New York: Basic Books, 1988.

Waller, G. A. Moviegoing in America: A Sourcebook in the History of Film Exhibition [M]. Oxford, Malden, Massachusetts: Blackwell, 2002.

Waller W. The Veteran Comes Back [M]. New York: The Dryden Press, 1944.

Waxman, Sharon. Halle Berry Mixes Sexiness with Strength [N]. New York Times, July 21, 2004: E1.

Wylie, Philip. Generation of Vipers [M]. New York: Rinehart & Company, 1942.